Günter Ruch

Genovefa

RMV

RHEIN-MOSEL-VERLAG
Alf/Mosel
Bad Bertricher Str. 12 D-56869 Alf
Tel. 06542/5151 Fax 06542/61158

ISBN 3-89801-010-4
Ausstattung: Cornelia Czerny
Korrektur: Thomas Stephan
Titelgestaltung unter Verwendung des Gemäldes
»Portrait of a Lady« von Rogier van der Weyden, ca. 1455
Druck: Siebengebirgs-Druck, Bad Honnef

Günter Ruch

Genovefa

Roman aus dem frühen Mittelalter

RHEIN-MOSEL-VERLAG

ÜBERSICHTSKARTE

Mayen Anno Domini 732

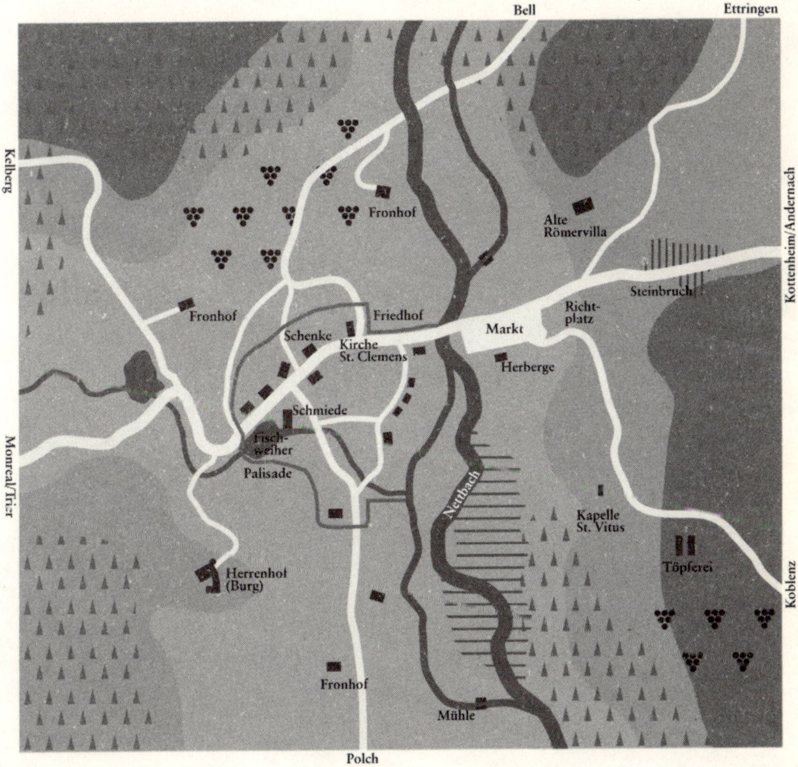

ERSTER TEIL

I

Schwer und plump wirkte der Kastenwagen, mit dem Graf Sygifrid seine Braut in ihrer brabantischen Heimat abgeholt hatte. Das Gefährt rumpelte über die alte Römerstraße, holperte durch ein tiefes Schlagloch. Bertrada krachte mit dem Kopf gegen die niedrige Decke des Wagens. Sie schrie laut auf vor Schmerz.
»Verflucht sei diese Reise!«, schimpfte die Amme Genovefas. »Man kann die verdammte alte Straße kaum noch erkennen! Und in was für einem erbärmlichen Zustand sie ist!«
Genovefa, die Brabanterin, lachte. Sie war fest entschlossen, sich die gute Laune durch nichts verderben zu lassen. Sie glitt noch immer dahin auf dieser Woge des Glücks, und dazu passte der strahlende Sonnenschein, der das Tal von Kesseling übergoss – so und nicht anders sollte es sein, denn genauso hatte sie es sich vorgestellt.
»Ist schon gut«, lenkte Bertrada ein. »Es ist das Land deines Grafen, und alles ist herrlich und wunderbar.« Sie grinste ironisch. »Ich weiß doch, wenn du dir etwas in den Kopf gesetzt hast, dann wird schwarz zu weiß und krumm zu gerade. So bist du immer gewesen, schon als kleines Kind.«
»Freu' dich einfach mit mir!«, schlang Genovefa ihre Arme um Bertradas Hals. »Du weißt doch, wie ich bin. Entweder ganz, oder gar nicht. Wenn ich mich einmal für eine Sache entschieden habe, dann bin ich mit Haut und Haaren dabei.«
Bertrada machte ein strenges Gesicht. »Erinnerst du dich an Arko? Du wolltest ihn unbedingt haben. Feuer und Flamme warst du, und für dich wäre die Welt untergegangen, wenn du dieses Pferd nicht bekommen hättest. Selbst dein Vater hat ja schließlich zugestimmt, und das will etwas heißen. Aber dann war es wie mit allen deinen Spielzeugen: Was du besitzt, an dem verlierst du schnell das Interesse.«
Genovefa machte eine wegwerfende Handbewegung. »Das ist tausend Jahre her!«, rief sie fröhlich. »Ich bin jetzt kein Kind mehr. Glaubst du denn nicht, dass man sich ändert, wenn man erwachsen wird?«
Bertrada zuckte mit den Schultern. »Wahrscheinlich werde ich dich immer wie ein Kind ansehen. Vielleicht werde ich niemals begreifen, dass du erwachsen bist, eine Frau … und eine Braut.«

»Ja!«, lachte Genovefa. »Ich kann es immer noch nicht glauben, dass ich wirklich eine verheiratete Frau bin, und dass draußen vor dem Wagen mein Gemahl reitet …«
Genovefa schloss die Augen und gab sich ganz ihren Gefühlen hin. So ist es also, wenn alle Wünsche in Erfüllung gehen, dachte sie euphorisch. Sie kannte sich selbst gut genug, einem solchen Überschwang der Gefühle zu misstrauen; schnell konnte das ins Gegenteil umschlagen, und am Ende blieb nur gelangweilte Gleichgültigkeit – aber bei Sygifrid war das alles anders.
Als sie noch sehr jung war, hatte sie von den Helden geträumt, wie sie die Geschichten bevölkerten, mit denen man sich an den Kaminfeuern in den langen Wintermonaten unterhielt. In ihren Träumen war sie die umworbene Prinzessin, die von ihrem Zukünftigen in ein lichtstrahlendes Leben ohne Sorgen und im Überfluss geführt wurde.
Als einziges Kind des brabantischen Kleingrafen Ugobert fehlte es ihr zwar an nichts, aber die Strenge und die Kälte des Vaters hatten Genovefa den Abschied leicht gemacht.
Plötzlich schlich sich Nachdenklichkeit in das Gesicht der jungen Gräfin, so als habe sie für einen kurzen Augenblick hinter die Kulissen ihrer Euphorie, und hinter die Kulissen ihres Lebens geschaut. Aber das verging schnell wieder.
»Ich weiß ja, dass es für dich viel schwerer als für mich war, dich von unserer Heimat zu trennen«, legte Genovefa nach kurzem Schweigen beschwichtigend die Hand auf Bertradas Arm. »Aber glaube mir, dir wird es in Magus sicherlich genauso gut ergehen wie zu Hause.«
Bertrada wirkte nicht sehr überzeugt. Aber sie wusste, dass es sinnlos war, gegen Genovefas Meinung und gegen ihre Laune zu opponieren. Wenn sich Ugoberts Tochter etwas in den Kopf gesetzt hatte, dann war sie nicht davon abzubringen. Da war sie ganz wie ihr Vater. Und sie hatte sich nun einmal in den Kopf gesetzt, dass Graf Sygifrid ein Volltreffer für ihr Leben war.
»Ich geb' es ja zu, er ist wirklich ein stattlicher Mann«, sagte die Amme entgegenkommend, während draußen vor den Fensteröffnungen knospende Obstplantagen vorbeizogen, die sicherlich zum Kloster Kesseling gehörten. »Eins ist sicher: So wie er auf seinem Araberhengst sitzt, können ihm unsere Jungen aus Brabant nicht das Wasser reichen.«

Genovefa nickte zustimmend und strahlte dabei über das ganze Gesicht. Vergessen war der kalte Abschied vom Vater und der traurige Blick der Mutter, die sie in dem Gefängnis ihres Lebens zurücklassen musste. Ihre Gewissheit war unumstößlich, dass bei Sygifrid alles anders sein würde. Niemals sollte es so kommen wie bei ihrer Mutter Asmuth, die aus Friesland gekommen, in Brabant niemals heimisch geworden war, und die sich irgendwann in der Stille ihrer ewigen Melancholie verloren hatte.
Von der Mutter hatte Genovefa ihre Feinfühligkeit geerbt, vom Vater dagegen allenfalls ihre Zähigkeit; ansonsten war ihr Ugobert genauso fremd geblieben, wie er der Mutter über all die langen Jahre fremd geblieben war. Eine Fremdheit, die schnell in Kälte umschlug: Seit Genovefa sich erinnern konnte, war ihr vom Vater niemals eine Herzlichkeit, niemals eine liebevolle Geste oder Berührung entgegengebracht worden, und sie verstand nur allzu gut, warum die Mutter sich in das dunkle Tal ihres Trübsinns verirrt hatte, zumal das Alter den Vater noch halsstarriger und eigenbrötlerischer gemacht hatte.
Sygifrid war ganz anders, und das machte die frisch vermählte Gräfin überglücklich: »Sygifrid und Aldebaran – es ist, als ob sie zusammengewachsen wären wie ein Zentaur.« Sie lehnte sich aus dem Fenster, deutete aufgeregt zur Spitze des Trosses, wo ihr Gemahl ritt. »Ich glaube, ich kann mich niemals an diesem Anblick sattsehen.«
Bertrada verzog mürrisch das Gesicht. »Ich kann nur hoffen, dass du recht hast. Arko konntest du in den Stall stellen und vergessen, als du das Interesse an ihm verloren hattest.« Plötzlich huschte ein Schatten des Zweifels über ihre Gesichtszüge. »Mit Graf Sygifrid bist du verbunden, bis dass der Tod euch scheidet. Denk an deine Mutter, und erinnere dich immer daran, dass er nicht eine deiner Launen ist …«
»Bitte, liebe Bertrada … nicht wieder deine Moralpredigten«, hob Genovefa abwehrend ihre Hände. »Lass mich nur glücklich sein.«
»Ach, Täubchen … das ist doch alles, was ich in meinem Leben je gewollt habe: Dass du glücklich bist. Ich verspreche dir, ich werde alles tun, was in meiner Macht steht, dass es auch so bleibt.«
»Weißt du eigentlich, wie er an Aldebaran gekommen ist?«, fragte Genovefa. Bertrada erschien es, als hätte ihr Schützling überhaupt

nicht zugehört. »Er ist die Beute aus einem Kriegszug im aquitanischen Reich. Den hat Sygifrid in jungen Jahren an der Seite von König Chilperich mitgemacht. Daher hat er auch seine Narbe. Ich glaube, Golo hat ihm damals das Leben gerettet.«
Bertrada beugte sich zu ihrer Herrin hinüber. »Trotzdem: Golo kann niemandem in die Augen schauen. Verschlagen wirkt er. Ich glaube, ich werde ihm nie über den Weg trauen.«
»Und außerdem magst du keine hageren Männer«, sagte Genovefa abwiegelnd. »Er hat an der Seite von Sygifrid gekämpft und er ist der treueste Ritter des Grafen. Als solchen achte ich ihn. Das solltest du auch lernen. Das sind die Leute, mit denen wir in Zukunft Umgang haben werden. Und dies hier ist das Land, das unsere Heimat sein wird.«
Bertrada zog die Schultern hoch und verdrehte die Augen: »Ich glaube, in Brabant hat es mir trotzdem besser gefallen.«
»Ach, es ist doch alles so neu und aufregend!«, zog Genovefa die Vorhänge des über die Straße rumpelnden Kastenwagens weit zur Seite.
Sie blinzelte in die Morgensonne, sog die von Blütendüften geschwängerte Frühlingsluft ein.
»Gib's doch schon zu, es ist wirklich schön hier!«
Bertrada zuckte mit den Schultern. »Ich weiß ja, dass du es nicht erwarten konntest, deinem Vaterhaus Lebewohl zu sagen. Und glaub' mir, ich kann dich verstehen. Aber für mich ist es etwas anderes.«
»Ich will nur, dass du meine Freude teilst.«
»Ach, freu' dich nur!«, seufzte Bertrada. Die Amme wollte sich aber offenbar keinesfalls von Genovefas Euphorie anstecken lassen.
»Bertrada, ich könnte tausend Dankgebete gen Himmel schicken, dass die Muttergottes meine Bitten erhört hat!«
Genovefa konnte sich kaum noch an alle ihre Befürchtungen und Ängste erinnern, die sie mit ihrer Amme in der Nacht vor Sygifrids Ankunft geteilt hatte …
Genovefa und Bertrada beteten in der besagten Nacht gemeinsam in der dunklen Kapelle der väterlichen Burg. Das Gemäuer wurde vom Schein der beiden Windlichter, die sie mitgebracht hatten, in ein flackerndes Zwielicht getaucht.

»Gnade mir Gott«, sagte Graf Ugoberts Tochter ein übers andere Mal. »Was wird sein, wenn er erst mein Gemahl ist? Ich bin ihm ausgeliefert auf Gedeih und Verderb.«
Die Nacht draußen war die bisher wärmste des Frühlings hier in Brabant, aber in der Burgkapelle hielt sich noch immer die Knochenkälte des Winters. Bertrada nahm ihren Schützling in den Arm, schwieg aber. Sie wusste wie Genovefa, was man sich vom Pfalzgrafen Sygifrid dem Hörensagen nach erzählte: Dass er ein stattlicher Krieger sei, reich an Land und an Hörigen und erprobt in Kämpfen sowohl mit den Sarazenen als auch mit den heidnischen Sachsen; dass er aber zugleich ein unzivilisierter, rauher Kerl sei, der sich nichts aus Süßholzgeraspele machte und für den eine Frau fast wie eine Kriegsbeute war. Genovefa jedoch pflegte ihrerseits gewöhnlich den Umgang mit Söhnen aus Familien, die sich ihrer römischen Abstammung rühmten, und deren Ahnen Senatoren waren oder gar Heermeister römischer Kaiser.
»Ob er wirklich ein solcher Barbar ist, wie man sich erzählt?«, fragte Genovefa ängstlich. »Ich weiß ja, dass ich meine Pflichten habe als Tochter des Grafen Ugobert, und es ist gut, dass mein Haus durch diese Heirat einen starken Verbündeten gewinnt«, tröstete Genovefa sich selbst. »In Zeiten wie diesen ist es besonders wichtig, Verbündete zu haben.«
Bertrada nickte eifrig.
»Aber trotzdem ... ist es zuviel verlangt, wenn ich mich nach einem guten Mann sehne? Beim Leben meiner Mutter! Ist das zuviel verlangt?«
»Beruhige dich doch!«, legte die Amme beschwichtigend den Arm um Genovefas Schultern. »Nichts wird so heiß gegessen, wie es gekocht wird. Am Ende wird es bestimmt nicht so schlimm, wie du jetzt vielleicht denkst.«
»Das ist ja wirklich beruhigend«, schnaubte Genovefa, so dass es in der kahlen und düsteren Kapelle widerhallte. »Wenn doch der Kelch an mir vorübergehen würde ...«
»Du bist kein Kind mehr«, erwiderte die beleibte Amme streng. »Und trotzdem redest du wie ein trotziges Kind. Du solltest dich lieber daran erinnern, was du in die Waagschale zu werfen hast. Alle Männer starren dir nach, wenn du über den Marktplatz von Gent gehst, und dein Haar leuchtet in der Sonne wie goldener, reifer Weizen. Für viele von ihnen bist du der Inbegriff weiblicher

Schönheit. Mein Gott, wäre ich froh gewesen, wenn ich eine solche Figur gehabt hätte, als ich so alt war wie du! Sygifrid wird sich beglückwünschen, wenn er dich zum ersten Mal sieht.«
Genovefa seufzte und legte den Kopf an die Schulter der Dienerin.
»Ich habe so oft zur Muttergottes gebetet. Vielleicht schenkt sie mir ja Gehör.«
»Denk daran, dass es Gottes Wille war, Mann und Frau zu erschaffen.«
»Ich will es versuchen«, flüsterte Genovefa. »Wenn nur die nächsten Tage schon vorüber wären.«

Der Tross hielt inne.
Fünf Tage waren seit dem Gespräch in der Burgkapelle vergangen, und alles war ganz anders gekommen, als Genovefa es erwartet hatte. Selbst das, wovor sie sich am meisten gefürchtet hatte, der Akt, der Vollzug der Ehe, war schließlich eine Erfüllung gewesen, hatte ein unsichtbares Band zwischen den Eheleuten gesponnen. Wie sehr sie sich jetzt zu Sygifrid hingezogen fühlte! Trotz all seiner zur Schau gestellten Männlichkeit war er fast genauso nervös wie sie selbst gewesen. Er hatte sie behutsam genommen und war dabei sogar ein bisschen zärtlich, und der Anblick ihres unbekleideten Körpers hatte ihn offenkundig mit Wohlgefallen erfüllt.
Die frischgebackene Gräfin lehnte sich weit aus dem Fenster des Wagens und winkte zu Sygifrid hinüber, der an der Spitze des kleinen Trosses ritt. Der Graf sah seine Braut winken und lächelte kurz. Er nickte ihr zu und richtete sich auf dem Rücken seines Pferdes stolz auf.
Genovefa ließ sich zurück auf die Sitzbank sinken. Bertrada sah, dass ihr Schützling Tränen in den Augen hatte.
»Dein Gefühlsüberschwang ist so groß«, sagte die Amme tadelnd, »dass du aufpassen musst, nicht alle Pfeile aus deinem Köcher auf einmal zu verschießen.« Sie schüttelte den Kopf. »Lass noch etwas übrig von deinen Gefühlen. Es kommen noch viele lange Jahre, wo du sie brauchen wirst.«
Aber Genovefa wollte nichts von alle dem wissen. »Sieht seine Narbe nicht unheimlich männlich aus? Sie entstellt ihn doch kein bisschen, oder?«

Derweil drehte sich der Graf im Sattel um und winkte hinauf zu Abt Hucbert, der inmitten seiner ärmlich gekleideten Mönche an der Klosterpforte droben auf dem Heiligen Berg Aufstellung genommen hatte und dem gräflichen Tross Segenszeichen hinterherschickte.

»Der Abt ist Sygifrid ziemlich zu Dank verpflichtet«, sagte Genovefa stolz. Sie hatte die Ehre und den guten Ruf ihres frisch Angetrauten schnell auch für sich selbst vereinnahmt. »Vor ein paar Jahren hat mein Mann ihnen das ganze Tal hier geschenkt.« Sie deutete mit einer großzügigen Geste über das Tal hinweg, so als hätte sie selbst die Schenkung verfügt. »Dafür liest Hucbert ihm jeden Freitag einen eigenen Gottesdienst.«

»Dann ist ja für sein Seelenheil bestens gesorgt«, bemerkte Bertrada trocken.

Genovefa beobachtete derweil ihren Gemahl so verzückt, dass Bertrada unwillkürlich das Gesicht verzog, so als hätte sie in eine saure Zitrone gebissen.

»Passt der Reitanzug ihm nicht wie angegossen?«, schwärmte die junge Gräfin weiter.

»Ob wir denn die Kesselinger Brücke erreicht haben?«, wollte Bertrada ihrerseits wissen.

An eben dieser Brücke, so hatte Sygifrid seine Braut und die Amme am Abend zuvor aufgeklärt, begann sein Gau.

Das war im Skriborium des Klosters gewesen, wo sie mit dem Abt Hucbert und ein paar anderen Mönchen am Feuer gesessen und bei kräftigem Ahrrotwein miteinander fabuliert hatten. Sie lauschten Hucberts Geschichten von der geheimnisvollen Welt dort draußen, und folgten ihm auf seiner abenteuerlichen Pilgerreise, die ihn über Konstantinopel nach Jerusalem geführt hatte. Aber auch Sygifrid war in fernen Ländern gewesen und wusste von wundersamen Begebenheiten aus dem sagenumwobenen Reich der Sarazenen zu berichten. Genovefa jedenfalls war unendlich stolz, mit welchem Respekt der ehrwürdige Abt ihrem Gemahl begegnete …

Nur einmal war ganz kurz die Harmonie des Abends gestört worden, als ein junger, etwas vorwitziger Mönch einen offenkundigen Fehler Sygifrids korrigierte. Wenn so etwas geschah, dann konnte Sygifrid geradezu halsstarrig werden. Er duldete keinen Wider-

spruch und gab sich über die Maßen selbstsicher. Darin ähnelte er Genovefas Vater.
Aber davon wollte sie jetzt nichts wissen. Sie sah über solche kleinen Fehler liebevoll hinweg.
Sygifrid lenkte jetzt seinen Aldebaran zum Wagen, wo das Tier ungeduldig auf der Stelle tänzelte. Aldebaran, so dachte die Gräfin, ähnelte in vielem seinem Herrn. So ungestüm, so stolz und auch so herrisch wie das Pferd war sein Reiter.
Der Graf beugte sich zum Wagenfenster herab. »Ich wünschte, alles könnte so bleiben wie es jetzt ist«, sagte er mit einem Anflug von Melancholie – so leise, dass es Golo und Audoin, die mit ihren gelb bewimpelten Hellebarden ganz in der Nähe waren, nicht hören konnten.
»Dann sollten wir einander schwören, dass sich niemals etwas ändert zwischen uns«, erwiderte Genovefa zärtlich.
»Manchmal glaube ich, dass du eine Zauberin bist«, lachte der Graf. Er klopfte Aldebaran beruhigend den Hals. »Weißt du warum? Mir kommt es so vor, als ob du jeden Tag noch ein bisschen schöner geworden bist, obwohl ich das eigentlich nicht für möglich gehalten habe.«
»Du willst mir nur schmeicheln, Sygifrid«, erwiderte Genovefa und senkte so verschämt wie kokett den Blick.
»Ich kann nicht schmeicheln«, erwiderte Sygifrid rigoros. »Ich bin ein Krieger. Ich bin geboren für den Kampf und für das Leben im Sattel. Das Schmeicheln überlasse ich den jungen Burschen, die noch nie einen Zweikampf auf Leben und Tod ausgefochten haben.«
»Warum so kriegerisch, mein Gemahl?«, neckte Genovefa den Grafen. Sie wusste genau, wen er mit den jungen Burschen gemeint hatte: die brabantischen Jungadligen, die bei der Hochzeitsfeier auf der Wasserburg Ugoberts zugegen waren. Schon bei dieser Feier war die junge Braut gleichsam in einem Meer von Glück untergegangen. Selbst der alte Graf hatte sich leutselig gegeben. Wenn sie an den weichlichen Berthofrid oder den strohdummen Wulfoald dachte – zwei andere Bewerber um ihre Hand, junge Adelige aus senatorischem Haus –, dann dankte sie Gott und vor allen Dingen der Muttergottes noch einmal inständig, dass ihr Vater sich für den Pfalzgrafen aus dem Moselland entschieden hatte.

Nicht zuletzt natürlich wegen des großen Umfangs seiner Besitztümer, die er als Allod und Eigengut oder zu Lehen besaß und die sich vom Tal der Ahr über den Rücken des Eifelgebirges und den Magus-Gau bis hinüber nach Treveris erstreckte. In Treveris war Sygifrid Herr über die Pfalz des Merowingerkönigs. Das war eine ehrwürdige Pfalz mit der hochberühmten Konstantins-Basilika als Pfalzkirche und Versammlungsort. Zugleich brachte das Amt die Aufsicht über zahlreiche Besitzungen an der Mosel und an der alten Römerstraße entlang bis hinauf zum neuen Kloster Sancti Salvatoris Prumiense. Auch über dieses Kloster hätte Sygifrid wohl gerne die Vogtei ausgeübt, wenn Karl der Majordomus das nur zugelassen hätte. Aber was noch nicht war, konnte ja noch werden.

Der Pfalzgraf sprang von seinem Pferd. Es war noch immer ein ungewöhnlicher Anblick, wie er dabei die modernen Steigbügel benutzte, aber er machte es perfekt, beinahe elegant. Er öffnete den Schlag des Wagens, reichte der Gräfin die Hand, half ihr hinaus und legte den Arm um sie.

»Hier beginnt also mein Reich, das jetzt auch dein Reich ist«, deutete er auf die Kesselinger Brücke. »Die Dörfer bis hinauf nach Magus gehören alle dazu«, lächelte er stolz. »Es ist zwar kein glänzendes Lehen, eher bescheiden ...«

»Du stellst dein Licht doch auch sonst nicht unter den Scheffel«, warf Golo ein, der ein paar Schritte abseits stand. »Von wegen bescheiden ... es gibt mehr als genug Herren in Austrien, die dich beneiden.«

Sygifrid machte eine wegwerfende Handbewegung. »Es sind unruhige Zeiten heutzutage. Karl wird bald wieder gegen die Sarazenen ziehen. Was kommt nach mir, wenn es mich in der nächsten Schlacht erwischt?« Er wandte sich an Genovefa. »Weißt du, seit einiger Zeit beschäftigen mich diese Gedanken.«

Unwillkürlich schaute Golo zu Genovefa herüber, so als erwarte er irgendetwas von ihr. Als er jedoch bemerkte, dass die Gräfin ihn selbst beobachtete, senkte er schnell den Blick. Bertrada hat recht, dachte Genovefa. In seinem Blick ist etwas Lauerndes, etwas Verschlagenes. In diesem Mann steckt etwas, das hinaus will, aber noch keinen Weg gefunden hat.

»Von welcher Schlacht redest du nur?«, fragte Genovefa erschrocken.

Der Pfalzgraf streichelte ihr beruhigend über den Rücken. »Ich glaube nicht, dass wir in diesem und im kommenden Jahr noch einmal Ärger haben werden. Al Tarik ist damit beschäftigt, seinem Schwiegersohn den Garaus zu machen, und man erzählt sich, dass er immer öfter auf den Rat seiner Sterndeuter hört. Bis zur nächsten Wintersonnenwende sollen Abd ar-Rachmans Sterne schlecht stehen.«
»Wer ist Abd ar-Rachman?«, fragte Genovefa, die diesen Namen noch niemals zuvor vernommen hatte.
»Ein gerissener Bursche. Er ist ein Feldherr der Sarazenen, ein Ungläubiger. Aber auch wenn er ein Heide ist, ist er sehr klug und verschlagen. Ein gewiefter Kriegsherr und Taktiker. Ein Gegner, den man nicht unterschätzen darf. Glaub' mir, ich weiß es, denn ich war im Krieg gegen ihn.«
Sygifrid machte plötzlich eine Handbewegung, als wolle er irgendwelche störenden Insekten vertreiben.
»Genug davon! Wir sollten uns diesen schönen Morgen nicht durch trübe Gedanken an den Krieg verderben.«
»Und außerdem ist Krieg Männersache«, meldete sich Golo zu Wort. »Frauen sollten sich da nicht einmischen.«
Genovefa spürte von neuem Widerwillen gegen diesen Mann und die Art, wie er sprach. Aber sie vertrieb die unangenehmen Gedanken.
»Immer war ich im Krieg«, fuhr Sygifrid leise fort. Er schaute versonnen das Tal in Richtung Magus hinauf, durch das sich – kaum sichtbar – der Weg schlängelte, den sie nehmen würden. Rechts und links bedeckten dichte, dunkle Wälder die Hänge. »Ich bin nicht mehr der Allerjüngste«, fuhr der Pfalzgraf so leise fort, dass es nur Genovefa hören konnte. »Ich wünsche mir einen Sohn, der mir in meinem Amt folgt.«
Er schlug mit der Hand gegen den Knauf seines Schwertes, eine Verlegenheitsgeste. »Es ist Zeit, mein Haus zu bestellen.«
»Nichts will ich lieber tun, als dabei an deiner Seite zu sein«, erwiderte die Gräfin zärtlich und aufrichtig. »Nichts würde mich glücklicher machen, als dir deine sehnlichsten Wünsche zu erfüllen.«

II

Am Abend erreichte der Tross die Gegend von Magus. Das Wetter war umgeschlagen. Es hatte heftig zu regnen begonnen. Tief hängende, graue Wolken strichen um die Berggipfel des Eifelgebirges. Die Wälder waren düster und abweisend, wirkten beinahe bedrohlich. Es war viel kälter als noch am Morgen. Der starke Regen machte die Wege fast unpassierbar, und sie waren froh, dass es jetzt nur noch eine Meile bis Magus war.
Im Innern des gräflichen Wagens hüllten sich Genovefa und Bertrada in wollene Decken. Die beiden schwiegen, während der Tross an einem großen, fast kreisrunden See vorbeikam, dessen bleigraue Wasser unergründlich wirkten.
Audoin ritt neben dem Wagen. Er war der angenehmere der beiden Gefolgsleute des Pfalzgrafen, ein untersetzter Mann von kräftiger Gestalt mit großen Körperkräften, nahezu das Gegenteil des hageren Golo, ein einfacher, bescheidener Krieger.
»Das ist der Lagossee«, sagte der Krieger durch das Fenster des Wagens und deutete auf das Gewässer. »Man sagt, er hat keinen Grund, und es sollen Feen in ihm wohnen.«
»Habt Ihr Feen gesagt?«, fragte Bertrada und bemäntelte dabei nur mühsam ihre Neugierde, während der Wagen sich über den schlammigen Weg quälte. Sie hörten den Wagenlenker ein übers andere Mal fluchen. Die beiden Pferde, die vorgespannt waren, schnaubten schwer.
Audoin nickte wichtig: »Ja, Ihr habt richtig gehört«, bestätigte er. »Und wenn ein gottesfürchtiger Mann sein Leben für die Feenkönigin hergibt, dann sind ihre Seelen erlöst.« Audoin lachte, während er versuchte, sich genau neben Bertradas Fenster zu halten. »So erzählt man es sich jedenfalls.«
Genovefa sah, wie ein Schaudern ihre treue Amme durchlief. Bertrada liebte Feengeschichten und konnte stundenlang zuhören, wenn sie am Kamin erzählt wurden. Und wenn sie schaurig waren – um so besser.
»Die Feenkönigin?«, fragte sie mit zitternder Stimme.
Audoin nickte bedeutungsvoll und wischte sich den Regen von den Wangen. Ein Ast schlug ihm ins Gesicht. Er tat so, als merke er es nicht. Ob er selbst an die Geschichten glaubt, die er uns da auftischt?, fragte sich Genovefa.

»Manchmal, in mondhellen Nächten, soll man am See ihr Wehklagen hören«, sagte Audoin geheimnisvoll.
»Ich spüre es … hier sind geheimnisvolle Mächte am Werk«, schüttelte Bertrada sich in wohligem Schauer. Genovefa dagegen berührte die Geschichte Audoins nicht sonderlich. Sie fühlte sich müde und abgespannt. Das gewaltige Glücksgefühl, das sie seit der Hochzeit in ihrem Herzen wie eine lodernde Fackel mit sich geführt hatte, brannte inzwischen, wenn auch unmerklich, ein bisschen weniger hell und heiß. Aber sie war noch immer zufrieden, sagte sie sich. Nein, es war ganz gewiss kein schlimmes Vorzeichen, dass sich das Wetter bei ihrem Einzug in das neue Zuhause gegen sie verschworen hatte. Und noch immer fühlte sie die unendliche Freude über die Befreiung aus der Umklammerung des Vaters, die nun schon so viele Meilen weit weg war.
»Der Berg dort hinter dem See heißt Hochstein«, fuhr Audoin fort. Der Eindruck, den er bei Bertrada hinterließ, schien ihn zu weiteren Mitteilungen zu beflügeln. »Der Hochstein hat am Gipfel Höhlen, denen man am besten nicht zu nahe kommt.«
Audoin schien es nicht sonderlich zu interessieren, dass der Regen ihn inzwischen vollkommen durchnässt hatte. Offenbar war er solche widrigen Umstände gewöhnt.
Aber ehe Bertrada weiter in ihn dringen und mit neugierigen Fragen zu weiteren Ausführungen veranlassen konnte, wurde der Weg so schmal, dass Audoin sich mit seinem Pferd hinter den Wagen zurückfallen lassen musste. Dort ritten zehn Mann des Geleits, die besten Kämpfer Sygifrids, die er diesmal nicht in die Schlacht, sondern zur Heimführung seiner Braut aufgeboten hatte.
Zwei Stunden später erreichte der Tross aus nördlicher Richtung kommend Magus, den Hauptort des gleichnamigen Gaus, in dem Sygifrids Familie seit der Zeit des zweiten Chlodowech das Grafenamt innehatte. Sygifrids Vater Sigibert hatte dann die Vogtei über die treverische Pfalz hinzugewonnen, und trotz aller Wirrungen im merowingischen Reich, in deren Verlauf die fränkischen Könige mit- und gegeneinander kämpften, hatte Sigibert seine Ämter dem einzigen Sohn übertragen können.
Der Wald lichtete sich. Der Weg war abschüssig.

Der Regen hatte ein wenig nachgelassen, aber noch immer hingen die Wolken tief und bedrückend über dem Talkessel, in dem Magus lag.
Sie kamen an eine Furt, bei der sie das Flüsschen Nyt überquerten. Der Bach führte sehr viel Wasser, dennoch gab es bei der Überquerung keine größeren Probleme.
»Brrr ... ist das kalt hier!«, klagte Bertrada und starrte mit finsterem Blick hinaus. »Wir hatten Mai, als wir losgezogen sind. Aber hier könnte man meinen, dass der Winter noch nicht vorbei ist.«
»Es wird nicht immer so sein«, beruhigte die Gräfin ihre Amme. »Denke nicht zu viel an Brabant«, mahnte sie die Dienerin. »Bedenke, dass wir den Rest unseres Lebens an diesem Ort verbringen werden.«
»So Gott will«, seufzte Bertrada, winkte dann kurz zu Audoin hinüber, der wann immer es möglich war an der Seite des Wagens ritt, offenbar um einen Blick Bertradas zu erhaschen.
»Gib nur acht!«, lachte Genovefa. »Ich glaube, er hat ein Auge auf dich geworfen!«
Bertrada machte eine wegwerfende Handbewegung, aber diese Zurschaustellung von Desinteresse kam Genovefa nicht allzu nachdrücklich vor.
Sie durchquerten ein kleines Kiefernwäldchen, dann weitete sich der Blick auf die Siedlung Magus, die drunten im Tal lag, teils hinter Nebelschwaden.
Genovefa und Bertrada schauten einander an, und beide brauchten nicht in Worte zu fassen, was sie dachten, denn sie sahen im Gesicht der jeweils anderen ein Gran von Enttäuschung, bei der Dienerin wohl mehr als ein Gran.
Genovefa aber wischte das schnell weg, sie schüttelte den Kopf, lächelte. »Was hast du anderes erwartet? Das ist nicht Colonia und nicht Gent. Das ist Magus, und da es der Hauptort meines Gemahls ist, werde ich es lieben.«
Der schlecht befestigte Weg machte eine scharfe Linkskurve und führte dann in weitem Bogen auf die wenig mehr als mannshohe Palisade aus Holzstämmen zu, die den Ort schützte. Es waren kaum mehr als drei Dutzend Gebäude, die diese Befestigung zu schützen hatte. Die meisten lugten mit ihren bemoosten Reetdächern kaum über die Palisade hinaus.

Nur auf der gegenüberliegenden Seite des Ortes war als dunkler Schattenriss ein größeres Gebäude zu erkennen. Aus dem Kamin dieses steinernen Gebäudes quoll schwarzer Qualm und vereinte sich mit den Wolken.
Der Anblick des Ortes war wegen des Regens, der Wolken, der beginnenden Dämmerung noch trostloser. Genovefa wünschte sich, an einem strahlenden Sonnentag in ihrer neuen Heimat angekommen zu sein.
So als ob Sygifrid die Enttäuschung geahnt hätte, ließ er den Tross vor dem Durchlass der Palisade anhalten, wo der Weg in den Ort führte. Der Graf kam von der Spitze der Reisegesellschaft zurück zu Genovefas Wagen. Er sprang aus dem Sattel.
»Ich habe Golo vorausgeschickt. Die Leute sollen aus ihren Häusern kommen. Sie sollen sehen, wer ihre neue Herrin ist.«
Aus irgendeinem Grunde schien Sygifrid verärgert zu sein. In seinem Tonfall war nichts mehr von der Zärtlichkeit, mit der er sie zuvor angesprochen hatte.
Genovefa spürte ein leichtes Unbehagen, denn sie sah plötzlich einen ganz anderen Mann vor sich als den, den sie kennen- und liebengelernt hatte.
»Was schaust du mich so an?«, fragte Sygifrid unsicher. Er versuchte zu lachen. »Es war ein langer Ritt«, sagte er wie entschuldigend. Er wirkte unkonzentriert und fahrig.
»Golo kommt zurück.« Ohne Genovefa weiter zu beachten, eilte er seinem Gefolgsmann entgegen. Er wechselte ein paar Worte mit ihm.
Golo nickte, schaute dann verstohlen zu Genovefa herüber. Die Gräfin spürte Häme in diesem Blick und vielleicht sogar Verächtlichkeit, aber sie sagte sich, dass dieser Eindruck nur Einbildung war nach den Strapazen der langen Reise.
Sygifrids seltsame Zornesanwandlung jedoch war ganz sicher keine Einbildung gewesen. Auch darin glich er dem Vater Genovefas.
»Ich fühle mich nicht wohl in meiner Haut«, flüsterte Bertrada, als der Tross sich auf das Handzeichen des Pfalzgrafen wieder in Bewegung setzte. »Es ist eine seltsame Stimmung an diesem Ort … ich kann es nicht beschreiben.«

Sie legte die Hand auf den Unterarm ihres Schützlings. Genovefas Haut war ganz kalt. »Spürst du es nicht auch? Es ist als ob sich irgendetwas zusammenbraut.«

»Nun ist es aber genug mit deinem Gerede«, fuhr Genovefa die Amme heftiger an, als sie es eigentlich gewollt hatte.

Der Wagen rumpelte über einen Stein, so dass die Achse knackte. Bald erreichten sie den Durchlass der Palisade und kamen in den Ort. Die winzige Kapelle lag rechter Hand, dahinter mündete der Weg auf die mit riesigen Pfützen übersäte Hauptstraße, die den Ort von Nordosten nach Südwesten querte.

Ein Schlammloch, in dem streunende Hunde suhlten.

Bei der Kapelle stand eine Handvoll Frauen und Männer. Ohne seine Untertanen eines Blickes zu würdigen, ritt der Pfalzgraf an ihnen vorbei, bog dann nach links ab.

Plötzlich war Audoin wieder neben dem Wagen.

»Die Kirche des Heiligen Clemens«, deutete er auf die unscheinbare Kapelle. »Hinten ist die alte Römerbrücke über den Nyt, und auf der anderen Seite ist der Marktplatz. Danach kommt der Richtplatz und dann der Steinbruch.«

Vor einem großen Fachwerkgebäude in der Mitte des Ortes, gleich neben der Herberge, standen einige Männer, Frauen und Kinder, die selbst nach brabantischen Maßstäben gut gekleidet und wohlgenährt waren. Aus dieser Schar löste sich jetzt plötzlich eine junge Frau mit schwarzem Haar, eine auffällige Schönheit von hoher Gestalt. Sie lief auf den Pfalzgrafen zu, der soeben am Haus der Händler vorüberritt.

Bertrada tippte Genovefa an und machte sie auf die unerwartete Szene aufmerksam.

Audoin zügelte sein Pferd und schüttelte den Kopf.

»Was geht da vor?«, fragte die Amme den alten Kämpen, erhielt aber außer einem Achselzucken keine Antwort.

Genovefa beugte sich zu ihrer Amme hinüber, um besser durch die Fensteröffnung des Reisewagens schauen zu können. Sie machte ein gleichgültiges Gesicht, so als ginge sie das alles nichts an. Währenddessen wurde der Regen unvermittelt wieder stärker. Im Wagen war es klamm und kalt.

Zwischen dem Pfalzgrafen und der Schwarzhaarigen entspann sich ein kurzer Wortwechsel, aber im Wagen konnte man nichts davon verstehen.

Bertrada musterte ihre Herrin, so als erwarte sie einen Kommentar oder einen Ausdruck der Mißbilligung.
Aber Genovefa schwieg.
Aus der Gruppe, von der sich die einheimische Schönheit gelöst hatte, kam jetzt ein alter Mann mit schwarzen Kleidern und einem bis auf den Bauch wallenden Bart, näherte sich unter Bücklingen dem Pfalzgrafen, legte den Arm um die Schwarze, versuchte sie fortzuziehen, und als die junge Frau nicht gleich reagierte, redete er heftig auf sie ein. Er hatte dabei einen Gesichtsausdruck, der wohl zornig sein sollte, es aber in Wirklichkeit nicht war.
Schließlich wandte sich der Pfalzgraf ab, trieb Aldebaran zum Weiterreiten an, während es dem Alten mit dem Vollbart endlich gelang, die Frau in den Schutz des Vordaches zurückzubugsieren, das auf gekalkten, dünnen Pfosten ruhte und unter dem Fässer, ein paar geschnürte Ballen und gestapelte Holzscheite lagerten.
»Über die Römerbrücke am Weiher vorbei, dann kommt schon der Burgweg«, rief Audoin zu Bertrada herüber. Es kam Genovefa so vor, als ob er die Szene zuvor überspielen wollte, und sie fragte sich, warum die Stimme des alten Kämpen jetzt so erleichtert klang, und warum es ihr mit einem Mal so kalt war in dem Wagen, dass ihre Zähne zu klappern begannen.
»Reiß dich zusammen«, sagte sie zu sich selbst, aber so leise, dass selbst die Amme es nicht hören konnte. Bertrada machte jetzt ein resigniertes Gesicht und starrte teilnahmslos in das regenverhangene Tal von Magus.
Sie ließen die letzten Hütten der Siedlung hinter sich.
Genovefa versuchte, sich die schönen Tage nach der Hochzeit in Erinnerung zu rufen. Sygifrids unbeholfene Zärtlichkeit hatte ihn der Gräfin noch liebenswerter gemacht. Ihre Gedanken glitten zurück zu dem Zeitpunkt, als er sie am Morgen nach der ersten Liebesnacht auf die Arme genommen und freudestrahlend in der sonnendurchfluteten Gästekammer der väterlichen Burg umhergetragen hatte. Leicht wie eine Feder war sie sich vorgekommen und hatte die enorme Kraft Sygifrids bewundert. Alles war so anders als in der kalten Ehe ihrer Eltern.
Es machte sie traurig, dass diese Erinnerungen ihr nach so kurzer Zeit schon so merkwürdig blass und fremd vorkamen, so als sei es etwas, das sie nicht etwa selbst erlebt, sondern aus dem Munde anderer gehört hatte. Sie ärgerte sich über sich selbst, wischte

ein paar Tropfen aus ihrem Gesicht, die seitlich zum Fenster hereingeregnet waren.
Sie widerstand der Versuchung, einfach den ledernen Rollvorhang herunterzuziehen und alles dort draußen für einen Augenblick wieder loszuwerden. Sie biss sich auf die Unterlippe, schimpfte sich ein undankbares, launisches Kind. Niemals würde Sygifrid unter solchen albernen Launen leiden müssen, schwor sie, während der Wagen den Burgweg hinaufächzte, wobei der Schlamm unter den wuchtigen Rädern gluckste und schmatzte.

III

Die Küche der Burg war rußgeschwärzt. Es roch nach Zwiebeln und nach Kohl. Der junge Küchengehilfe, ein Milchbart namens Martinus, hantierte an den gusseisernen Kesseln und fluchte ein übers andere Mal.
Genovefa lächelte zu Doraswinth hinüber, ein vergebliches Lächeln, war die alte Küchenmeisterin – die Vorgängerin von Richildis – doch so gut wie blind.
»Zu Ostern will ich etwas Besonderes auf dem Tisch haben«, sagte Genovefa, während Martinus am anderen Ende der Küche die großen Kessel mit Bimsstein zu reinigen versuchte.
»Ja, Ostern«, erwiderte die Alte. »Der Herr ist aufgestiegen in den Himmel, und seine Engel jauchzen und freuen sich über seine Heimkunft.«
Genovefa hatte das Gefühl, als sehe die alte Küchenmeisterin das Himmlische Jerusalem in der dunklen Umnachtung ihrer Blindheit leibhaftig vor sich; jedenfalls hatte ihre Stimme eine Vibration und Ergriffenheit, die schon nicht mehr von dieser Welt zu sein schienen.
»Ich will zu Ostern ein schönes Festmahl zusammenstellen. Wir haben Gäste. Der Graf soll zufrieden sein.«
»Und deswegen wollt Ihr selbst Euch darum kümmern?« Die Alte raffte ihr dunkelblaues Kleid zusammen und strich die dünnen Strähnen ihres schütteren, schlohweißen Haares aus dem Gesicht.

»Die Gastlichkeit des Hauses sind das Lob und die Ehre der Hausfrau«, lachte Genovefa. »Das weißt du genauso gut wie ich, Doraswinth, und deswegen frage ich dich.«
»Warum erkundigt Ihr Euch nicht bei Richildis, mein Kind?«
In Genovefas Gesicht malte sich für einen kurzen Augenblick ein Schatten ab. »Du kennst die Antwort selbst«, sagte sie schließlich leise.
»Ist es nicht besser geworden?« In der Stimme Doraswinths war jetzt echte Besorgnis. »Ich hätte es wissen müssen. Richildis wird sich niemals daran gewöhnen, dass sie nicht mehr die Herrin in der Burg ist.«
Genovefa zuckte mit den Schultern. »Wie dem auch sei«, versetzte sie mit fester Stimme. »In jedem Haus kann es nur eine Herrin geben.«
Grüblerisch zupfte die Alte an ihrem Kinn. »Ihr erweist mir Ehre, wenn Ihr nach meinem Rat fragt. Ich habe ihn Euch oft gegeben, und gerne.«
»Das weiß ich doch«, sagte die Gräfin abwiegelnd. »Mach dir keine Sorgen wegen Richildis. Ich kann ja verstehen, dass sie Angst hat um ihre Pfründe. All die Jahre ist sie so etwas wie die Frau im Haus gewesen, und keiner hat ihr hereingeredet ...«
Doraswinth hüstelte vielsagend. »Solche Frauen sind die schlimmsten. Wenn dann eine kommt, und nimmt ihren Platz ein, und entreißt ihr dann das Festmahl zu Ostern ...«
Die Alte schüttelte den Kopf.
»Ich habe dem Herrn gesagt, ich kümmere mich darum«, erwiderte Genovefa unwillig. »Und so wird es geschehen, ganz gleich, ob es Richildis gefällt oder nicht.«
»Aber gebt Obacht, Herrin«, erwiderte die alte Küchenmeisterin, die lange Jahre unter Sygifrids Vater treu gedient hatte und nun ihr Gnadenbrot auf Burg Magus fristete. »Richildis kann gefährlich sein, wenn sie ihre Intrigen spinnt ... Martinus!«, rief sie zur anderen Küchenseite hin. »Lauschst du schon wieder?«
Der Angesprochene zuckte schuldbewusst zusammen und schüttelte den Kopf.
»Bei dir weiß man nie, ob du das Schoßhündchen deiner Tante bist, oder ob du dein eigenes Süppchen kochst.«

»Genug davon«, wandte Genovefa ein. »Ich will jetzt mit dir über das Osteressen sprechen, und was bei diesem Festmahl auf den Tisch kommt.«
Eine Zeit lang beratschlagten nun die beiden ungleichen Frauen über die Speisefolge beim Festmahl, das zu Ostern im Saal der Burg stattfinden würde, und als diese Küchenangelegenheiten zur Zufriedenheit erledigt waren, wurde Martinus zur Ruhe geschickt. Fast unwillig verließ der Bursche das Gewölbe, in dem für die Bewohner der Burg gekocht wurde.
»Ich habe das Gefühl, Ihr habt noch etwas auf dem Herzen«, wandte sich Doraswinth schließlich an die Gräfin, als Martinus die Burgküche endlich verlassen hatte.
»Ich weiß nicht«, zögerte Genovefa.
Plötzlich lächelte die alte Küchenmeisterin. »Ihr wisst, dass meine Augen kaum noch erkennen, ob es Tag ist oder Nacht«, sagte sie leise. Im Licht der wenigen, blakenden Fackeln sah sie noch älter und runzeliger aus als sonst. »Es ist ein winziger Schimmer, den ich noch erkennen kann, eigentlich kaum mehr als eine Ahnung«, fuhr sie nachdenklich fort. »Alles andere ist Erinnerung an schöne Tage. Aber ich will mich nicht beklagen.«
Genovefa nahm die Hand der greisen Frau in die ihre. Die Hand war kalt.
»Und trotzdem, glaubt mir«, fuhr Doraswinth fort, »ich spüre ganz genau, wenn der Mond aufgeht und wenn er untergeht.« Sie machte ein verklärtes Gesicht. »Bemerkt Ihr sie nicht?«
»Was meinst du?«
Doraswinth lächelte wissend. »Wenn die Nacht dich für immer umdunkelt, dann kannst du sie spüren. Es sind die Geister, die überall um uns herum sind, gute und böse Geister …«
Genovefa schaute sich ängstlich um, so überzeugend klang, was die Alte sagte.
Die bemerkte die Reaktion der Gräfin. »Ihr braucht nichts zu befürchten, Herrin«, sagte sie beruhigend. »Die meisten von ihnen kümmern sich nicht um das, was wir Menschen treiben. Sie sind so alt … so furchtbar alt. Unser Leben ist viel zu kurz, als dass sie es kümmern würde.«
»Woher weißt du das alles?«
»Ach, das ist nicht so wichtig«, erwiderte Doraswinth ausweichend. »Aber was ich damit sagen wollte: Ich spüre Dinge, so wie

andere Menschen Dinge sehen. Vielleicht liegt es daran, dass ich erblindet bin. Aber ich glaube, es war schon immer in mir. Vielleicht nicht so stark, aber es war da.«
Genovefa drückte die kalte Hand der Alten fester: »Und was spürst du noch? Spürst du, was ich fühle?«
Die Alte nickte. Ihr Kopftuch war so weit in die Stirn gerutscht, dass die Augen jetzt ganz im Schatten lagen. Eine unerklärliche Kraft schien von dieser winzigen, gebückten Gestalt auszugehen, die auf der Schwelle zwischen dem Leben und dem Tod stand und sich offenbar nicht fürchtete, sie zu überschreiten.
»Ihr würdet so gerne fröhlich sein und glücklich, Herrin«, flüsterte die alte Küchenmeisterin. »Alles in Euch drängt danach, ist es nicht so?«
Genovefa schloss die Augen, so als hoffte sie, mehr zu fühlen, wenn sie weniger sah. »Ich war wirklich glücklich, als ich vor einem Jahr hierher gekommen bin«, erwiderte sie schließlich nach einiger Zeit des Schweigens, in der sie nur das Pochen ihres Herzens und das Rauschen des Blutes in ihren Adern vernahm. »Ich war sicher, mein Glück würde ewig dauern. Aber schon damals hat Bertrada mich gewarnt, nicht alle Pfeile aus meinem Köcher gleich am Anfang zu verschießen.«
»Bertrada ist eine kluge Frau«, bestätigte Doraswinth. »Sie hat recht gehabt mit dem, was sie gesagt hat. Ich hoffe, sie wird bald wieder gesund.«
»Es geht ihr schon besser«, erwiderte Genovefa abwesend.
»Ihr wartet sehnsüchtig darauf, dem Grafen einen Sohn zu schenken«, sagte die Alte im Tonfall einer Feststellung, die keines Beweises mehr bedurfte. »Mit jedem Tag, den Ihr länger wartet, scheint Euer Glück weiter zu schwinden.«
»Sygifrid ist kalt geworden«, sagte Genovefa kaum hörbar. Sie spürte, wie Tränen über ihre Wangen liefen. »Sicherlich – er hat so viel Arbeit. Aber oft habe ich das Gefühl, er interessiert sich nicht mehr für mich. Manchmal scheint es mir, er schaut durch mich hindurch, als wäre ich gar nicht da.«
»Und Ihr glaubt, ein Kind wird das ändern?«
Genovefas Miene hellte sich auf. »Ich bin fest davon überzeugt«, antwortete sie lebhaft. »Ich glaube, ich kenne den Grafen gut genug: Ein Sohn würde alles ändern.«
Doraswinth schwieg.

»Und dann würden mich endlich alle auf der Burg wirklich als die Herrin ansehen, denn ich wäre die Mutter des nächsten Grafen.«

»Richildis?«

»Nicht nur sie!«

»Viele auf der Burg lieben Euch, Herrin.« Doraswinth lächelte. »Wir sind ein rauhes Volk hier im Magusgau. Wir haben eine harte Schale. Die Welt ist klein bei uns, und voller Entbehrungen. Das steht unseren Leuten ins Gesicht geschrieben. Vielleicht ist es das, was Ihr meint. Aber wir haben auch ein gutes Gespür. Wir merken, wenn etwas Gutes in einem steckt. Und bei Euch ist das so. Ich bin zwar alt, und die jungen Leute lachen über mich. Aber ich bin nicht die einzige, die so denkt.«

»Ich wünschte, du hättest recht.«

Doraswinth seufzte. »Und ich wünschte, dass Ihr glücklich werdet.« Sie fasste in eine der zahlreichen Taschen ihres Mantels, holte zwischen Daumen und Zeigefinger die Prise irgendeines weißen Pulvers hervor, warf es über die linke Schulter nach hinten, murmelte eine unverständliche Beschwörungsformel.

»Wenn es mir nur nicht so ergeht wie meiner Mutter«, flüsterte Genovefa. »Ich könnte es nicht ertragen. Am Ende hat sie die traurigsten Augen gehabt, die ich je bei einem Menschen gesehen habe. Und mein Vater – er hat es nicht einmal gemerkt. Wenn man ihn gefragt hätte, ich glaube, er wäre nicht darauf gekommen, dass er etwas falsch macht. Und eigentlich hat er ja auch gar nichts falsch gemacht. Das Schlimme war, was er unterlassen hat. Glaub' mir, Doraswinth, seinem Lieblingspferd hat er an einem Tag mehr Zärtlichkeit entgegengebracht als meiner Mutter im ganzen Leben. Und diese furchtbare Kälte ... ich spüre, wie sie auch bei Sygifrid zu wirken beginnt. Es ist das Schlimmste, was mir geschehen könnte, wenn er genauso kalt würde wie mein Vater. Weißt du, eine Frau ist wie eine Rosenblume, die wenigstens ab und zu gewässert werden will. Sonst vertrocknet sie. Verstehst du?«

»Wie sehr ich dich verstehe«, erwiderte Doraswinth. »Ihr seid nicht die einzige, der es so ergeht. Vor Euch waren es unendlich viele, und unendlich viele werden Euch nachfolgen. Das ist das Los von uns Frauen, und allen ergeht es wie Eurer Mutter: Die Männer wissen nicht einmal, dass ihren Frauen etwas fehlt. Wenn es um

Gefühle geht, dann sind sie so dumm wie ein Esel. Ach, was sage ich! Ein Esel hat mehr Gefühle, als ein Mann je haben wird!«
Die Worte wirkten trotz des traurigen Themas erheiternd. Plötzlich begannen beide Frauen zu kichern. Im gleichen Augenblick aber stürmte Richildis ins dunkle Küchengewölbe. Sofort verstummte das Kichern.
»Habe ich gestört?«, fragte die Küchenmeisterin spitz. Sie war groß und hager, ganz anders, als man sich eine Küchenmeisterin vorstellt. Etwa gleichaltrig wie Bertrada, hatten ihre Züge im Gegensatz zu der Amme nichts Weiches oder Freundliches. Sie wirkte wie jemand, der es gewöhnt war, Kommandos zu geben, die auch befolgt wurden. Das alles machte ihr Gesicht hässlicher, als es eigentlich war.
»Wir haben die Speisenfolge des Ostermahls festgelegt«, erwiderte Genovefa kühl. »Ich werde dir morgen mitteilen, was ich auf dem Tisch sehen möchte.«
»Genau das war es, worüber ich mit Euch sprechen wollte.« Richildis' Stimme bebte vor nur mühsam unterdrücktem Ärger. »Ihr braucht Euch keineswegs darum zu kümmern. Die Vorbereitungen sind abgeschlossen, und die Speisenfolge steht schon fest.«
Trotz allen Ärgers über den anmaßenden Tonfall der Küchenmeisterin fragte Genovefa sich, wie sie reagieren sollte: Im Grunde wollte sie keinen Streit mit Richildis. Denn trotz allem, was Doraswinth ihr gesagt hatte, war das Gefühl, nicht wirklich akzeptiert zu werden auf Burg Magus, keineswegs gewichen. Sie befürchtete, mit einem Streit alles noch schlimmer zu machen. Auf der anderen Seite war ihr klar, dass Richildis ihr immer auf der Nase tanzen würde, hätte sie jetzt nicht den Mut, dem einen Riegel vorzuschieben.
Sie spürte, wie Doraswinth gespannt wartete, was geschehen würde.
»Ich bin dir dankbar, wenn du so weit vorausschaust«, sagte die Gräfin schließlich vorsichtig. »Eine Küchenmeisterin mit Weitsicht kann jede Burg gut gebrauchen«, versuchte sie sich diplomatisch, auch wenn es ihr schwerfiel.
»Dann ist ja alles klar. Wir machen es also, wie ich …«
»Langsam, Richildis, langsam,«, unterband Genovefa den leisen Triumph in Richildis' Stimme. »Ich denke, dass vieles von dem,

was du dir ausgedacht hast, mit dem übereinstimmt, was ich will. Also waren deine Vorbereitungen sicherlich nicht umsonst.«
Genovefa machte unwillkürlich eine herablassende Handbewegung, die besagte, dass eine gute Vorbereitung der Küche eigentlich zu den selbstverständlichen Pflichten der Küchenmeisterin gehörte. Richildis machte ein säuerliches Gesicht, schwieg aber.
»Was auch immer: Morgen kommst du zu mir, und ich sage dir, was zu tun sein wird für das Osterfest. Und dann besprechen wir, wie wir das am besten machen. Oder hast du dagegen irgendwelche Einwände?«
Genovefa spürte selbst, dass sie von oben herab und arrogant mit Richildis gesprochen hatte, und ein bisschen tat es ihr schon leid; andererseits hatte sie sich über die herausfordernde Art der Küchenmeisterin schon seit geraumer Zeit geärgert, und jetzt hatte sie sich eben Luft gemacht.
Die Küchenmeisterin erkannte, dass sie im Augenblick am kürzeren Hebel saß, machte eine angedeutete Verbeugung. »Ich werde Euch morgen aufsuchen, Herrin«, sagte sie kühl.
Als Richildis die Küche verlassen hatte, atmete Genovefa spürbar auf.
»Es wird nichts nützen«, sagte Doraswinth in die knisternde Stille hinein.
»Wie meist du das?«
»Sie wird Eure Feindin sein, ganz gleich, was Ihr tut.«
»Und was soll ich deiner Meinung nach tun?«
»Sucht Euch einen Grund, sie loszuwerden. Jeder Mensch macht Fehler, auch Richildis. Wartet ab, bis das geschieht. Das rate ich Euch!«

IV

Genovefa ging langsam an der verwitterten Mauer entlang, die aus Bruchstücken alter Römerbauten errichtet war. Die wilden Rosensträucher waren längst verblüht. In den Mauernischen wuchs Gras. An einer Stelle erkannte sie im Mauerwerk einen verwitterten lateinischen Schriftzug.

Bertrada folgte ihrer Herrin schweigend. Schon den ganzen Weg vom Kloster herauf zur Burg hatte sie kein Wort von sich gegeben.

Genovefa wusste um das Unbehagen Bertradas, aber das war nichts im Vergleich zu dem immer wieder aufbrechenden Konflikt mit Sygifrid.

Doch die Gräfin war sich keiner Schuld bewusst. Ganz im Gegenteil. Nach wie vor fand sie, dass es richtig, gut, christlich und gottgewollt war, den Mönchen im Kloster St. Vitus zu helfen. Wenn sie ihren Korb mit Lebensmitteln brachte, dann entschädigte schon der Dank im Blick der Kranken, Alten und Gebrechlichen, die von Widrad, Reimbold und Deotmar, dem Bayern, gepflegt wurden, sie für jedes Ungemach, das ihr von Sygifrid drohte.

»Geh bitte etwas langsamer, ich kann kaum Schritt halten«, jammerte Bertrada kurzatmig. »Du solltest den Grafen bitten, am Kloster eine Brücke über den Nyt zu bauen. Dann wäre der Weg nicht halb so lang.«

Genovefa lachte. In diesem Lachen klang noch die Freude nach, die sie empfand, wenn sie den armen Menschen aus Magus und dem Umland helfen konnte. Sie war sicher, so wollte es Gott, und so war es ihre Christenpflicht. Ihr Handeln war keine Buße, wie es Sygifrid und manchmal auch die Amme behaupteten. Keineswegs. Um denen zu helfen, denen es schlecht ging, war der Heiland am Kreuz gestorben.

»Glaubst du eigentlich, damit kannst du Gott besänftigen?«, fragte Bertrada einmal in einem unbedachten Augenblick. »Gott besänftigen, weil du deinem Mann auch nach über drei Jahren noch immer keinen Sohn geschenkt hast?«

Tagelang wechselte Genovefa danach kein Wort mehr mit Bertrada, aber letztlich konnte sie den vertrauten Umgang und die Nähe der Amme nicht missen. Das Thema aber schnitt Bertrada niemals wieder an.

»Schau doch, wie schön der blaue Himmel ist«, rief Genovefa und deutete in die Höhe. »Wir werden nicht mehr lange solche warmen Tage haben. Bald nach dem Erntedank ist schon wieder Winter, und du weißt ja selbst, wie kalt der hier oben ist.«
Sie blieb stehen und wartete, bis Bertrada sie eingeholt hatte. »Ich verspreche dir, im Winter brauchst du mich nicht zu begleiten. Dann kannst du zu Hause am warmen Kamin sitzen und dir von Richildis schaurige Geschichten erzählen lassen.«
Bertrada schüttelte sich. »Ich will nichts mehr davon wissen, was es in diesen dunklen Wäldern an bösen Geschöpfen gibt! Und außerdem ... ich traue Richildis nicht über den Weg. So alt sie ist, so verschlagen ist sie.« Bertrada stützte sich an der Mauer ab. Sie war sichtbar älter geworden in den drei Jahren in Magus. »Wo man eigentlich meinen möchte, dass sie jenseits von gut und böse ist, so hat sie trotzdem Spaß daran, ihre Ränke zu schmieden und überall die Finger darinnen zu haben.«
»Jenseits von gut und böse?«, lächelte Genovefa, die jetzt langsam weiterging. »Sie ist kaum älter als du.«
Bertrada machte eine wegwerfende Handbewegung. »Sie hat ganz bestimmt doppelt so viel Runzeln wie ich, und ihre Brüste ...«
Genovefa räusperte sich. »Ich glaube, du bist eifersüchtig, weil Audoin in letzter Zeit eher ihre Gesellschaft sucht als deine.«
»Pah! Der dumme Kerl! Ich will nichts mehr mit ihm zu tun haben! Er ist ein grober Klotz. Er säuft wie ein Loch, und nachts schleicht er heimlich zu irgendwelchen Mägden ...«
Bertrada biss sich auf die Unterlippe. Das war ihr einfach so herausgerutscht. Aber Genovefa reagierte nicht, tat so als habe sie nichts gehört.
Sie bogen um den Mauervorsprung, hinter dem das Burgtor lag. Jetzt um diese Tageszeit stand das aus groben Planken gezimmerte Tor offen. Der gedrungene Turm links daneben, der die doppelt mannshohe Mauer kaum überragte, war unbesetzt. Die Mauer links vom Tor war über und über mit Steinschimmel besetzt.
Genovefa schaute prüfend zur Sonne hinauf. »Es wird bald dunkel. Wir müssen uns sputen. Der Graf erwartet, dass ich mich um die Gäste kümmere.«
Sie erreichten den Innenhof, der vom Regen der letzten Nacht pfützenübersät war. Überall im Schlamm waren Spuren von Pferd, Mensch und Wagenrädern. Anselm, einer der Knechte, war bei

den Ställen und hackte Holz, während Arnswis, der Stallmeister, zusammen mit einem der Stallburschen einen fremden schwarzen Gaul abrieb und der Gräfin zunickte, als er sie bemerkte. Ein halbes Dutzend der furchteinflößend großen Eifelschweine suhlten sich im Schlamm. Es stank nach verbranntem Horn.
»Hiltibald ist schon da«, stellte Bertrada betreten fest. »Dein Gemahl hätte es bestimmt gerne gesehen, wenn du den Gast zusammen mit ihm begrüßt hättest.«
Genovefa zuckte mit den Schultern. »Hiltibald ist ein ungehobelter, unmanierlicher Kerl«, flüsterte sie trotzig. »Selbst für unsere Verhältnisse. Immer wenn er zu Gast ist, gibt es Streit und Ungemach, und trotzdem lädt Sygifrid ihn stets von neuem ein.«
»Er ist ein wichtiger Nachbar«, versetzte Bertrada. »Du solltest jetzt hinaufeilen, ihn zu begrüßen«, deutete sie auf das Herrenhaus, den einzigen zweigeschossigen Teil der Burganlage. Das Herrenhaus war ein schmuckloser, grober Bau, unten in Römersteinen, oben in Fachwerk ausgeführt, das steile Dach dicht mit grün-braunem Moosgeflecht bedeckt.
»Wenn es denn sein muss«, erwiderte Genovefa missmutig und reichte Bertrada den leeren Korb, in dem sie das Brot und den Käse für die Armen zum Kloster St. Vitus gebracht hatte.
Die steinerne Freitreppe zum Obergeschoss war steil und bestand zudem aus unterschiedlich hohen Stufen. Genovefa musste ziemlich aufpassen, um keinen Fehltritt zu tun.
Auf halber Höhe hörte die Gräfin Geschrei, zornige Worte, hastig ausgestoßen. Sie schlug ein Kreuzzeichen, zögerte, verharrte, während Bertrada im Erdgeschosseingang des Herrenhauses verschwand, wo die Kemenate war. Sie hielt sich an dem hölzernen Handlauf fest, der mit unförmigen, rostigen Eisennägeln an der Außenwand des Hauses befestigt war. Es war kühl jetzt, und die Sonne würde bald untergehen.
Anselm und Arnswis und der Stallbursche gingen drunten im engen Innenhof der Burg weiterhin ihren Beschäftigungen nach und taten so, als bemerkten sie nichts. Sie scherzten mit der Magd, die vom Kräutergarten herkommend auf dem Weg zur Küche war. Der Wind tanzte in den Zweigen der uralten Linde, die an der Südmauer, aber noch im Innenhof der Burg stand und unter der das Thing, das Hochgericht des Gaus, abgehalten wurde. Ihr Blick glitt über das schorfige, moosbewucherte Ziegeldach des gegen-

überliegenden Burgtraktes. In dem gedrungenen Gemäuer waren die Ställe und Vorratskammern untergebracht. In der Mitte befand sich das Tor, über dem Sygifrids Vater den römischen Reichsadler als Zeichen seiner gräflichen Gewalt angebracht hatte.
Beim Volk hieß es Tränentor. Golo nahm hier als Verwalter die Abgaben entgegen. Wie oft hatten vor dem Tränentor Bauern, ihre Frauen und Kinder flehend im Staub oder im Schlamm gelegen und den Boden mit ihren Tränen benetzt! »Soll statt eurer der Graf und die Gräfin hungern?«, pflegte Golo das Jammern hartherzig zu ignorieren. Sygifrid ließ ihn gewähren und hielt sich im Hintergrund, stützte aber Golo in allem, was er tat und zürnte seiner Gemahlin um so mehr, wenn sie zur Hintertür einen kleinen Teil von dem wieder hinaustrug, was die Bauern zur Vordertür hereingebracht hatten.
Nun war seit einiger Zeit Ruhe. Langsam setzte Genovefa ihren Aufstieg auf der Treppe fort.
Da aber flog schon die schwere Eichentüre auf, die den Versammlungssaal im Obergeschoss des Herrenhauses verschloss.
Hiltibald stürmte heraus, wandte sich auf dem schmalen, quadratischen Balkon um, wo die Treppe vor der Tür mündete.
»Überlegt Euch genau, was ich Euch gesagt habe!«, rief er in den Saal hinein.
Offenbar meinte er Sygifrid.
»Was gehen uns die Sarazenen an?«, überschlug sich seine hässliche Stimme: »Was führt dieser anmaßende Hausmeier Karl im Schilde?«
Er nahm seine Hand zum Zählen.
»Warum will er uns in Aquitanien haben? Und wer schützt dann unsere Güter vor seinem Zugriff?«
Er ballte die Faust, schlug sie in die hohle Hand.
»Das müsst doch selbst Ihr begreifen!«, schnaubte er.
Hiltibald drehte sich auf dem Absatz um. Er stürmte die Treppe herab, grußlos an Genovefa vorbei, rempelte sie dabei beinahe an. Er brachte seinen üblen Körpergeruch mit, Zwiebeln mit Urin und Alkohol gemischt. Fast verfehlte er eine Stufe. Der Vogt kam unten an, trat wütend in die Pfütze vor dem Treppenabsatz. Er herrschte den Stallmeister Arnswis an, ihm sofort sein Pferd zu bringen. Als das geschehen war, schwang er sich unbeholfen in

den Sattel und verließ die Burg. Oben trat Sygifrid mit zornigem, hochrotem Gesicht auf den Balkon und starrte ihm hinterher.
»Dieser Bastard!«, rief der Graf Hiltibald hinterher. »Er hat keine Ehre!«
»Er ist es nicht wert, dass du dich über ihn aufregst«, erklomm die Gräfin die letzten Stufen der beschwerlichen Treppe. »Er ist ein dummer, stinkender, intriganter Dieb.«
Genovefa erreichte ihren Mann und legte ihm beschwichtigend die Hand auf den Arm. Aber Sygifrid schien kaum zu bemerken, dass sie gekommen war.
»Lass uns hineingehen«, bat Genovefa sanft.
»Vielleicht ist er wirklich dumm«, erwiderte der Graf ungewohnt nachdenklich. »Er stinkt ganz sicher fürchterlich, und ein Dieb ist er auch. Aber so wie er denken viele. Viele der kleinen Herren haben Angst vor Karl, auch wenn er nur Hausmeier, und nicht König ist.«
Er schüttelte den Kopf. Sein Gesicht wurde von der tiefstehenden Sonne angestrahlt. Genovefas Blick haftete auf der Narbe aus dem Sarazenenkrieg.
»Es ist gut, dass du erst jetzt kommst«, sagte Sygifrid kühl. »Unsere Frauen sollten nicht Zeuge von solchen unerfreulichen Auseinandersetzungen sein, denn sie sehen nur das böse Blut, aber sie können nicht verstehen, was dahinter steckt.«
»Du wirst zweifellos alles richtig machen«, erwiderte Genovefa und folgte dem Grafen in den Saal, der von Kerzen und Fackeln und dem grauen Licht erhellt war, das durch die schmalen Fensterschlitze einfiel. Bartholomäus, der Leibdiener Sygifrids, schloss die Türe hinter seinem Herrn. Im Halbdunkel wirkten die Jagdtrophäen Sygifrids noch mächtiger, riesige Geweihe von Rotwild und Elchen, die in den tiefsten Wäldern des Eifelgebirges geschossen worden waren und die der Graf jedem neuen Gast voller Stolz vorführte.
»Ich kann bei Gott und allen Heiligen nur hoffen, dass ich keinen schwerwiegenden Fehler mache«, murmelte Sygifrid, nickte dann gedankenverloren der Handvoll Gäste zu, die sich zum Johannisfest eingefunden hatte. Es war ein kleiner Kreis von Honoratioren aus Magus, die Sygifrid für wert befand, zu einer solchen Runde geladen zu werden, die Verwalter der Herrenhöfe, den Vorsteher

der Schmiede, des Steinbruchs und der Ziegelei, der Kaufmann schließlich, dessen Haus das stattlichste in Magus war.
Obwohl es die Jahreszeit eigentlich nicht erforderte, brannte der ausladende Kamin, wenn auch mit kleiner Flamme. Im Schatten des Feuers hockte Amalaswintha, die Hexe und Kräuterfrau. Sie hatte keinen guten Ruf in Magus. Viele bezichtigten die kleingewachsene Alte mit der dunklen Haut, dem struppigen, schwarzen Haar und den weit auseinanderstehenden Augen hinter vorgehaltener Hand der Magie und Zauberei. Aber sie wurde gebraucht, und deswegen duldete man sie. Amala, wie man sie nannte, rührte Tinkturen, goss sie in den Eisenkessel, der über der Flamme hing.
Außerdem waren natürlich Golo und Audoin anwesend.
Die Honoratioren hatten ihre Frauen mitgebracht, einige auch die Kinder. Der Kaufmann Protagius, ein würdiger, alter Mann mit grauem Bart, stammte ursprünglich aus der Lombardei und war mit seiner Tochter gekommen.
Als Genovefa die schwarzhaarige Schönheit sah, verlor sie mit einem Schlage jede Lust zu feiern. Auch die anderen Frauen am Tisch beäugten die Kaufmannstochter mißmutig.
Sygifrid nahm am Ende der langen Tafel Platz, die in der Mitte des Saales stand. Er bedeutete den Gästen, sich ebenfalls zu setzen. Rechts von ihm saß die Gräfin, links Golo.
»Ihr alle seid Zeuge der Szene mit Vogt Hiltibald geworden«, deutete Sygifrid zur Türe. Er war noch immer zornig, das spürte Genovefa. Zornig sicherlich vor allem, weil ihm unter den Augen seiner Gefolgschaft widersprochen, seine Urteilskraft angezweifelt, seine Entscheidungen in Frage gestellt worden waren. Seine Wangen waren mit roten Flecken überzogen, wie immer, wenn er wütend war. Er wirkte fahrig und nervös, und dazu kamen seine Leibschmerzen, die ihn seit Mittsommer verfolgten und wegen derer Amalaswintha inzwischen ein fast täglicher, wenn auch heimlicher Gast auf der Burg war.
»Gott allein weiß, warum er uns die Plage der Mauren schickt. Aber sie sind nun einmal da, sie erinnern uns an unsere Sünden, und sie sind gefährliche Feinde.«
Während Sygifrid sprach, musterte Genovefa unauffällig die Tochter des Kaufmanns, die ihr schon bei der Ankunft in Magus vor drei Jahren mit ihrem Auftritt mißfallen hatte. Sie war noch schö-

ner geworden seitdem, wirkte wie eine jener edlen Jüdinnen, denen man in den großen Städten Brabants zuweilen begegnete. Ihr Name war Judith. Wenn sie tatsächlich vor Genovefas Ankunft die Geliebte des Pfalzgrafen gewesen war, wie das Gerücht es behauptete, dann hatte Sygifrid damit guten Geschmack bewiesen.
Auch wenn es Genovefa schwerfiel – das musste sie eingestehen.
Zudem galt Judith in Magus als kluge, wenn auch charakterschwache Frau, die sehr wohl wusste, die Reize ihres Körpers geschickt zu ihrem Vorteil zu nutzen. Jedesmal wenn Genovefa ihr begegnete, spürte sie Unsicherheit und namenlose Wut in sich, wünschte die Nebenbuhlerin zu den Antipoden auf der Unterseite der Weltscheibe. Und man konnte ihr nur schwerlich aus dem Weg gehen, vertrat sie doch die Stelle ihrer seit Jahren bettlägerigen Mutter und begleitete den Vater bei jeder sich bietenden Gelegenheit.
Judith zeigte gewöhnlich offen, dass ihr die Mißachtung der anderen Frauen gleichgültig war. Ihre Arroganz war sprichwörtlich, auch wenn sie jetzt in der Runde am Grafentisch bescheiden tat.
Genovefa ließ sich nicht anmerken, wie sehr ihr Judiths Anwesenheit den Abend vergällte. Sie erwiderte das Lächeln Golos und der anderen.
»Wir wollen uns unser Zusammensein zu Ehren des Heiligen Johannes nicht durch die Mauren verderben lassen, und nicht durch den Auftritt eines unwürdigen Mannes wie Hiltibald«, hob Sygifrid seinen goldenen Trinkkelch. Die Gäste hoben ebenfalls ihre Krüge und prosteten dem Gastgeber zu. »Karl ist ein großer Feldherr«, fuhr der Pfalzgraf fort. Auch wenn seine Stimme ein wenig zitterte, konnte er ihr einen Anschein von Zuversicht und Siegesgewißheit verleihen.
Nur Genovefa spürte die Unsicherheit ihres Mannes. Zorn war Unsicherheit. Unsicherheit gebar Zorn. Das waren grundlegende Wesenszüge Sygifrids, mit denen sich Genovefa am Beginn ihres vierten Jahres in Magus längst abgefunden hatte.
»Mit Karl als unserem Feldherrn werden wir die maurische Gefahr endgültig bannen«, verkündete Sygifrid.
Die Hexe Amala schöpfte mit einer hölzernen Kelle die dampfende Flüssigkeit aus dem Eisenkessel, die sie zusammengebraut hatte. Sie ließ sie vorsichtig in einen Kelch rinnen und stellte ihn schließlich unauffällig vor Sygifrid auf den Tisch. Der Graf tat so,

als wäre sie Luft. Amala selbst tat alles, um möglichst unsichtbar zu bleiben.
Golo starrte Genovefa immer noch an. Der hagere Mann mit dem verschlagenen Blick war ihr in den letzten Jahren kaum aufgefallen. Viel Zeit verbrachte Golo als Sygifrids Verwalter in der Pfalz Treveris. Genovefa wusste von Sygifrid, dass die Vogtei untergebracht war in einem alten, notdürftig geflickten Römerbau dieser gewaltigen Ruinenstadt, die von den Franken nur ungern betreten wurde. Sie hatte den Respekt gespürt, mit dem der Graf die Überreste dessen, was das Römische Reich hervorgebracht hatte, beschrieb.
Das übertraf bei weitem alles, was die Menschen der Gegenwart zustande bringen konnten. Die Ruinen waren bevölkert vom Geist der Vergangenheit, und manchmal schien es, als hätten die alten heidnischen Götter an diesem verwunschenen Ort ihre Macht behalten. Scheue Ehrfurcht mischte sich mit nackter Angst. Kaum einer wagte es, den Irrgarten der Katakomben unter der Stadt zu betreten. Das Dunkel war bevölkert von Jahrtausende alten Dämonen, die sich wenig um die Herrschaft des Christengottes scherten.
Manchmal erschien es Genovefa, als liege der Schatten dieser düsteren Vergangenheit auf Golos Gesicht, so als hätten die Dämonen der Vorzeit von ihm Besitz ergriffen.
Er war erst vor wenigen Tagen aus Treveris zurückgekommen. »Wenn Golo zurückkommt, wird das Tor der Tränen geöffnet«, sagte man auf dem Markt von Magus ängstlich. Genovefa mochte Golo nicht und sie war davon ausgegangen, dass Golo ähnlich empfand. Um so mehr wunderte sich Genovefa jetzt, und es irritierte sie sehr, dass die Blicke des Verwalters auf ihr nicht wie auf der Gräfin, sondern wie auf einer gewöhnlichen Frau ruhten, die ein Mann begehren darf.
Aber dieser Eindruck verging schnell.
Nur ein flüchtiger Schatten.
Die Männer, vor allem der Graf mit Golo und Audoin, erörterten in den folgenden Minuten, wie es um das Reich stehe und welche Gefahren von den Mauren drohten. Die drei hatten allesamt an der Südgrenze des Reiches – im fernen Aquitanien – gegen den muslimischen Feind gekämpft. Oft verstanden die Gräfin und die übrigen Gäste kaum, wovon das Gespräch handelte. Fremde

Namen, fremde Orte, seltsame Gebräuche, die Geheimsprache der Krieger, gemeinsame Erinnerungen an blutige Scharmützel und grausame Kämpfe, aber auch Erinnerungen an noble Gesten des Feindes und an Edelmut, wie er bei den Menschen jeden Glaubens zu finden ist, genauso wie Hinterlist und Tücke kein alleiniges Kennzeichen des heidnischen Feindes waren.
Mit großem Respekt erwähnten die drei Krieger immer wieder – beinahe flüsternd – den Namen Abd ar-Rachman, der so etwas wie der König der Araber war.
Sygifrid, Golo und Audoin gaben zu, dass sie viel von den Mauren gelernt hatten, was Taktik und Bewaffnung anging. Es war ein offenes Geheimnis, dass es dann und wann – wenn die Umstände es erforderten – auch Zweckbündnisse mit den Arabern geben konnte, denn die Zustände beim Feind ähnelten denen bei den Christen: Ihre Stämme waren untereinander verfeindet, ihre Führer eifersüchtelten und intrigierten, verbanden und entzweiten sich, und Karl, der Hausmeier, der die Macht eines Königs besaß, wusste diese Differenzen im Feindeslager durchaus für sich zu nutzen.
Die anderen Gäste begannen, sich untereinander zu unterhalten. Schnell war das Thema gefunden – ein Thema, das an vielen Tafelrunden zu hören war, und das ganz besonders die Frauen interessierte, ging es doch um die verschwenderische Pracht und den märchenhaften Glanz des fernen Kaiserhofes von Konstantinopel, wo Kaiser Leon in einer Zauberwelt lebte, für die es im fränkischen Reich des Merowingerkönigs Theuderich und seines mächtigen Hausmeiers Karl keinen Vergleich gab.
Vom Bilderstreit war die Rede, und niemand in der Runde konnte so recht verstehen, was irgendjemand gegen die Darstellung von Heiligen, der Muttergottes oder des Gekreuzigten haben konnte, und warum Kaiser Leon mit solcher Vehemenz gegen den Heiligen Papst auftrat.
»Und habt ihr gehört, dass der neue Papst ein Syrer ist?«, meldete sich Protagius, der Händler, Judiths Vater zu Wort. Der Papst war ein weiteres beliebtes Thema bei jeder Festgesellschaft. »Er hat den gleichen Namen wie sein Vorgänger Gregor, der Bonifatius zu den Heiden geschickt hat.«
Protagius schaute vorsichtig in die Runde, prüfte, ob alle erkannt hatten, dass er sich anschickte, sein großes Wissen um die Welt dort draußen zu verkünden – ein Wissen, das ihm seine Handels-

reisen und die Besuche fremder Kaufleute brachte. Ein Wissen aber auch, das Protagius, je älter er wurde, um so eingebildeter gemacht hatte, so dass er nun, fast sechzigjährig, niemandes anderen Meinung mehr gelten ließ.
»Man hört«, fuhr der graubärtige Kaufmann fort, der wie immer ganz in schwarz gekleidet war, »dass der neue Papst Gregor sich mit dem Kaiser anlegen will. Gregor ist ein kleiner, hässlicher Mann, hat man mir berichtet, mit brauner Haut und pechschwarzem Haar, und an der linken Hand fehlen ihm zwei Finger. Die hat er, so sagt man, als Krieger verloren, bevor er Gott diente.«
»Kriegsdienst ist Gottesdienst«, rief Golo dazwischen.
Seine Stimme war lauter jetzt, denn die drei Araber-Kämpfer hatten feste dem Moselwein zugesprochen, während sie in Erinnerungen geschwelgt und von kommenden, großen Kriegstaten geträumt hatten. Die roten Flecken auf Golos weißer Haut glänzten regelrecht.
Genovefa empfand seine Nähe jetzt als ausgesprochen unangenehm. Überhaupt mißfiel ihr die Tafelrunde heute noch mehr als sonst, nicht zuletzt weil Judith unter dem nichtssagenden Umhang, der Bescheidenheit vortäuschen sollte, ein Kleid trug, wie die Gräfin es in ihrem Schrank vergeblich suchen würde. Ein Kleid aus erlesenem Gewebe mit einem extravaganten Muster in byzantinischem Stil, das sicher von jenseits der Alpen stammte.
Nun stand Judiths Umhang – es wirkte zufällig – offen, so dass der Glanz des Stoffes und seine prächtigen Farben deutlicher zu erkennen waren. Genovefa bemerkte, dass Sygifrid das Kleid Judiths bewunderte, zumal es am Hals so tief ausgeschnitten war, dass man die Ansätze eines Paares wohlgeformter Brüste deutlich erkennen und sich den Rest leicht ausmalen konnte. Auch die anderen Männer, und nicht zuletzt die anwesenden Frauen, schielten immer wieder zu Judiths Kleid hinüber.
Genovefa ärgerte sich darüber, dass Judith ihr Haar anders als sie selbst und die übrigen Frauen offen trug. Das war an der Grenze zur Unschicklichkeit, aber gerade noch vertretbar, da Judith unverheiratet war und von ihrem Vater begleitet wurde. Judiths Haar war kunstvoll ineinander geflochten und wurde von ultramarinblauen Seidenbändern durchzogen. Genovefa musste zugeben, dass die Tochter des Kaufmanns selbst für brabantische Verhältnisse eine Schönheit war.

»Man nennt Papst Gregor in Rom einen Krieger Gottes«, fuhr Protagius fort. »Herr Golo, ich glaube, er würde Eurer Bemerkung jederzeit zustimmen«, schmeichelte der Alte.
Aber auch Golo beschäftigte sich mittlerweile mit Judiths Reizen. Das sah Protagius, hatte aber offenbar nichts dagegen, dass seine Tochter wie ein Beutegut begafft wurde.
Er ist ein alter Schacherer, dachte Genovefa mißmutig. Sie spürte in sich eine Art jäh aufwallenden Zorns, wie er sonst Sygifrid zu eigen war. Zornesausbrüche gehörten keineswegs zu den Eigenschaften der brabantischen Gräfin; aber in den letzten Jahren hatte die Art ihres Gemahles auf sie abgefärbt, und Sygifrid war bekannt dafür, aus heiterem Himmel in unberechenbare Jähzornsausbrüche zu geraten. Jedenfalls ballte Genovefa unter dem Tisch die Fäuste, als alle Männerblicke nur Judith verschlangen, und sie selbst wie eine graue Maus unbeachtet blieb. Selbst dass Golo sie nicht mehr anstarrte, ärgerte sie nun.
Protagius jedenfalls schien mit Stolz zu registrieren, dass alle Aufmerksamkeit seiner Tochter und ihrer Aufmachung galt. Sicher war das seine Absicht gewesen.
Genovefa hatte sich bislang keine ausgeprägte Meinung über den Kaufmann gebildet. Jetzt aber bemerkte sie das Blitzen in den Augen des Alten, dieses habgierige Leuchten im Blick, das bei denjenigen Kaufmännern anzutreffen war, die wissen, dass sie eine begehrte Ware anzubieten haben. Genovefa fand es zunehmend widerlich, wie der Vater die Tochter verschacherte, und noch abstoßender fand sie, dass Judith das Spiel ganz bewusst mitmachte. Vermutlich hatten die beiden das Ganze zuvor abgekartet, mit welchem Ziel auch immer.
Aber eigentlich war das Ziel klar, dachte Genovefa. Sie musste an die Szene denken, die sich bei ihrer Ankunft abgespielt hatte, und an die Gerüchte, die Bertrada zu Ohren gekommen waren. Plötzlich war sie sicher, dass die Gerüchte wahr waren: Judith war tatsächlich vor ihrer Ankunft Sygifrids Geliebte gewesen. Schade, dass Doraswinth nicht mehr lebt, dachte Genovefa. Die hätte sie fragen können, was wirklich gewesen war.
Genovefas Knie zitterten.
Protagius konnte sich nicht mehr zurückhalten. Er musste aussprechen, was sowieso in der Luft lag: »Man nennt den Stoff Damast«, erklärte er voller Stolz. »Er kommt aus Papst Gregors Heimat, aus

Syrien, Ihr müsst wissen, dass heutzutage viele syrische Händler den Aventin bevölkern. Rom ist ein gutes Pflaster für die Syrer geworden, heißt es. Solche Stoffe, wie mein geliebtes Blut Judith sie trägt, findet man nur dort.«
»Das muss doch ein Vermögen kosten«, bemerkte Audoin schnippisch. Ihm war deutlich anzumerken, dass ihm diese Hoffahrt und Zurschaustellung nichtadeliger Menschen mißfiel; das passte nicht in das Bild der Ordnung einer Welt, wie der alte Haudegen sie sich vorstellte.
»Ach, halb so wild«, wiegelte der Kaufmann mit gespielter Bescheidenheit ab. »Ihr wisst doch alle, dass man als Kaufmann in Magus keine großen Reichtümer verdienen kann«, stapelte er tief.
Aber das Blitzen in den Augen des Alten blieb. Seine Bescheidenheit wirkte verlogen.
»Nur deswegen, weil ich gute Freunde jenseits der Alpen habe, die mir den einen oder anderen Gefallen schulden, kann ich ...«
»Findet Ihr nicht, Ihr solltet Euch bescheidener geben, Protagius?«
Das Machtwort des Pfalzgrafen kam unerwartet. Niemand, selbst Genovefa nicht, hatte auf Sygifrid geachtet, und dass sich sein Gesicht verändert hatte. Der Graf teilte Audoins Meinung, und wünschte nicht, dass einer seiner Untertanen mehr zu sein schien als er selbst. Bei aller Faszination von Judiths Anblick – das konnte der Pfalzgraf nicht dulden.
Protagius wusste sofort, dass er den Bogen überspannt hatte. Er zuckte zusammen, duckte sich, beugte das Haupt, erkannte dass er sich zu weit vorgewagt hatte.
»Keinesfalls wollte ich Euch beleidigen, Herr«, katzbuckelte der Kaufmann. »Ihr wisst doch, ich bin der bescheidenste Eurer Diener.« Dann hellte sich sein Gesicht auf, so als habe er einen guten Einfall. »Natürlich habe ich meine Tochter das Kleid nur deswegen anlegen lassen, damit Ihr es begutachten könnt.«
Die Unterwürfigkeit des Alten war ebenso übertrieben wie zuvor seine Überheblichkeit.
»Und wenn Euch das Kleid gefällt, dann würde ich mich glücklich schätzen, wenn ich es Euch gleich morgen einpacken und als Geschenk heraufbringen lassen dürfte, so wahr mir Gott helfe.«
Aber da hatte Protagius nicht mit Judith gerechnet.

»Bist du von allen guten Geistern verlassen?«, sprang die schwarzhaarige Schönheit auf. Sie war nun plötzlich mit fremden Kleidern geschmückt, die am nächsten Tag der Gräfin gehören würden.
»Wie kannst du das Kleid verschenken?«, fauchte Judith. »Es gehört mir! Du hast es mir geschenkt!«
Protagius machte ein verzweifeltes Gesicht und hilflose Gesten, dass Judith ihren Mund halten und sich wieder hinsetzen sollte.
An der Tafelrunde herrschte betretenes Schweigen. Nur das Feuer knisterte. Amalaswintha verkroch sich wie ein Hund in den Schutz des ausladenden Kamins. Eine der Frauen kicherte, verstummte aber schnell wieder.
»Wer sagt denn, dass ich diesen Fetzen überhaupt haben will?«, platzte es jetzt aus Genovefa heraus. Sie spürte genau, dass sie jede Beherrschung verlor.
Sie war nicht mehr Gräfin, sondern nur noch Frau, und wäre der arroganten Kaufmannstochter am liebsten mit bloßen Händen an die Gurgel gegangen.
»Wenn du es nicht willst, so nehme ich es gerne für meine Schatztruhe«, widersprach Sygifrid kühl lächelnd.
Er schien plötzlich an dieser Auseinandersetzung Gefallen zu finden, wollte sie sogar schüren. Seine Augen blitzten, und seine Hand umkrallte den Trinkpokal.
»Ich bestehe darauf, Protagius, dass Ihr Eurer Aussage Taten folgen lasst. Ich will das Kleid morgen hier auf der Burg sehen.«
Offenbar gefiel es ihm, Judith zu demütigen. Trotz aller Wut fragte sich Genovefa, warum das so war. Aber sie konnte sich keinen Reim auf Sygifrids Verhalten machen.
Judiths kohlschwarze Augen funkelten blitzeschleudernd zu Sygifrid herüber. Ihre Fäuste ballten sich. Die Sehnen an ihrem schlanken Hals traten weit hervor. Sie bemerkte nicht, dass ihr Vater verzweifelt am Ärmel ihres Umhangs zog, um sie endlich zum Schweigen zu bringen.
»Von mir aus … steck' es in die Schatztruhe«, versetzte Genovefa gehässig.
Sie spürte, dass sie Oberwasser bekam, hatte das Gefühl, der Graf stehe auf ihrer Seite.
»Vielleicht überlege ich es mir und ziehe es irgendwann doch einmal an«, fügte sie abschätzig hinzu.

»Das Kleid ist nicht wichtig, sondern die Frau, die darin steckt!«, stieß Judith außer sich hervor.
»Pass auf, was du sagst«, erwiderte Sygifrid ärgerlich. »Du darfst nie vergessen, wer du bist!«
»Ich bin …«
Judith sprach nicht weiter.
In ihrem Kopf arbeitete es. Widerstreitende Gefühle prägten ihr Gesicht. Dann kam sie zu einem Entschluss.
Sie schaute zuerst den Pfalzgrafen ganz aufreizend, anschließend die Gräfin herablassend an.
»Ich weiß, wer ich bin und was ich bin«, sagte sie nur.
Dann lächelte sie kalt und überlegen und setzte sich wieder.

Die nächsten Minuten verliefen in gespannter und ungemütlicher Atmosphäre.
Allen war klar, dass Judith eigentlich bestraft werden musste, und dass es einen ganz bestimmten Grund gab, weswegen das nicht sofort geschah.
Genovefa hatte nicht die Kraft, auf einer Bestrafung zu bestehen. Sie war nicht sicher, wie das Resultat aussehen würde. Ihre Demütigung war schon so schwer genug.
Golo und Audoin versuchten vergeblich, das Gespräch in Gang zu halten. Die Hexe Amala verschwand wie eine Geistererscheinung, ohne dass sie jemand gehen sah. Draußen war die Nacht angebrochen.
Sygifrid trank viel zu schnell.
Er würdigte Genovefa keines Blickes, so dass sich die Gräfin schuldig fühlte, obwohl sie sich keiner Schuld bewusst war.
Manchmal glaubte sie im Fackellicht des Saales erkennen zu können, dass Judiths Blicke sich wenn auch nur flüchtig mit denen des Pfalzgrafen kreuzten. Aber Genovefas Stolz verbot ihr, genauer hinzuschauen.
Noch bevor einer der anderen Gäste die Runde verlassen hatte, schützte die Gräfin Kopfschmerzen vor und verabschiedete sich ohne große Worte von der Runde, wobei sie Protagius und seine Tochter vollkommen wie Luft behandelte, während sie sich von allen anderen Gästen wenigstens mit einem Kopfnicken verabschiedete.

Sygifrid ließ es reglos über sich ergehen, dass Genovefa ihn zum Abschied auf die Wange küsste. Er war schon ziemlich betrunken, verlor kein Wort, keinen Blick für seine Frau. Die Kälte, die Genovefa so sehr fürchtete, war schon wieder in ihm. Das war jetzt immer öfter so, aber es schmerzte jedes Mal wieder. Genovefa spürte, dass sie ganz langsam so wurde wie ihre Mutter.
Ihr Herz pochte bis zum Hals, als sie hinausging. Sie hatte das Gefühl, der Rivalin kampflos das Feld zu überlassen.
Aber zugleich spürte sie tief in ihrem Innern – und sie erschrak davor – dass sie das eigentlich nicht mehr wirklich berührte.

V

»Ich weiß, du sehnst den Frühling genauso herbei wie ich«, streichelte Genovefa zärtlich über das Gefieder der Nachtigall, die sie nach den ersten Winterstürmen vor dem Erfrieren und Verhungern gerettet hatte und die ihr treuer Hausgenosse geworden war.
»Mein gefiederter Freund!«, seufzte sie. Der Vogel pickte die Körner aus der hohlen Hand der Gräfin. »Sei beruhigt! Bald wird die Schneeschmelze beginnen. Bald wirst du in den Wald und in dein altes Leben zurückkehren.«
Ein Schatten der Trauer schlich sich in Genovefas Gesicht. Der Spiegel in der Kemenate zeigte es ihr überdeutlich: Ihre unerfüllten Sehnsüchte hatten sich den Gesichtszügen tief eingeprägt, und selbst ihr weizengoldenes Haar, auf das sie so stolz gewesen war, schien stumpfer geworden zu sein.
»Du wirst mich verlassen«, flüsterte die Gräfin, die vor der schmalen Treppe zur Kemenate im nassen, klumpigen Schnee verharrte. Es war ihr gleich, dass ihre Füße kalt und feucht wurden. So vieles war ihr inzwischen gleich. Selbst ihre Mildtätigkeit für das Kloster St. Vitus erschien ihr nur noch als Mühsal und brachte ihr keine Freude mehr.
»Aber nicht nur du wirst mich verlassen«, führte Genovefa das einseitige Gespräch mit ihrem gefiederten Freund fort. »Ich spüre die kommenden Veränderungen. Unser Herr wird in die Schlacht ziehen.«

Sie zog den Pelzumhang enger um die Schultern. Ihr Blick haftete auf den unsteten, kohlschwarz runden Augen des Vogels. Sie fragte sich, wie das Tier die Welt sah und ob es glücklicher war als die Menschen, die um Geburt und Tod wussten und um die Vergänglichkeit allen Seins.
Schmerzlich wurde die Gräfin daran erinnert, dass sie auch im vierten Jahr ihrer Ehe dem Pfalzgrafen keinen Sohn geschenkt hatte.
Ein leichter Schneefall begann.
Der helle Fleck am Mittagshimmel, der zeigte, wo die Sonne stand, verdüsterte sich. Aber selbst wenn der Winter noch so lange dauerte: Der große Feldzug gegen die Sarazenen würde allenfalls verzögert, nicht aber aufgehalten werden. Der Sommer dieses Jahres 732 – er würde aller Voraussicht nach die Entscheidungsschlacht bringen, wenn man den Gesprächen und Mutmaßungen der Männer Glauben schenkte.
Und es gab keinen Grund, daran zu zweifeln.
»Auch wenn unser Glücksstern verblasst ist«, sagte Genovefa traurig, »ich habe trotzdem eine so große Angst, dass Sygifrid fortgeht und niemals wieder zurückkommt.«
Ihr Blick fiel auf die schmale Kapellenpforte in der Nähe. Sie überlegte, ob sie zur Muttergottes beten und St. Petrus um das Wohlergehen ihres Gemahles anflehen sollte.
»Kannst du mich verstehen?«, fragte sie die Nachtigall.
Bevor sie sich jedoch für das Gebet entscheiden konnte, hörte sie das Stampfen von Hufen. Ein Reiter nahte durch den Schnee.
Genovefa starrte zum offenstehenden Burgtor, denn sie wusste nicht, wer dort kam. Sygifrid hatte nichts davon erwähnt, dass er einen Gast erwartete.
Aber sie spürte genau, instinktiv, dass der Bote eine Nachricht brachte, die ihr Leben in eine andere Bahn lenken würde.

*

»Ich habe selbst nicht geglaubt, dass es so schnell gehen wird und so früh im Jahr. Ungewöhnlich. Andererseits hat jetzt die Ungewissheit ein Ende.« Sygifrid zog seinen Mantel aus und schloss die Türe des Schlafgemachs. »Der Bote ist zurück auf dem Weg zu Karl. Unser Aufgebot kommt morgen zusammen.«

Er legte sich neben Genovefa auf das mit Vorhängen umgebene Ehebett. Genovefa schmiegte sich in den Arm des Grafen. Trotzdem war ihr kalt. Sie zitterte ein wenig.
»Mir wird jetzt erst klar, wie weit weg Aquitanien ist«, flüsterte sie. »Tausend Flüsse und Städte und Berge werden zwischen dir und mir liegen.«
Sygifrid schwieg.
Im Innenhof der Burg waren die Kommandos von Golo zu hören. Der Verwalter scheuchte das Gesinde.
»Wieso zitterst du?«, fragte der Graf besorgt. »Ich hoffe nicht, dass du krank wirst.«
»Ich habe Angst«, erwiderte Genovefa. »Ich habe Angst davor, dass du fortgehst.«
»Du weißt, ich habe keine Wahl.«
Die Gräfin nickte.
»Mir ist klar, dass du nach Aquitanien musst. Glaube nicht, dass ich dich abhalten will. Ich weiß, dass es für dich eine heilige Pflicht ist, Karl bei seinem Kreuzzug zu helfen.«
»Sie haben Avignon und Arles überrannt. Das Maß ist voll«, sagte der Graf energisch.
Er schwieg einen Augenblick und legte dann, so als sollte es eine besondere Geste sein, den Arm um Genovefas Schultern.
»Ich weiß, du warst unzufrieden«, stellte er fest. »Ich habe von Anfang an befürchtet, dass du dich mit deinem neuen Leben hier oben in Magus nicht anfreunden könntest.«
»Ach, mein Liebster, das ist es nicht«, seufzte Genovefa. »Ich weiß, dass du das immer geglaubt hast, aber es war niemals so.«
»Was war es dann?«
Genovefa schwieg. Statt einer Antwort streichelte sie ihrem Gemahl zärtlich über die Wangen.
»Warum glaubst du bin ich so traurig, dass du nach Aquitanien gehst? Ich vermisse dich schon jetzt!«
»Ist das wahr?«
Genovefa küsste Sygifrid flüchtig auf den Mund.
»Ich habe in den Jahren, seit ich hierher gekommen bin, niemals etwas anderes vermisst als dich.«
Sygifrid schaute Genovefa fragend an. Seit langer Zeit hatten sie nicht mehr so offen, und gleichzeitig zärtlich miteinander gespro-

chen. Am Anfang ihrer Ehe war das öfter vorgekommen, aber dann war diese Nähe in den Ritzen des Alltags versiegt.
Der Graf stand auf und legte neues Feuerholz nach. Er war verunsichert, das bemerkte Genovefa deutlich. Über Gefühle zu sprechen, über Hoffnungen und Ängste – für einen fränkischen Krieger war das genauso schwer wie Lateinisch lernen.
Eine Fremdsprache.
Um so höher rechnete Genovefa es dem Grafen an, dass er es wenigstens versucht hatte.
»Wieso sagst du, dass du mich vermisst hast? Wir waren niemals länger als fünf Tage voneinander getrennt.«
Er blieb am Kamin stehen, so als wollte er sich wärmen.
Genovefa versuchte es noch einmal: »Mein Herz hat dich vermisst! Du warst zwar nah, aber zugleich auch weit weg.«
In Sygifrids Gesicht widerspiegelte sich Unverständnis.
Genovefa spürte, dass sie den Zauber des Augenblicks zerstören würde, wenn sie fortführe, den Mangel an Gefühlen zu beklagen, die ihr entgegengebracht wurden. Es gibt auf Gottes Welt keinen Mann, der diese Sprache wirklich versteht, dachte sie. Doraswinth hatte Recht gehabt: Das war das Los der Frauen auf dieser Welt, und es war unabänderlich.
Ihr wurde klar, dass die Erinnerungen an die zärtlichen Zwiegespräche in der Anfangszeit ihrer Ehe sie irreführten: Damals war ihr Herz vor Glück übergeflossen, und es war ein Leichtes gewesen, dieses Glück mitzuteilen. Das Glück – es hatte nichts in Frage gestellt, es genügte sich selbst. Die prickelnde Erregung des ersten Verliebtseins löste die Zunge, erlaubte ihr Zärtlichkeiten auszusprechen, für die ihr jetzt der Mund verschlossen blieb. Wie in einem Echo hatte Sygifrid die Liebkosungen der Wörter erwidert, auch wenn Sygifrids Liebesschwüre oftmals nur ein Widerhall von Reimen aus Liedern und Gedichten war. Aber es war echt und ernst gemeint, zumindest am Anfang, und das genügte.
Genovefa gierte nach Zärtlichkeit, und sie begehrte ihren Mann. Deswegen wollte sie ihn jetzt nicht weiter mit Fragen schrecken, die er nicht beantworten konnte.
»Liebster, komm wieder zu mir«, breitete sie ihre Arme aus. »Wer soll mir sonst helfen, mein Kleid aufzubinden?«
Sygifrid lachte befreit.

Genovefa sah ihm an, dass ihn jetzt alles wieder an die ersten Wochen ihres Zusammenseins erinnerte, an jene Tage, in denen er sich für den glücklichsten Mann der Welt gehalten hatte.
Er zelebrierte das Aufbinden des Kleides.
Genovefa beobachtete sein Gesicht dabei. Er hatte nicht nur wieder die freudige Erwartung in seinem Blick wie am Anfang ihrer Ehe, sondern er glitt ganz allmählich in einen Zustand allumfassender Erregung, den Zustand einer großen, gottgewollten Lust, der alles Schlechte zwischen ihnen vergessen ließ.
Genovefa ließ sich mitreißen, sie folgte Sygifrid in den Taumel geschlechtlicher Inbrunst, und sie war ebenso glücklich dabei wie ihr Mann. Sie blickte unauffällig an ihm hinab und sah, dass sich seine Männlichkeit steil aufgerichtet hatte.
Sie vergaß die drei, vier Versuche in den vergangenen Wintermonaten, als Sygifrid angetrunken und übellaunig zu ihr gekommen war, sie kurz und lieblos bestiegen und sich befriedigt hatte wie bei der Kopulation zwischen Tieren. Sie vergaß die beiden Male, als selbst das nicht gelungen war und Sygifrids Männlichkeit erschlaffte, kurz nachdem er in sie eingedrungen war.
Nein … nichts von all dem jetzt!
Es war ganz anders, anders auch als am Beginn ihres Zusammenseins.
Denn jetzt lagen die Erfahrungen der vergangenen vier Jahre hinter ihnen, die Wunschvorstellungen und Illusionen waren verraucht, hier und jetzt trafen Mann und Frau ohne Vorbehalt aufeinander, sie fieberten einer Lust entgegen, die sich aller Rücksichtnahmen entledigte, einer ernüchterten Lust vielleicht, die aber eben wegen dieser Ernüchterung um so erregender war.
Einen Augenblick lang dachte Genovefa, dass sie erst jetzt wirklich ihre Jungfräulichkeit verlor. Sie machte etwas, das sie niemals zuvor getan hatte, und was sie sich eigentlich zuvor nicht hatte vorstellen können: Sie nahm Sygifrids Männlichkeit in ihre Hand, unbeholfen zuerst, fast ängstlich.
Aber dann sah sie, dass ihr Mann die Augen verdrehte und den Kopf nach hinten über die Bettkante fallen ließ, hörte sein Stöhnen.
Sie wurde mutiger. Instinktiv spürte sie, wie sie die Hand bewegen, welchen Rhythmus sie einhalten musste.

Plötzlich schob Sygifrid Genovefas Hand fort. Die Gräfin dachte zuerst, sie habe etwas falsch gemacht, aber sie sah, dass das Gegenteil der Fall war.
»Nicht so schnell«, sagte Sygifrid schwer atmend.
Seine Augen strahlten.
»Wenn du so weitermachst, ist gleich alles vorbei.«
Genovefa entspannte sich und ließ sich zurücksinken. Unversehens spürte sie Sygifrids Hand an ihrer Scham. Niemals zuvor hatte er das getan. Doch sie war längst über die Grenze geschritten, an der sie diese ungeheuerliche Berührung noch geschreckt hätte. Sie schloss die Augen und genoss es, wie Sygifrid sie erregte.
Die Spannung in ihrem Körper stieg.
Es war wie im Fieber.
Es gab kein Zurück mehr.
Sie stöhnte laut auf. Ihre Erregung überschritt jedes Maß, das sie bisher gekannt hatte. Sie dachte flüchtig daran, dass draußen vor der Tür Bartholomäus und Ansfledis oder sogar Richildis möglicherweise alles mithören konnten. Aber es war ihr vollkommen gleich.
»Es ist wunderschön so«, sagte der Graf fast von Sinnen, fand Stellen an Genovefas Körper, die diese selbst noch nicht gekannt hatte, mit Fingern, die eine Kunstfertigkeit offenbarten, die sie ihrem Mann niemals zugetraut hätte.
Es war nur ein kurzer Augenblick, in dem sie abkühlte und überlegte, woher diese Fingerfertigkeit und das Wissen um die geheimen Stellen des Frauenkörpers kam. Dass er sie wahrscheinlich an Judith geübt hatte. Dass Sygifrid dieses neue, unbekannte, fiebrige Spiel mit der schönen Tochter des Kaufmanns vielleicht schon vorher erprobt und zur Meisterschaft gebracht hatte.
Aber sie verwarf ganz schnell den Gedanken, dass ihr Zusammensein eine schale Wiederholung war.
Nein – für sie beide war das alles neu, vollkommen neu. Ihre Erregung war längst zu groß, als dass sie sich durch den Gedanken an Judith von dem vorherbestimmten Weg hätte abbringen lassen.
Sie küssten sich leidenschaftlich. Ihre Zungen spielten miteinander. Sie berührten sich an allen Stellen des Körpers. Der Taumel, der sie erfasste, war uferlos.
Sygifrid drang in Genovefa ein.

Sie hatte ihn noch niemals zuvor so intensiv in sich gespürt. Sie wusste, dass es ein Geschenk Gottes war. Sie ließ sich fallen, wohin auch immer. Sie flüsterte Zärtlichkeiten, die sie im gleichen Augenblick erfand. Sie wusste, dass auch Frauen einen Höhepunkt der Extase erleben konnten, und sie war sicher, dass sie ihn jetzt erleben würde, zum ersten Mal, zusammen mit Sygifrid.
Und so geschah es auch.
Die Welt explodierte in blutrotem Licht. Ob sie laut schrie oder leise, wusste sie nicht. Jede Faser ihres Körpers war an ihrem Höhepunkt beteiligt. Warm entleerte Sygifrid seine Erregung in ihrem Inneren.
Alles war anders als jemals zuvor. Es war Liebe, sicherlich, aber es war auch pure Lust, die Herrschaft des Körpers über den Geist.
Als es vorbei war, blieben sie aneinander liegen. Sie waren Mann und Frau, und brauchten sich nicht zu schämen für das, was sie zusammen erlebt hatten.
»Ich liebe dich«, flüsterte der Graf erschöpft.
Genovefa schmiegte sich an ihn, schaute in seine geweiteten, beinahe glasigen Augen.
»Es war wunderschön«, sagte sie leise.
Aber ganz plötzlich und unerwartet hatte sie das Gefühl, dass es das letzte Mal war, dass sie so zusammen sein durften.
Und als wäre es eine Bestätigung dieses traurigen Gedankens, pochte es plötzlich an der Türe des Gemachs.
Sygifrid erhob sich nackt vom Bett und warf sich lässig seinen Pelzumhang über, dann ging er zur Tür. Irgendwie erschien es Genovefa so, als sei der Graf erleichtert, eine Entschuldigung zu haben, jetzt einfach aufzustehen. Nicht mit ihr zusammenbleiben zu müssen, nachdem sie ihn am Abgrund der Extase erlebt hatte.
An der Tür war Golo.
»Ich hoffe, du hast einen guten Grund, mich zu stören. Sei froh, dass du nicht früher hereingekommen bist«, sagte der Graf.
Beide Männer lachten. Golo schaute verstohlen über Sygifrids Schulter hinweg auf das zerwühlte gräfliche Bett. Genovefa kam sich entehrt und verraten vor. Sie war zwar bis zum Hals von der Wolldecke des Bettes verhüllt, fühlte sich aber dennoch nackt und preisgegeben.
Und da war unvermittelt etwas in Golos Blick, das sie zwar nur flüchtig erkannte, das sie aber schon beim Johannisfest bemerkt

hatte: Er schaute sie an wie eine gewöhnliche Frau, eine Magd oder vielleicht sogar eine Hure. In diesem flüchtigen Blick war jeglicher Respekt vor ihr als der Herrin und Gräfin verloren; es war ein Blick, der besagte, wenn es irgendeine Möglichkeit gäbe, dich jetzt zu nehmen, dann würde ich es tun.

Der Schweiß in ihrem Gesicht, die geröteten Wangen, alle diese Indizien, die an ihre Lust erinnerten, machten sie nun Golo gegenüber verletzlich und angreifbar. Sie hatte das Gefühl, auf fatale Weise in den Bann oder die Gewalt dieses Mannes geraten zu sein, weil der sie sah, wie nur der Graf sie hätte sehen dürfen.

Eine unbändige Wut bemächtigte sich ihrer, weil Sygifrid es zuließ, dass Golo sie mit seinen lüsternen Blicken entehrte; es nicht nur zuließ, sondern zu genießen schien – so wie ein Krieger dem anderen seine Beute vorführt.

»Das Aufgebot für das Märzfeld steht schon morgen früh bereit«, erklärte Golo. »Es ist schneller gegangen, als wir gedacht haben. Selbst Hiltibald hat seine Männer ohne Verzögerung geschickt.«

»Er weiß, woher der Wind weht.« Sygifrid schnalzte mit der Zunge. »Das sind wahrhaftig erfreuliche Nachrichten.«

Sygifrid legte den Arm um Golos Schulter.

»Wir gehen in den Vorraum. Dort besprechen wir alles weitere«, blickte er zu Genovefa zurück.

In seinen Augen war kein Funke mehr von der Zärtlichkeit und Leidenschaft, die sie bis vor ein paar Momenten miteinander geteilt hatten. Sygifrid lächelte kalt, dann fiel die Tür hinter ihm ins Schloss, und Genovefa blieb alleine im gräflichen Bett zurück.

Wenig später hörte sie die beiden Männer jenseits der verschlossenen Türe lauthals lachen und versuchte vergeblich, die Tränen zurückzuhalten, die ihre Augen überschwemmten.

VI

Dumpfer Trommelschlag erfüllte die eisige Luft. Auf dem Burgturm, im Innenhof und rund um die Burg brannten Feuer. Nicht mehr lange, und das letzte Licht des Tages wäre verglommen.
Die Krieger des Magus-Gaus – es waren ihrer vierundvierzig – hatten sich im Innenhof versammelt, während ihre Pferde draußen vor dem Burgtor von Knechten versorgt wurden.
Aber nicht nur die Krieger waren zum Thing des Gaus herbeigerufen worden, sondern auch die Verwalter der Herrenhöfe, die rund um Magus verstreut lagen, sowie der Steinvogt und der Eisenvogt, denen der Steinbruch und die große Schmiede unterstanden. Dann waren da noch der unscheinbare und schweigsame Abt Paulus vom Kloster St. Vitus und Heito, der Dorfpriester. Der niederste vom Rang, der aber der reichste von allen war, hielt sich im Hintergrund, wusste er doch um Neid und Mißgunst: Protagius, der Kaufmann, dessen Wort aber wegen seiner Weltläufigkeit dennoch Gewicht hatte.
Die Trommelknechte zogen langsam um die Burg. Sie legten sich ziemlich ins Zeug, um die bösen Geister zu vertreiben und Dämonen fernzuhalten von der Versammlung.
»Ego vos abigo!«, rief Heito in seinem furchtbaren Latein in alle Himmelsrichtungen. »In Nomine Patris et Filiis et Spiritus Sanctus!«
Trotz der Kälte lag fiebernde Spannung über der Versammlung, galt es doch, in den Krieg zu ziehen, und das versetzte die Männer immer wieder in freudige Erregung.
Genovefa stand auf dem Balkon oben vor dem Burgsaal und schaute in den Innenhof hinab. Von Schnee war hier nichts mehr zu sehen. Alles war zertrampelt. In den von den Feuern zerrissenen Schatten der Männer dort unten suchte die Sygifrid, konnte ihn aber nicht auf Anhieb entdecken. Vielleicht war er draußen, um bei den Pferden nach dem Rechten zu sehen.
Ein paar Knechte kamen und brachten die doppelt mannshohen Stangen, an deren Enden Tierschädel befestigt waren. Die Stangen wurden kreisförmig aufgestellt, wobei die leeren Augenhöhlen der Schädel wie zur Abwehr nach außen starrten. Nur wer sich später innerhalb dieses Kreises aufhielt, gehörte dem Gau-Thing an, durfte mitreden und abstimmen.

Genovefa fand, dass der Schädelkreis wie ein alter heidnischer Brauch anmutete. Aber Heito und Abt Paulus hatten offenbar nichts dagegen einzuwenden, segneten vielmehr die Schädel mit geweihtem Wasser.

Die Gräfin fror, aber sie wollte sich dieses Spektakel trotzdem nicht entgehen lassen.

Über dem Osthorizont, wo der Rhein lag, tauchte die silberne Mondsichel auf. Die sinkende Dämmerung ließ die Sterne vom Osten her erstrahlen, zu allererst Venus, den Abendstern, dann allmählich alle anderen. Nicht eine einzige Wolke war von Horizont zu Horizont zu sehen.

Genovefas Blick blieb auf zwei Frauengestalten haften, die sich durchs Burgtor schlichen, als wollten sie nicht beobachtet werden. In der einen Frauensperson erkannte die Gräfin Richildis, die Küchenmeisterin. Die kleine, gebückte, offenbar schon ältere Frau an ihrer Seite erkannte sie nicht, vermutete aber, dass es die Kräuterhexe Amalaswintha war, die zu Füßen der Burg in einem kärglichen Verschlag in der Nähe des Sumpfloches wohnte, mehr schlecht als recht geduldet. Wenn sie sich nicht um die Krankheiten Sygifrids kümmern musste, dann versorgte sie die Frauen der Burg und der Siedlung mit allerlei Kräutern für jeden möglichen nützlichen, aber auch unheiligen Zweck.

Dass sie mit dem Teufel und den bösen Mächten im Bunde war, stand für viele außer Zweifel, und es gab Tage und Wochen, manchmal Monate, in denen die Alte ganz verschwand und von niemandem mehr gesehen war – immer dann, wenn das Gemurmel des Volkes über Amalaswinthas schwarze Bünde mit den Dämonen lauter wurde, als es ihrer Unversehrtheit zuträglich schien.

Genovefa kümmerte sich nicht weiter um diese Beobachtung und vergaß sie schnell, nachdem Richildis sich mit der Kräuterhexe an Martinus, dem Küchengehilfen, vorbeigedrängelt hatte und in der Küche verschwunden war.

Inzwischen war der Boden im Innenhof nur noch brauner Schlamm. Allmählich zogen sich die Männer hinter die Außenlinie des Schädelkreises zurück. Ab und zu wurden Befehle gebrüllt, aber dann waren nur noch das Knistern der Feuer und gedämpftes Gemurmel zu vernehmen.

»Fangen sie endlich an?«, trat Bertrada neben ihre Herrin.

»Es scheint so. Ich glaube, sie warten noch auf den Grafen.«
Der Dorfpriester Heito stimmte einen Gesang an. Von ferne erinnerte es Genovefa an die heiligen Messen, die sie zusammen mit ihrem Vater in der Domkirche zu Gent gehört hatte. Der Vorsinger in Gent hatte eine ähnlich hohe, im ersten Augenblick lachhaft anmutende, aber dann mehr und mehr vereinnahmende Stimme.
Heito sang Stücke aus den Psalmen, er trat nah an das Feuer, das in der Mitte des Schädelkreises brannte. Die Stimme des Dorfpriesters steigerte sich zu einem weinenden Bekenntnis, das die Schlechtigkeit der Welt beklagte. Er öffnete seinen kleinen, transportablen Schrein, holte die Hostie heraus und hielt sie den Sternen entgegen.
Die Männer schlugen derweil mit den Fäusten wild auf ihre Schwerter, ein seltsam metallisch-dumpfes Geräusch. Sie begannen, im Rhythmus mit den Füßen aufzustampfen. Im Schein der Feuer sah man ihren dampfenden Atem.
Heito nahm die Hostie und legte sie sich in den Mund, machte ein verzücktes Gesicht, dann verteilte er den Leib des Herrn an alle Krieger. Dazu ging er reihum im Schädelkreis, und er hielt jedes Mal inne, wenn er sieben Hostien ausgegeben hatte, fiel dann auf die Knie, in den tiefen Schlamm, faltete die Hände vor das Gesicht, betete einen Psalm und fuhr fort.
»Der Graf kommt«, deutete Bertrada auf die dunkle Gestalt Sygifrids, die jetzt zusammen mit Golo durch das Burgtor in den Innenhof kam.
Sygifrid und Golo traten in den Schädelkreis.
Es war jetzt endgültig Nacht geworden. Die Mondsichel stand über der Burg. Die Sterne szintillierten, und sie traten in eifersüchtige Konkurrenz zu den Feuern, die die Menschen entzündet hatten. Heito fuhr mit einer Hand nervös durch sein schütteres Haar und reichte dem Grafen und Golo als den letzten die heilige Hostie. Beide knieten ehrfürchtig nieder, als sie sie empfingen. Irgendwo in der Ferne – in Richtung des dunklen Sumpfloches, das der Fluss Nyt unterhalb der Burg bildete – bellte ein großer Hund. Die Trommeln, mit denen die bösen Geister und Dämonen abgewehrt werden sollten, verstummten.
Eine tiefe, heilige Stille lag über der Versammlung. Nur noch das Feuer knisterte. Die Männer standen schweigend beieinander.

Der Graf und Golo traten in die Mitte des Kreises. Um sie herum bildete sich der Ring der Krieger. Heito, der Abt Paulus und der Kaufmann Protagius, alle drei von Geburt Unfreie und unedel, blieben am Rande.
»Ich rufe den Herrn des Himmels zum Zeugen an, dass wir uns nach dem alten Recht und Gesetz des Magus-Gaus hier versammelt haben zur Schwurgemeinschaft.«
Zustimmendes Gemurmel beantwortete Sygifrids formelle Eröffnung des Things.
»Ihr wisst alle, was Karl, der ehrwürdige Majordomus des heiligen Königs Theuderich von uns fordert.«
Sygifrid zog sein Schwert, hob es über den Kopf und drehte sich langsam im Kreis.
»Das Schwert ist das Zeichen, dass er Gefolgschaft fordert für die Ehre des Königs und des Reiches.«
Er nahm die Waffe und stieß ihre Klinge mit Wucht in den schlammigen Boden.
Genovefa fröstelte, nicht nur wegen der Kälte. Die Zeremonie hatte einen wuchtigen, gewalttätigen Charakter, aber sie erschien ihr auch ehrwürdig und heilig, tief verwurzelt im Herzen dieser Männer im Innenhof der Burg. Die Gräfin spürte plötzlich Bertradas Hand in der ihren. Sie wusste, dass die Amme genauso fühlte.
»Ich bin der Pfalzgraf und ich bin der Herr des Magus-Gaus«, rief Sygifrid mit fester Stimme.
Für einen Augenblick kehrte in Genovefas Herzen die Erinnerung an den Nachmittag dieses Tages zurück, an die tiefe Erregung und Befriedigung, die das Zusammensein mit diesem Mann ihr bereitet hatten.
Jetzt zog er in die Schlacht. Vielleicht würden sie niemals wieder so zusammen sein. Beim bloßen Gedanken an einen solchen Verlust schwindelte es Genovefa, und sie spürte, dass ihre Knie weich wurden und die Beine nachzugeben drohten.
»Lass uns nach unten gehen«, sagte sie ängstlich zu Bertrada, denn wenn sie am oberen Ende der langen Saaltreppe einer Ohnmacht zum Opfer fiele, so war die Gefahr eines schweren, tiefen Sturzes groß.
Langsam gingen die beiden Frauen die steinerne Treppe hinab.
»Als Gefolgsmann Karls und als Herr des Gaus stelle ich feierlich fest, dass dem Recht Genüge getan ist«, fuhr Sygifrid fort. »Ich

erkenne die Aufforderung zur Heerfahrt ausdrücklich an und will ihr ohne Zögern Folge leisten. Es ehrt euch, dass ihr alle eure Häuser und Burgen verlassen habt, um hierher zu kommen und als freie Männer eure Pflicht zu erfüllen. Ich schwöre beim Namen der Heiligen Dreifaltigkeit und bei Sankt Petrus, dem Schlüsselwächter des Himmels, für mich und für euch: Wir werden tun, was die Ehre des freien Mannes gebietet.«
Die Krieger unter den Männern in der Versammlung schlugen mit ihren Schwertern auf die Schilde, die sie bei einem Kriegs-Thing immer mitbrachten.
»Alle Männer, die mit mir auf Heerfahrt gehen, sind unter euch.«
Die Angesprochenen rissen die Schwerter hoch und streckten sie mit einem martialischen Aufschrei dem Nachthimmel entgegen.
»Ich weiß, dass ich mich auf eure Treue und auf eure Tapferkeit verlassen kann«, beschwor der Graf ihren Gemeinschaftsgeist. »Wir werden gegen die Sarazenen ziehen, und schon morgen früh werden wir aufbrechen, sobald Vogt Hiltibald mit seinen Männern zu uns gestoßen ist. Dann reiten wir nach Treveris, wo wir mit den anderen Kontingenten zusammentreffen. Auch Majordomus Karl wird in Treveris sein.«
Die Krieger brachen in begeisterte Hochrufe aus. Karl, der wahre Herrscher des Frankenreiches, war bei den Männern ungleich beliebter als König Theuderich. Der einsame König war für viele kaum mehr als ein Schatten der Vergangenheit. Niemand hatte ihn jemals zu Gesicht bekommen, es gab keine Lieder über seine Heldentaten, und es existierten nicht einmal Gerüchte über königliche Ausschweifungen oder Grausamkeiten. Theuderich war ein königliches Nichts. Allen war klar, dass der Majordomus Karl keinen Herrn über sich hatte als Gott.
»Wir werden lange Zeit in Aquitanien sein, wo die Sarazenen sich festgesetzt haben«, fuhr Sygifrid fort, der offenkundig von der Begeisterung seiner Kriegsmannen angesteckt war. Das Vibrieren seiner Stimme verriet Genovefa die starke Erregung, in der sich ihr Gemahl befand. Eine so ganz andere Erregung als am Nachmittag.
Die Gräfin hatte inzwischen mit Bertrada den Innenhof erreicht und hockte sich mit ihr auf die Holzbank am Kücheneingang.
»Deswegen müssen einige hier bleiben, um das Land zu bestellen und zu beschützen und die göttliche Ordnung aufrecht zu erhal-

ten.« Sygifrid schaute in die Runde. »Ich weiß, meine Freunde, das ist die Stelle, an der ihr immer zu Boden schaut und euch verkriechen wollt, damit euch nicht das Los trifft, zu Hause bleiben zu müssen.« Er lachte. »Aber diese Angst ist ehrenhaft und mutig. Und dennoch müssen sieben Männer zurückbleiben.«
»Gott soll entscheiden!«, erklang es aus den Reihen der Männer. Sygifrid erkannte den Rufer. Es war Eutharich, einer seiner besten. Eutharich war der treffsicherste Lanzenkämpfer und einer der ersten, der mit den ungewohnten Steigbügeln zurecht gekommen war.
»Machen wir es wie beim letzten Mal«, rief Eutharich. »Die Lanzen sollen entscheiden. Gott wird denjenigen den Arm führen, die er für diese Heerfahrt auserkoren hat.«
Eutharich grinste Sygifrid an. Beide wussten natürlich, dass Eutharich ganz sicher unter den Siegern sein würde.
Aber sein Vorschlag fand allgemeine Zustimmung.
»Doch bevor wir die Lanzen sprechen lassen, will ich euch verkünden, wer als mein Stellvertreter und als mein Sachwalter in Magus bleibt. Es ist mein Freund und treuer Gefolgsmann Golo, dem ich zutiefst vertraue.«
Sygifrid bückte sich und nahm einen Klumpen Erde in die Hand. Er legte ihn in Golos Hände zum Zeichen, dass er ihm als seinem Stellvertreter alle Machtbefugnisse über das Land übertrug, solange er fort war. Gleichzeitig verschlimmerten sich Genovefas Schwindelgefühle schlagartig. Sie hielt sich an Bertrada fest.
»Was ist mit dir?«, fragte die Amme besorgt. »Soll ich dich zu Bett bringen?«
Genovefa schüttelte den Kopf, erhob sich von der Bank.
»Ich brauche nur ein bisschen Bewegung. Es ist dieser Rauch von den vielen Feuern ...«
Sie machte ein paar Schritte von der Holzbank und Bertrada weg, merkte, dass es nicht besser wurde.
Währenddessen klopften die Krieger noch einmal mit den Schwertern auf ihre Schilde, als Sygifrid seinem knieenden Stellvertreter das alte Grafenschwert, das Zeichen der Gerichtsbarkeit über den Gau, in die Hände gab.
»Es heißt, dass Chlodowech dies Schwert meinem Urahnen geschenkt hat, und dieser gab es seinem Sohn. So ging es weiter, bis mein Vater es mir übergab«, verkündete der Graf feierlich.

Genovefas Hand fuhr zur Stirn.
»Halte das Richtschwert in Ehren«, fuhr Sygifrid fort, während Golo die ehrwürdige Waffe mit seltsam funkelnden Augen betrachtete. »Denn von dem Tag an, da ich Magus verlasse, gilt dein Wort wie mein Wort, und ist dein Richtspruch wie mein Richtspruch.«
»So sei es«, erhob sich die fistelnde Stimme Golos. Aber sie klang jetzt nicht lächerlich.
Keineswegs.
Langsam drehte sich Genovefa zu Golo um. Sie stand jetzt knapp außerhalb des Schädelkreises, vielleicht fünf Mannslängen von Golo und dem Grafen entfernt.
Sie hatte die Blicke des Verwalters in ihrem Rücken gespürt – und wirklich: Als sie zu ihm hinüber schaute, starrte Golo sie verstohlen an.
Es war etwas im Blick dieses Mannes, das ihr das Blut gefrieren ließ. Weder Hass noch Begierde, sondern irgendetwas dazwischen. Die Gräfin spürte, wie das Blut aus ihrem Kopf wich. Der Rauch zog in Schwaden herüber.
»Ich schwöre«, hielt Golo das Schwert jetzt in Händen, »dass ich Gottes Willen erfülle und das Grafenamt so führen werde, als wärest du selbst hier, Herr.« Er verbeugte sich förmlich vor Sygifrid.
Genovefa schaute sich verzweifelt nach irgendetwas um, wo sie sich abstützen konnte. Warum war Bertrada nicht da, fragte sie sich. Und hatte keiner der anderen den spöttischen Unterton gehört, als Golo versprach, alle Pflichten des Grafen zu erfüllen?
»Bertrada«, stieß sie hervor. »Hilf mir!«
Aber da hatte die Ohnmacht sie schon übermannt. Die Amme konnte eben noch den Sturz der Gräfin abfangen, so dass sie nicht hilflos in den Schlamm des Burghofes sank, sondern in Bertradas Arme.
Ein paar Männer in der Nähe bemerkten Genovefas Schwächeanfall, aber sie durften den Schädelkreis nicht verlassen. Der Graf selbst nahm keine Notiz von der Ohnmacht seiner Gemahlin, und auch Golo tat so, als sehe er nichts, wenn auch ganz unmerklich ein gespenstisches Grinsen über sein Gesicht huschte.

ZWEITER TEIL

VII

»Wir wollen Eure Fremden nicht hier bei uns auf der Burg«, zeterte Richildis. »Seht sie Euch doch an mit ihren braunen Gesichtern und ihren pechschwarzen Haaren und mit den Kleidern, wie sie keiner bei uns trägt.«

Der Tonfall der Bediensteten – nicht nur von Richildis – war frecher geworden, um so mehr, je länger der Graf fort war.

Genovefa seufzte.

»Und außerdem … was soll das bedeuten: Sie essen kein Schweinefleisch?«, fuhr die Küchenmeisterin schnippisch fort. »Ist für diesen Herrn Desiderius nicht gut genug, was für alle anderen gut genug ist?«

Die Küchenmeisterin stemmte die Arme in die Seite und schaute die Gräfin herausfordernd an.

»Ich weiß nicht, ob ich mich undeutlich ausgedrückt habe«, versetzte Genovefa scharf. »Ich habe dich nicht darum gebeten, den Herren aus Byzanz Hammelfleisch vorzusetzen. Ich habe es dir befohlen.«

Richildis holte tief Luft, um zu einem Widerwort anzusetzen, sah dann aber die warnenden Blicke von Ansfledis. Die Küchenmeisterin stampfte mit dem Fuß auf und begann, den Gehilfen Martinus und die Küchenmägde herumzuscheuchen.

»Dann sollen sie eben ihr Hammelfleisch bekommen«, sagte Richildis in einem Tonfall der verriet, dass sie ihre Missbilligung keineswegs aufgegeben hatte.

Das brachte Genovefa noch mehr in Wut: »Ich dulde nicht länger, dass meine Anordnungen in Frage gestellt werden«, fauchte sie die Küchenmeisterin an.

Als Antwort warf Richildis voller Wut ein paar Holzscheite in den qualmenden Kamin. Funken stoben. Ansfledis kicherte, und Martinus duckte sich. Die beiden anderen Küchenmägde beschäftigten sich auffällig mit ihren jeweiligen Arbeiten und taten so, als hätten sie nichts von dem Streit bemerkt. Sie wollten es sich weder mit der Gräfin noch mit der Küchenmeisterin verderben.

»Ich warne dich!«, fuhr Genovefa fort: »Das sind Gäste aus einem fernen Land. Ich hoffe für dich, dass alles zu ihrer Zufriedenheit angerichtet wird.«

Genovefa drehte sich auf dem Absatz um und verließ die Küche, kehrte in den Burgsaal zurück, wo die Fernhändler aus Byzanz auf das Abendmahl nach langer, anstrengender Reise warteten, das die Gräfin ihnen versprochen hatte.
»Wir wollen Euch keine Unannehmlichkeiten bereiten, Herrin«, begrüßte Desiderius die Gräfin. Offenbar hatte er den Ärger sofort wahrgenommen, den Genovefa noch in sich trug.
»Ihr und Eure Begleiter seid unsere Gäste«, versetzte die Gräfin. Ihr Blick traf sich für einen kurzen Moment mit dem des Desiderius. In den Augen des Byzantiners war die Weite der Welt. Die Gräfin wich dem Blick des Mannes unwillkürlich aus, war tief berührt durch das Mysterium, das der Fremde verkörperte. Zugleich spürte sie – fast wider Willen – die Anziehungskraft des großgewachsenen Mannes mit seiner bronzefarbenen Haut und den ausgeprägt männlichen Gesichtszügen, die an altrömische Senatorenbüsten erinnerte, wie Genovefa sie aus ihrer brabantischen Heimat kannte. Sie schämte sich für einen kurzen Moment des Wohlgefühls, das die bloße Anwesenheit des Desiderius in ihr hervorrief.
Fragen bestürmten sie.
Wie kam es, dass der Fremde mehr faszinierte, als es sich gehörte, kaum dass Sygifrid ein paar Wochen fort war? Wieso hatte sie den Byzantiner ohne Umschweife auf die Burg eingeladen, als man ihr davon berichtet hatte, dass sie bei Protagius abgestiegen waren? Und wie konnte es sein, dass sie trotz aller Liebe zu ihrem Gemahl ein unbestimmtes, fernes Verlangen in sich spürte, von Desiderius berührt zu werden – auch wenn sie vollkommen sicher war, diesem Verlangen niemals nachzugeben?
Sie nahm auf ihrem angestammten Stuhl an der gräflichen Tafel Platz. Desiderius saß zu ihrer Rechten, neben ihm seine drei Begleiter, und gegenüber hatte Protagius Platz genommen. Golo fehlte in dieser Runde. Er war für einige Tage nach Treveris geritten, wo es einen Streit zwischen Bischof Hydulf und dem Vogt des Klosters Prüm zu schlichten galt.
Bartholomäus wartete den Gästen und der Gräfin auf. Seine verschlossene Miene ließ nicht erkennen, was er von der Anwesenheit der fremdländischen Gäste hielt. Aber Genovefa ahnte, dass Richildis auch ihn so wie fast alle anderen Knechte und Mägde

auf Burg Magus aufgewiegelt hatte. Nach Doraswinths Tod schien keiner mehr wirklich zu ihr zu halten.
Desiderius flüsterte mit seinem Tischnachbarn, worauf dieser sich erhob und entschuldigte und den Burgsaal verließ.
»Wir stehen tief in Eurer Schuld, Herrin, dass Ihr uns so großmütig an Eurer Tafel aufgenommen habt«, verbeugte sich der Byzantiner.
Das Licht der Kerzen verlieh seiner Haut einen noch dunkleren Teint.
Desiderius' Begleiter kehrte zurück und brachte ein Paket mit, das in ein weißes Leinentuch eingeschlagen war.
Protagius schnalzte mit der Zunge.
»Ich will Euch meine demütige Dankbarkeit erweisen«, sagte Desiderius. In seiner Stimme war ein Anflug von Hochmut, die Herablassung eines Mannes, der zwar nicht von edler Geburt war, der sich aber dennoch für überlegen hielt, was Geist, Wissen und Horizont betraf.
Aber Genovefa störte das nicht. Im Gegenteil: Die Anziehungskraft des Byzantiners war ungebrochen, auch wenn sie sich bemühte, sich davon nichts anmerken zu lassen. Sie versuchte an Sygifrid zu denken, aber es gelang ihr nicht recht.
Desiderius' Begleiter – ein eher unscheinbarer Mann fortgeschrittenen Alters, der der fränkischen Sprache kaum mächtig war – entfernte die Leinenhülle des Paketes, und hervor kam ein Ballen des wunderbarsten Stoffes, den Genovefa jemals gesehen hatte, allenfalls vergleichbar dem Stoff, aus dem das Kleid Judiths geschneidert war. Der Ballen kostete sicherlich ein Vermögen.
Mit einer gleichsam beiläufigen Handbewegung breitete Desiderius den Stoff vor Genovefa aus: »Ich bitte Euch, nehmt als Geschenk soviel von diesem Damast, wie Ihr wollt! Auch wenn der Stoff Eurer Schönheit nicht würdig ist, so würde es mich doch glücklich schätzen, wenn ich wüsste, dass Ihr ihn tragt – als Erinnerung an Euren Diener Desiderius, den Ihr mit Eurer Gastfreundschaft so sehr geehrt habt.«
Genovefa wusste genau, dass die Demut des Byzantiners nichts als Rhetorik war. Aber dennoch – er spielte das gut.
»Ich danke Euch für diese Geste, Herr Desiderius, aber ich sehe mich außer Stande, Euer Geschenk anzunehmen«, erwiderte die Gräfin. »Dieses wunderbare Meisterwerk aus Eurer Heimat ist um

so vieles mehr wert als die bescheidene Speise, die ich Euch vorsetzen kann und als der Unterhalt, den ich Eurer Karawane gewähre. Es wäre unangemessen, dieses Geschenk anzunehmen.«
Desiderius machte ein enttäuschtes Gesicht. Wieder spürte Genovefa das Züngeln der Flammen in der Mitte ihres Körpers. Sie ahnte, der Byzantiner wusste genau, dass er dieses Feuer entfacht hatte.
»Wer ein Geschenk zurückweist, der beleidigt den Schenkenden, sagt man in meiner Heimat«, sagte der Fernhändler höflich.
»Nichts läge mir ferner als Euch zu beleidigen«, versetzte Genovefa. »Aber Euer Geschenk ist wirklich unangemessen, um nicht zu sagen beschämend. Denn ich habe dem nichts entgegenzusetzen.«
»Der Glanz Eurer Schönheit lässt diesen billigen Damast als ein Stück Lumpen erscheinen«, schmeichelte der Byzantiner.
Genovefa merkte, dass er wohl älter war, als sie ihn zuerst eingeschätzt hatte, auf jeden Fall älter als Sygifrid. Die Fältchen an den Augen verrieten es. Sie sagten auch, dass Desiderius ein Mann war, der lachen konnte und dem Lebensfreude gewiss nicht fremd war.
»Ich will Euch nicht bedrängen«, packte Desiderius den Damast unter die Tafel. »Sagt mir, was ich Euch geben kann, das Ihr bereit seid anzunehmen?«
Genovefa überhörte den frivolen Unterton in der Frage des Byzantiners.
»Bis die Mahlzeit aufgetragen ist ... bitte ich Euch, erzählt mir von Eurer Heimat!«
Die Augen des byzantinischen Kaufmanns begannen zu leuchten. Ohne Zweifel liebte Desiderius seine Heimatstadt. Aber Genovefa hatte den Eindruck, dass es eine Liebe wie zu einer spröden, unzugänglichen, herrschsüchtigen und gleichzeitig unzuverlässigen, zügellosen Mutter war, eine Liebe, bei der nicht klar ist, ob sie erwidert wird. Desiderius' Worte verbanden Sehnsucht mit der Angst des Kindes, ungeliebt zu sein. Großmächtig, stolz und wunderschön war diese Mutter, aber auch lange schon jenseits des Zenits ihrer Existenz. Alles Wunderbare ahnte den Zerfall.
Auf sieben Hügeln wie das alte Rom war Byzanz errichtet, erzählte Desiderius. Seit fünfzehn Jahren herrschte der dritte Leon im Großen Palast, der von einer gewaltigen, goldenen Kuppel gekrönt

war. Desiderius selbst war einige Male Zeuge geworden, als Leon durch die Chalke – das gewaltige Palasttor – in einer kaiserlichen Prozession hinüber zur Hagia Sophia zog, die dereinst von dem großen Imperator Justinian errichtet worden war. Mit bewegten Worten breitete der Byzantiner seine Eindrücke vor Genovefa aus. Ein Schaudern erfasste sie, als Desiderius berichtete, wie Leon in der Hagia um den Sieg gegen die Sarazenen betete, die er im Jahre seiner Inthronisation nach langer Belagerung vertreiben konnte.
»Und bald danach sind die Marktschreier und die Händler und die Abenteurer aus aller Herren Länder zurückgekehrt nach Byzanz, und es gibt keinen Platz, den ich jemals kennengelernt habe, auf dem sich eine größere Zahl der unterschiedlichsten Völker und Stämme trifft wie auf dem Platz vor der Hagia Sophia«, schwärmte Desiderius. »Der Markt dort ist mit keinem anderen Markt der Welt vergleichbar. Zuerst ist es, als könntest du es dort gar nicht aushalten. Tausend und abertausend Eindrücke stürzen auf dich ein. Dann lässt du dich treiben. Da sind die engen Gassen, mit Sonnensegeln überspannt. Die Händler laufen dir nach, reden auf dich ein. Wenn sie vermuten, dass du ein paar Denare in der Tasche hast, ist es noch schlimmer. Jeder von ihnen preist etwas an, das einmalig ist, und jeder zu einem Preis, wo man eigentlich nicht Nein sagen kann. Und es sind tatsächlich wunderschöne Dinge, die sie dort feilbieten. Herrliche Düfte aus den Oasen Ägyptens. Gewürze aus aller Herren Länder. Wunderbar geformte Gefäße aus farbigem Glas, bei denen selbst ein Venezianer leuchtende Augen bekommt. Goldschmiedearbeiten, wie man sie nirgendwo anders findet. Und sie schreien und sie reden auf dich ein und sie bedrängen dich, und doch sind sie freundlich und schauen dir offen in die Augen, selbst wenn du sagst, dass du im Augenblick wirklich nicht gebrauchen kannst, was sie dir verkaufen wollen.«
Desiderius lachte.
»Ich sehe Euren ungläubigen Blick, Gräfin, aber glaubt mir, wenn ich sage, es gibt nichts dort, das es nicht gibt. Gräfin, nennt mir ein Ding, das Ihr begehrt, und ich werde Euch sagen, wo Ihr es auf dem Großen Markt vor der Hagia erwerben könnt.«
Genovefa schloss die Augen. Sie überlegte.
»Zuerst hätte ich Treue und Freundschaft genannt«, sagte sie schließlich leise. »Aber ich sage stattdessen: Freiheit.«
»Freiheit? Wie meint Ihr das?«, fragte Desiderius erstaunt.

Die Gräfin lächelte geheimnisvoll: »Ihr meint: Sie ist doch frei, frei geboren, von edler Abkunft? Denkt Ihr so?«
Der Byzantiner nickte.
»Ich bin kein freier Mann. Jedenfalls nicht nach dem Recht der Geburt. Deswegen kann ich nur erraten, was Euer Wunsch nach Freiheit bedeuten soll.«
Genovefa sah, dass Bertrada, die sich neben dem Kamin auf einem Schemel niedergelassen hatte, das Gesicht verzog und ihre Herrin verständnislos anstarrte.
»Ihr habt wohl recht, ich sollte nicht undankbar sein«, sagte Genovefa. »Ich bin frei geboren. Jeder Hörige, jeder Sklave, jeder Hintersasse auf einem unserer Herrenhöfe, selbst unser Kaufmann Protagius hier muss seinen Rücken unter die Herrschaft des Grafen neigen, weil Gott es so gewollt hat. Oft genug geschieht es, dass einer von ihnen schmerzhaft die Knute seiner Unfreiheit erfährt.«
»Ihr habt ungewöhnliche Gedanken, Gräfin«, sagte Desiderius verwundert.
»Ach, wisst Ihr, ich weiß selbst nicht so recht, was ich da rede«, wiegelte Genovefa ab. »Euer wunderschöner Bericht über die goldenen Paläste und die bunten Märkte Eurer Heimat scheint mich verwirrt zu haben. Es ist der Traum von der Freiheit, die Welt dort draußen zu erfahren.«
»Und doch kann ich Euch in einem gewissen Maße Antwort geben«, erwiderte Desiderius, dessen Begleiter sich nun flüsternd mit Protagius unterhielten, weil sie offenbar der fränkischen Sprache zu wenig mächtig waren, um dem Gespräch zwischen Genovefa und Desiderius zu folgen.
Bertrada schaute wieder auf ihre Stickarbeit, die sie mit flinken Fingern fortführte.
»Eine Antwort?«
»Das Ding, das Ihr auf dem Großen Markt zu erwerben wünscht, ist also die Freiheit.«
»Verzeiht mir meine Verrücktheiten.«
»Nein … ich antworte Euch gerne. Freiheit ist es, Grenzen zu überschreiten, gebt Ihr mir da recht?«
Die Gräfin nickte gespannt.
»Aber wer fremde Wege geht, der braucht einen Führer. Viele von den alten Philosophen sind Wege gegangen, die heute keiner mehr

kennt. Viele der alten Weisen haben neue, unbekannte Pfade betreten. Wenn ich es recht besehe, so habt Ihr ohne es zu wissen nach den größten Schätzen gefragt, die der Große Markt beherbergt: Das sind die Schriften der Alten, von denen viele glaubten, sie seien nach dem Brand der Bibliothek von Alexandria für alle Zeiten verloren gegangen. Aber das ist nicht wahr. Es gibt sie noch in den kleinen Läden in der Mitte des Suq. Plinius und Ovid, Aristoteles und Plato, Cicero und Pythagoras.«

Ein ungewöhnliches, schnell lauter werdendes Geräusch unterbrach Desiderius, von dessen Schwärmerei Genovefa so fasziniert war, dass sie ganz unwillig aufschaute, woher diese Störung kam.

»Das scheint ein Hagelschauer zu sein«, meldete sich der Kaufmann Protagius zu Wort. »Bei allen Heiligen!«

Bertrada war aufgesprungen. Das eisige Pochen auf dem geziegelten Dach des Burgsaales wurde heftiger. Draußen waren Schreie zu hören.

»Die Pferde!«, rief Desiderius.

Das Trommeln der Hagelkörner war nah und bedrohlich.

»Beruhigt Euch!«, legte Genovefa dem Byzantiner die Hand auf den Arm. »Arnswis hat die Tiere sicherlich in den Stallungen untergebracht. Dort sind sie sicher.«

Die Tür sprang auf. Bartholomäus stürmte herein, mit geweiteten Augen.

»Hagelkörner so groß wie Hühnereier!«, japste er. »So etwas habe ich noch nie gesehen!«

»Das ist ein Zeichen«, stöhnte Bertrada. »Ein schlechtes Zeichen! Gott zürnt!«

»Oder es ist ein böser Zauber«, rief Bartholomäus.

Die drei Begleiter des Desiderius zitterten. Desiderius selbst lief zur Türe, um in die Nacht zu spähen. Irgendwo splitterte etwas, vielleicht ein Ziegel.

»Es ist stockfinster … ich kann überhaupt nichts erkennen«, kämpfte Desiderius gegen den Lärm an.

»Wann hört das endlich auf?«, rief Bertrada, sank auf die Knie, bekreuzigte sich, begann zu beten.

Genovefa wurde plötzlich klar, dass der Hagelschauer in eben dem Augenblick begonnen hatte, als der byzantinische Kaufmann den Lobpreis der heidnischen Weisen besungen hatte. Sie schüttelte den Kopf. Doch ihr Gedanke spann sich fort. Sie hatte den freventlichen Ruf nach einer Freiheit hinausposaunt in die Welt, einer Freiheit, von der sie fühlte, dass sie nicht Gottes Willen entsprach. Sie wusste nicht mehr, warum sie den Frevel eigentlich begangen hatte – wenn es denn tatsächlich ein Frevel war. Das Wort Freiheit war ihr ganz einfach in den Mund gesprungen, und sie wusste nicht, woher es gekommen war. Vielleicht, so dachte sie, hatte ein schalkhafter Dämon sie an der Nase herumgeführt, ihr diese unstatthaften Gedanken eingeflüstert, um Gottes Zorn zu entfachen.

In ihrer Verwirrung stieß sie den Becher mit Wein um, der vor ihr auf der Tafel stand. Sie spürte, dass sie wie auch immer in einem Zustand der Sünde war und erinnerte sich plötzlich wieder der seltsamen Begierde, die sie tief in ihrem Innern beim bloßen Anblick des bronzehäutigen Byzantiners verspürt hatte. War es das, was sie mit Freiheit gemeint hatte?

Genovefa wusste nicht mehr, wo ihr der Kopf stand. Die Gedanken flirrten in ihrem Hirn, ungeordnet, ohne Zusammenhang. Jetzt war auch Furcht dabei.

»Es hört allmählich auf«, rief Desiderius von der Türe des Burgsaales her. »Welches Glück, dass die Frucht auf den Feldern noch nicht steht. Dieser Hagel hätte alles vernichtet.«

»Und das dritte Zeichen ist, wenn der Hagel die Erde verdüstert und die Posaunen des Weltuntergangs erschallen«, rief Bartholomäus.

»Mal den Teufel nicht an die Wand«, fauchte Bertrada. »Du solltest nicht so leichtfertig mit deinen Worten umgehen.«

Plötzlich stand Richildis mit hochrotem Kopf und zornesfunkelnden Augen in der Tür. Vor sich hielt sie ein Holzkreuz.

»Von einem Augenblick zum nächsten«, keuchte sie außer Atem. »Es ist Hexerei ...«

»Was ist passiert?«, fragte Bartholomäus.

»Alle Milch ... jeder einzelne Krug. Alles ist sauer geworden, obwohl wir sie heute morgen frisch gemolken haben. Alles sauer!«

Desiderius lachte.

Alle – selbst Genovefa – schauten den Byzantiner entrüstet an. Der zog die Schultern hoch.

»Was wollt Ihr noch mehr? Genügt Euch das nicht?«, fauchte Richildis den Kaufmann an.
Genovefa striff ihre Verwirrung ab.
»Vergiß nicht, dass er unser Gast ist.«
»Bringt ein Gast bösen Zauber mit? Hat jemals irgendein Mensch diesen … Gast zuvor gesehen?« Richildis war außer sich. Das war echt, nicht gespielt. »Hütet euch vor Fremden, heißt es, denn keiner weiß, wonach sie trachten.«
»Das reicht jetzt!«, donnerte Desiderius. »Protagius kennt mich seit vielen Jahren. Er weiß genau, wer ich bin und was ich bin.«
»Wer sich verteidigt, klagt sich an«, versetzte Richildis. »Gott ist mein Zeuge! Ansfledis hat gesehen, wie Eure Kumpane mit Euren Pferden gesprochen haben! Und Amala hat geschworen, dass sie euch im Wald beobachtet hat, und Ihr habt ein Grab geschaufelt!«
»Jetzt reicht es endgültig«, schlug Genovefa mit der flachen Hand auf den Tisch, so dass der umgestürzte Becher zu rollen begann und schließlich auf den mit Strohmatten ausgelegten Boden fiel. »Willst du das Zeugnis einer alten Hexe anführen, um unbescholtene Männer zu beschuldigen?«
»Auch Heito ist mein Zeuge! Er hat geschworen, dass ihm in der vergangenen Nacht sieben geweihte Hostien gestohlen worden sind!«
Nun war Genovefa endgültig in Wut versetzt.
»Noch ein Wort, Richildis, und du verlässt auf der Stelle die Burg!«
Die Küchenmeisterin starrte die Gräfin zuerst fassungslos, dann hasserfüllt an.
»Überlege dir genau, was du tust! Denn du wirst die Folgen zu tragen haben«, sagte Genovefa kalt.
Plötzlich war es so still in dem Saal, dass allen das Knistern des Feuers in den Ohren zu dröhnen schien.
Richildis ballte die Fäuste. Sie kämpfte mit sich. Bartholomäus machte eine abwiegelnde Geste in ihre Richtung. Er sah an Genovefas Miene, dass es dieser vollkommen ernst mit ihrer Drohung war.
»Gott schütze den Grafen«, presste Richildis hervor, drehte sich abrupt um und verließ den Saal.

»Ein wirklich bemerkenswerter Auftritt«, versuchte Desiderius zu spotten, aber niemand lachte oder lächelte auch nur.
»Bartholomäus, was ist mit dem Essen für unsere Gäste?«, fragte Genovefa mit einem so bedrohlichen Unterton, dass der Diener zusammenzuckte, den Kopf einzog und sich unter Bücklingen zum Ausgang bewegte: »Ich werde sofort nachsehen, wie weit Martinus ist.«
Während das Essen aufgetragen wurde, waren alle schweigsam.
»Lasst es Euch munden«, sagte Genovefa schließlich. Sie war wütend und ungehalten, wie die Gäste behandelt worden waren. Nachher zeigt Bartholomäus Euch, wo Ihr schlafen könnt. Und verzeiht mir bitte, Desiderius, wie die Küchenmeisterin sich aufgeführt hat.«
»Ich habe es schon vergessen.«
»Ich werde es nicht vergessen«, erwiderte Genovefa bitter.

VIII

»Mit dem ersten Hahnenschrei haben sie ihre Pferde gesattelt und sind davongeritten.«
Bertrada reichte der Gräfin den Umhang.
»Hat dieser Desiderius noch irgendetwas gesagt?«, fragte Genovefa betont beiläufig.
Die Amme lächelte.
»Er hat mir ein Päckchen in die Hände gedrückt.«
Bertrada deutete auf den Schemel am Fenster der Kemenate. Dort lag das in Leinen verschnürte Geschenk.
Genovefas Miene hellte sich auf.
»Weißt du, was drinnen ist?«
Bertrada schaute verschmitzt.
»Wie neugierig du doch bist. Ich dachte, du willst keine Geschenke des Byzantiners?«
Die Amme schüttete das Wasser, das sie kurz zuvor aus dem Brunnen geschöpft hatte, in die bronzene Schüssel, deren Rand mit altrömischen Mustern verziert war. Im Gegensatz zur Sitte in Magus hatte Genovefa ihre brabantische Gewohnheit beibehalten,

sich an jedem Morgen den Schlaf mit kaltem, klaren Brunnenwasser aus dem Gesicht zu waschen. Damit begann sie jetzt.
»Er hat dir gefallen, dieser Desiderius, nicht wahr?«
Genovefa prustete – so kalt war das Wasser. Aber es war nicht dafür da, die Haut zu reinigen, sondern es reinigte mit seiner Eiseskälte vor allem die Sinne, wischte die dunklen Erinnerungen an verwirrende Träume fort.
»Wie kommst du darauf, dass er mir gefallen hat?«, nässte die Gräfin ihr weizenblondes Haar.
»Ich kenne doch deinen Blick. Ich kann dir durch deine Augen in die Seele schauen. Vergiß nicht, dass ich jedes deiner vierundzwanzig Jahre mitgelebt habe.«
Genovefa schüttelte den Kopf, so dass die Tropfen umherspritzten.
»Vierundzwanzig Jahre … ich bin fast schon eine alte Frau.«
Bertrada lachte, aber ihr Lachen ging in einen ungesunden Hustenanfall über, wie so oft in den letzten Tagen. Sie nahm ein Tuch aus ihrem Umhang und putzte sich damit den Mund ab, steckte es verschämt wieder zurück, so als solle ihre Herrin nichts davon sehen.
»So wie Desiderius dich angeschaut hat, schaut ein Mann eine alte Frau nicht an«, sagte die Amme schließlich. »Glaub' mir, ich weiß, wie die Männer eine alte Frau anschauen«, versuchte sie einen Scherz.
»Du meinst …«
Bertrada nickte.
»Ich habe ein schlechtes Gewissen«, klagte darauf die Gräfin. »Kaum ist mein Gemahl fort, schon lasse ich mich mit einem Wildfremden ein. Der Mond ist einmal nur voll geworden und noch einmal hat es Neumond gegeben, seit Sygifrid gegangen ist. Was ist bloß los mit mir?«
»Du bist eine Frau«, kommentierte die Amme die Bemerkung ihres Schützlings. »Es liegt uns im Blut, gefallen zu wollen. Schönheit ist der stolzeste Besitz einer Frau. Aber es ist ein vergänglicher Besitz, wie der Schnee dort draußen. So gewiss das Frühjahr kommt und den Schnee wegschmilzt, so gewiss raubt uns das Alter die Schönheit.«
Genovefa legte den Arm um die Schultern der Amme. »Wie meinst du das?«

»Genieße es, schön zu sein, solange du es bist. Freue dich, begehrt zu werden. Es ist nichts Unrechtes daran, solange du deinem Mann treu bleibst. Und wenn du diesem Byzantiner schöne Augen gemacht hast ... so ist es allerhöchstens eine hässliche Sünde.«

»Wie? Schöne Augen?«, tat die Gräfin entrüstet. Dann fiel ihr Blick auf das Päckchen des Desiderius.

»Hat er gesagt, was es enthält?«, deutete sie mit dem Kopf auf das Geschenk.

Bertrada schüttelte den Kopf: »Er hat gesagt, es ist eine Kleinigkeit. Er wollte nicht gehen, ohne dir noch einmal seine Dankbarkeit zu verdeutlichen.«

Genovefa lächelte versonnen. Sie nahm Desiderius' Päckchen in die Hand, wendete es hin und her, öffnete es schließlich vorsichtig. Es enthielt eine wunderschöne, kleine Holzschachtel, schwarz mit winzigen, weißen Intarsien. Sie klappte die Schachtel auf. Drinnen lag eine Pergamentrolle, mit einem blauen, goldgeränderten Band zusammengehalten. Genovefa löste die Schleife.

»Ein Spruch ... er hat mir einen Spruch aufgeschrieben«, entfaltete die Gräfin die kleine Pergamentrolle, zwei Blatt. »Es ist auf Lateinisch.«

Bertrada zuckte enttäuscht mit den Schultern. »So viel Schachtel, und so wenig Inhalt«, sagte sie spitz.

»Ach, davon verstehst du nichts«, machte Genovefa eine wegwerfende Handbewegung. Dann versuchte sie, die Handschrift des Desiderius zu entziffern, kleine, prägnante Buchstaben. »Er schreibt, dass mein größter Schatz der Wunsch zu wissen ist. Und er hat mir ein Stück von Homer aufgeschrieben, aus der Eroberung von Troja. Es ist die Stelle, wo Helena geraubt wird, weil Paris sie so sehr liebt.«

»Ich finde, du solltest das alles einfach vergessen«, meinte die Amme säuerlich.

»Sag mal, spüre ich bei dir so etwas wie Neid?«, lachte Genovefa und begann, ihr Haar zu kämmen. »Ich wünschte nur, ich könnte die goldenen Dächer von Konstantinopel irgendwann mit eigenen Augen sehen«, sagte sie träumerisch.

Bertrada zuckte mit den Schultern: »Ich wäre trotzdem lieber in Brabant als in Byzanz. Byzanz ... das ist mir irgendwie unheimlich. Es ist so ...«, überlegte sie, »als wäre es eine Sünde, dass es diese Stadt gibt. Du weißt doch, was in der Heiligen Schrift steht: Die sich erhöhen, die werden …«

Bertrada hielt inne. Vom Innenhof her kam Geschrei. Genovefas Miene verdüsterte sich.

»Gibt es denn in unserem Hause nur noch Streit und Ungemach?«

Die Amme trat ans Fenster der Kemenate und schaute in den Hof hinaus.

»Ich würde meine Hand dafür ins Feuer legen«, sagte Bertrada, »dass wieder Richildis dahinter steckt.«

»Ich träume schon von ihr«, schnaubte die Gräfin wütend. »Warum um Himmels Willen tut sie das alles?«

»Sie kommen hierher«, sagte sie sauertöpfisch. »Richildis und Ansfledis und Martinus, und ich glaube, sie hat Martinus am Ohr gepackt und zerrt ihn hinter …«

Da pochte es auch schon an der Kemenatentüre, aufdringlich, laut, fordernd. Genauso das »Herrin!«

Genovefa machte Bertrada ein Zeichen, die Türe zu öffnen.

Die drei stürmten herein. Martinus schrie vor Schmerz. Es war grotesk, dass der junge Mann von vielleicht achtzehn Jahren am Ohr gezogen wurde wie ein kleiner Bub. Genauso grotesk war die Miene Richildis', wo sich hochfahrende Strenge und selbstgerechter Zorn mischten. Ansfledis kicherte. Die Küchenmeisterin zog den Atem durch die Nase zu einem lauten, lächerlichen Schnauben ein.

»Nun?«, fragte Genovefa knapp. Ihrem Gesicht war der Ärger über diesen Auftritt deutlich anzumerken.

Richildis verzog ihr Gesicht, so als wäre es eine Zumutung, der Gräfin irgendetwas erklären zu müssen. Der junge Martinus wimmerte leise. Ansfledis kicherte noch immer, kümmerte sich nicht um den zornigen Seitenblick Bertradas.

»Er ist ein Dieb«, platzte es endlich aus Richildis heraus. »Ein gemeiner, gottverdammter Dieb.«

Sie drehte fester an Martinus' Ohr, so dass dieser in die Knie ging.

»Mein Gott, lass ihn doch endlich los!«, entrüstete sich die Gräfin. »Du reißt ihm ja das Ohr ab.«

»Das hätte er auch verdient«, ließ die Küchenmeisterin unwillig von ihrem Opfer ab.

»Aber – aber ich habe doch gar nicht …«, versuchte Martinus, sich zu verteidigen.
»Halt nur dein gottloses Maul!«, herrschte Richildis ihn an. »Du bist nicht nur ein Dieb, sondern auch ein Lügner!«
»Ein Lügner! Ein Dieb!«, echote Ansfledis.
»Jetzt aber der Reihe nach«, sagte Genovefa und zog ihren Umhang enger um sich, als sie bemerkte, dass Martinus trotz seiner erbärmlichen Lage ihr dünnes Nachtgewand verwirrt anblinzelte.
»Ihr müsst unnachgiebig sein!«, forderte Richildis. »Denn es war der Graf, den dieser Bastard bestohlen hat.«
»Aber wieso glaubst du, dass er ein Dieb ist?«
»Ich habe sie gezählt … genau gezählt, gestern noch«, schnaubte Richildis. »Ich hatte da so meinen Verdacht …«
»Was gezählt?«, fragte Genovefa zunehmend ungeduldig.
»Na, die Schinken in der Küche natürlich«, entgegnete die Küchenmeisterin. »Neun waren es gestern, acht sind es heute.«
»Ein Schinken also«, stellte die Gräfin fest.
»Warst du es nicht, die diesen Martinus auf die Burg gebracht hat?«, wollte Bertrada schnippisch wissen. »Ist er nicht sogar einer deiner Verwandten?«
Richildis machte eine abwehrende Handbewegung. »Um so schlimmer ist seine Verfehlung! Aber du hast recht. Er ist der missratene Sohn meiner jüngeren Schwester, und nur, weil unser Vater mich auf dem Sterbebett beschworen hat, ließ ich mich erweichen, ihn auf die Burg zu holen.« Sie stapfte wütend mit dem Fuß auf. »Und da sieht man, was man davon hat, wenn man hilfsbereit ist und freundlich! Das ist der Dank!«
»Aber Tante«, jammerte der junge Küchengehilfe.
»Nenne mich niemals wieder Tante! Du bist für mich gestorben!«, ereiferte sich die Küchenmeisterin.
Dann veränderte sich ihr Gesicht, wurde geheimnisvoll, verschwörerisch. Unvermittelt griff sie mit beiden Händen nach Martinus' Kopf. Bertrada und Genovefa schauten einander fragend an. Richildis tastete die Wangen des Jungen ab, so als suche sie etwas. Martinus wollte zurückweichen, stand aber mit dem Rücken zur Wand. Das offene Feuer im Kamin der Kemenate knisterte geheimnisvoll.
»Seht Ihr … Herrin, seht her!«

Die Küchenmeisterin deutete auf ein schwarzes Mal in der Nähe von Martinus' Ohr.
»Dieses Teufelszeichen … gestern hat er es noch nicht gehabt!« Sie machte ein triumphierendes Gesicht. »Ja, Gott ist allmächtig! Er gibt uns Zeichen und zeigt uns den Weg«, ereiferte sich Richildis. »Gott zeigt uns auch, wo das Böse sich verbirgt!«
»Aber, Tante, die Muttermale habe ich doch seit der Geburt«, verteidigte sich der junge Küchengehilfe.
Genovefa musterte ihn unauffällig. Er war ihr hundert mal so gut wie einmal über den Weg gelaufen, aber wirklich wahrgenommen hatte sie ihn nicht. Er hatte blondes Haar, fast in der Farbe des blühenden Weizens wie sie selbst. Martinus hatte ein etwas rundliches Gesicht und eine kleine Nase, aber er wirkte durchaus sympathisch und ehrlich, und in seinen braunen Augen war kein Falsch. Die Gräfin hatte das Gefühl, dass der Junge gar nicht wusste, wie ihm geschah. Und Martinus war noch zu wenig Mann, um sich mit aller Kraft gegen die Küchenmeisterin zur Wehr zu setzen. Sicherlich hatte er längst die Körperkräfte eines erwachsenen Mannes, aber sein Wille war demjenigen seiner Tante vollkommen unterlegen.
»Hast du den Schinken wirklich gestohlen?«, fragte die Gräfin den Jungen und schaute ihm dabei tief in die Augen. »Sag mir die Wahrheit, beim Leben deiner Mutter! Blicke mir in die Augen und sage mir, ob du ein Dieb bist oder nicht.«
»Glaubt ihm kein Wort«, mischte sich Richildis ein. »Ich …«
»Du hältst den Mund«, fuhr Genovefa die Küchenmeisterin barsch an. Ihr Tonfall klang gereizter, als sie selbst es vermutet hatte. »Ich will jetzt hören, was dein Neffe dazu zu sagen hat.«
In Richildis Gesicht schlich sich gallebitterer Zorn.
»Ich – wirklich – beim Leben meiner Mutter, ich … ich weiß nicht«, stotterte der junge Mann. Er war völlig verunsichert, aber sein Blick hielt dem Blick der Gräfin stand. »Ich bin kein Dieb«, fasste sich Martinus schließlich. »Aber meine Tante konnte mich noch nie leiden. Und ich glaube, es gefällt ihr nicht, dass es allen so gut schmeckt, was ich koche. Besonders dem Graf.«
Richildis lachte schrill. »Welche Unverfrorenheit! Das schlägt dem Fass den Boden aus!« Sie spuckte Gift und Galle. »Du glaubst wohl, du kannst dich mit so lächerlichen Anschuldigungen herausreden! Ich werde dich …«

»Jetzt ist es genug!«, herrschte Genovefa die Küchenmeisterin an. »Ich weiß nicht, warum du so wütend bist auf deinen Neffen, und ich will es auch nicht wissen. Wie dem auch sei: Gibt es nicht eine andere Erklärung für das Verschwinden der Vorräte? Vielleicht hast du dich geirrt? Und wenn nicht, vielleicht hat ja ein anderer den Schinken genommen?«

Richildis schnappte nach Luft: »Ist das der Dank? Der Dank für all die Jahre, die ich dem Herrn treu gedient habe?« Sie war jetzt offenkundig außer sich. »Ihr stellt mich hin als jemand, der nicht bis acht zählen kann? Ihr stellt Euch auf die Seite dieses Nichtsnutzes, den seine Mutter am besten im Rhein ertränkt hätte? Das tut Ihr wirklich?«

»Du weißt nicht mehr, was du sagst«, erwiderte Genovefa kalt.

»Wenn das so ist ...« Richildis' Tonfall wurde plötzlich anders: Leise, aber drohend, von Hass durchdrungen: »Auf dieser Burg kann nur einer von uns beiden bleiben. Entweder Martinus oder ich. Ihr müsst Euch entscheiden!«

»Du willst mir vorschreiben, was ich zu tun und zu lassen habe?«, rief Genovefa entrüstet. »Ich glaube, dass es wirklich das beste ist, wenn du die Burg für einige Zeit verlässt, bis du dich abgekühlt hast.«

»Meint Ihr das ernst?«

»Ich meine das vollkommen ernst. Tu' mir den Gefallen, dass ich dich in der nächsten Zeit nicht zu Gesicht bekomme.«

Richildis Fäuste ballten sich, so dass die Sehnen an den Armen hervortraten. Ansfledis drückte sich in den dunklen Hintergrund der Kemenate, so als erwarte sie, dass die geschasste Küchenmeisterin jetzt wie ein Vulkanberg ausbrechen würde, Feuer, Rauch und Schwefel spuckend.

»Ich schwöre es Euch«, sagte Richildis stattdessen ganz leise und wandte sich zum Gehen. »Ich schwöre Euch, dass Euch das eines Tages noch einmal bitter leid tun wird!«

»Aus meinen Augen!«, rief Genovefa der Küchenmeisterin hinterher.

Die Gräfin hatte das Gefühl, einen schlimmen Fehler begangen zu haben, aber es war so gekommen, wie es irgendwann hatte kommen müssen, und wie es Doraswinth vorausgesehen hatte.

Bertrada und Ansfledis starrten betreten hinter Richildis her. Genovefa zog schließlich resignierend die Schultern hoch. Ans-

fledis entschuldigte sich, sie habe noch zu tun; Martinus stand noch immer mit entgeistertem Gesicht an der Wand neben dem schmalen, lombardischen Schrank, in dem Genovefas Hauben untergebracht waren.
»Martinus ... geh in die Küche, verrichte deinen Dienst«, gebot Genovefa mißmutig. »Und wenn mir noch irgendetwas Übles über dich zu Ohren kommt, dann lasse ich Arnswis mit der Pferdepeitsche kommen.«
Der junge Küchengehilfe duckte sich unter der Drohung der Gräfin und verschwand.
»Der arme Junge«, sagte Bertrada, als sich die Türe hinter Martinus geschlossen hatte. »Er ist vielleicht ein bisschen einfältig und ängstlich, aber er hat ein gutes Herz.«
Ihre Worte gingen in einem neuerlichen Hustenanfall unter.
»Du musst etwas dagegen tun«, erwiderte die Gräfin besorgt. »Geh zu der alten Hexe, die unten am Burgberg wohnt.«
»Du meinst diese Amala?«
Genovefa nickte.
»Sie hat keinen guten Ruf«, wandte Bertrada ein, begann gleich darauf wieder zu husten, schaute dann gequält zur Gräfin herüber. Offenbar war sie am Ende ihrer Kräfte. Sie sah erbärmlich aus. Tiefe Schatten lagen unter ihren Augen, und sie hatte in den letzten Wochen so stark an Gewicht verloren, dass die Wangenknochen deutlich hervortraten, und jede ihrer Bewegungen war von Mühen geplagt.
»Ich weiß, dass etwas mit mir geschehen ist«, fuhr Genovefa fort. »Ich fühle, dass mein Leib sich verändert. Kann es denn sein, dass er nach all den vergeblichen Jahren jetzt die Frucht von Sygifrid trägt? Bertrada ... ich glaube, dass ich ein Kind erwarte. Ich glaube es tatsächlich.«
»Wenn das wahr wäre!« Bertradas Miene hellte sich auf. »Mein Sonnenschein! Ich habe es schon lange gemerkt, aber ich konnte es nicht glauben. Also wenn es wirklich wahr ist ... aber du siehst mir nicht glücklich aus.«
»Wundert dich das?« Tränen traten in Genovefas Augen. »Du weißt doch, dass ein Kind mein größter Wunsch war. Dass ich meinem Gemahl einen Erben schenke. Diese Jahre, in denen er immer kälter wurde, in denen er fast so geworden ist wie mein Vater – diese Zeit, sie sollte ein und für alle Mal vergessen sein.«

Bertrada nickte. »Ach, die Welt ist ungerecht«, klagte sie. »Du bist schwanger, und dein Mann ist fort, und keiner weiß, ob und wann er zurückkommt. Und ich? Ich bin dem Tode näher als dem Leben, und ich kann dir nicht zur Seite stehen, wenn du es am nötigsten hast, mein Täubchen.«
»Meine liebe Amme, werde du erst mal gesund«, bat Genovefa. »Wenn ich nur wüsste, was ich tun soll. Hat sich nicht die ganze Welt gegen mich verschworen?«
»Warte ab«, riet Bertrada kraftlos. »Wenn erst einmal alle erfahren haben, dass du die Mutter des Erben von Sygifrid bist, dann wird alles ganz anders aussehen.«
»Aber zuerst muss ich ganz sicher sein. Das Schlimmste wäre, wenn ich vor die Leute trete und stolz verkünde, dass ich Mutter werde, und am Ende stellt sich alles als ein schlechter Witz heraus.«

IX

Wenige Tage später, an einem sonnigen Tag im späten Winter – man schrieb die Quatuordies vor dem Heiligen Osterfest – starb Bertrada einen stillen, traurigen Tod.
Sie war allein, als sie starb, lag in der winzigen, kargen, kalten Kammer, die man über eine kleine Treppe hinter der Kemenate erreichte. Hier hatte sie all die Jahre seit ihrer Ankunft in Magus gelebt, und hier empfahl sie ihre Seele dem Herrn. Als Genovefa sie am frühen Abend fand, während draußen die tiefstehende, blasse und kraftlose Wintersonne auf dem Horizont balancierte, spürte sie, wie eine Art von Einsamkeit Besitz ergriff von ihr, die schlimmer war als die Einsamkeit eines Kerkers. Die schwarze Galle tiefster Melancholie erfüllte ihr Herz.
Bertrada starb so still und traurig, wie sie gelebt hatte. Die letzten Jahre waren trübe Jahre gewesen für die Amme, die ihre Heimat Brabant niemals vergessen und ihrer Herrin niemals wirklich verziehen hatte, in die Fremde gegangen zu sein. Die Eifelberge, die Gemeinde Magus, die Burg des Grafen – das alles war niemals Bertradas Heimat geworden. Sie hatte keine wirklichen Freunde

gefunden in diesem Land, war eine Fremde geblieben und gleichsam als ungerufener und ungebetener Gast davongegangen.
Ihre Seele war von der Wüste des Lebens in die Wüste des Todes hinübergeglitten, ein scheinbar unmerklicher Übergang.
Alle diese traurigen Gedanken machten Genovefa den Abschied noch schwerer. Eigenhändig entzündete sie wertvolle Osterkerzen, drei an jeder Seite des Totenbettes, eine hinter dem Kopf der Verblichenen, aus deren starrem Gesicht nicht der Friede des Jenseits, sondern die Einsamkeit im Angesicht des Todes sprach.
Immer und immer machte Genovefa sich Vorwürfe, dass sie in Bertradas schwersten Stunden nicht bei ihr gewesen war. Sie betete und kniete auf dem kalten, steinernen Boden der Kammer.
»Herrin, Ihr holt Euch den Tod«, mahnte eine der Mägde oder Küchendienerinnen, die abwechselnd an Genovefas Seite Totenwache hielten, wie es Brauch war im Eifelgebirge, selbst wenn dort eine Fremde starb. Genovefa ließ sich nicht beirren. Sie fühlte sich schuldig und bestrafte sich selbst.
Irgendwann, als es schon stockfinster war, kam der Priester Heito mit seinem tragbaren Altar. Ohne sich zu rühren, ohne den Diener Gottes auch nur zu begrüßen, mit Tränen in den Augen und einem Gesicht, das sie ein ganzes Leben älter erscheinen ließ, ertrug Genovefa die Zeremonien, die Heito ohne besondere Andacht abhielt, und ohne dass ihm anzumerken war, dass der Tod Bertradas ihn in irgendeiner Weise berührte. Offenbar war Heito betrunken.
Als Heito gegangen war, erschien Ansfledis, die in der Küche jetzt an Stelle von Richildis das Kommando führte. Trotz der Erhöhung ihrer Stellung in der Burg war Ansfledis der Gräfin nicht unbedingt wohl gesonnen. Ihr krebsrotes Gesicht war ungewöhnlich grob, und die Augen standen weit auseinander, so dass sie alles andere als hübsch war und mit ihren dreißig Jahren noch immer keinen Mann gefunden hatte. Aber sie war tüchtig, verstand vor allem, die Küche reibungslos zu organisieren.
»Entschuldigt, Herrin, wenn ich Euch in Eurer Andacht störe«, räusperte Ansfledis sich. Mit ihr war ein Schwall von Zwiebel- und Fettgeruch in Bertradas Kammer geschwappt.
Langsam wandte sich die Gräfin der neuen Küchenmeisterin zu.
»Bartholomäus schickt mich … ich soll Euch sagen, wir haben eine Botschaft des Herren.«
Ein Zittern durchlief Genovefa. Ihre Augen leuchteten auf.

»Nein … nein!«, hob Ansfledis abwehrend die Hände. »Ich meine, verzeiht, ich meine nicht den Grafen – ich wäre glücklich«, fügte sie entschuldigend hinzu, »wenn es eine Botschaft von Graf Sygifrid wäre.«
Genovefa fragte sich, warum die Worte Ansfledis so scheinheilig wirkten.
»Nun sag schon, was für eine Botschaft meinst du?«
»Bartholomäus sagt, der Herr Golo kommt morgen aus Treveris zurück, Herrin«, erklärte Ansfledis.
Genovefa hatte das Gefühl, aus ihrer Stimme ein Gran Schadenfreude herauszuhören.

X

Warm umspülte das heiße Wasser, mit den anregenden Düften irgendwelcher Kräuter versetzt, ihren nackten Leib, so dass sie für ein paar Augenblicke im Schutz der Dunkelheit ihrer geschlossenen Augen in ein gütiges Vergessen sank. Das heiße Wasser umspülte sie wie bei einer Liebkosung. Fast hätte man meinen können, dass die dem Wasser entsteigenden Dämpfe ihre Sinne benebelten und zugleich anregten.
Das prasselnde Kaminfeuer, vor dem der Badezuber aufgestellt war, verbreitete verwirrend zerrissenes Licht. Genovefa öffnete die Augen zu engen Schlitzen, durch die sie die Kemenate nur unscharf und verzerrt sah. Sie spürte, dass sie seit Bertradas Tod jegliche Bodenhaftung verloren hatte. Sie war verloren zwischen den Zeiten, den Gedanken an ferne Länder, verloren zwischen unermesslicher Trauer und unerklärlicher Sehnsucht, Einsamkeit und Verzweiflung.
Genovefa wusste, dass es ein nur vorübergehender, nichtsdestotrotz beunruhigender Gemütszustand war, der sie umfing und das Resultat verschiedener Umstände war: Sie trauerte um Bertradas Tod. Sygifrid, ihr Beschützer, war bereits seit zwei Monden so weit außer Reichweite, dass sie nicht einmal wusste, ob er lebte oder tot war. Zu Beginn des Februaris nach Aquitanien aufgebrochen, stand seine Rückkehr in den Sternen. Und sie hatte

immer größere Angst vor Golo, eine unerklärliche Angst, Angst vor seiner Rückkehr.
Die ebenso junge wie blonde Luitgard, die die neue Küchenmeisterin ihr als Ersatz für Bertrada geschickt hatte, kam mit einem weiteren Eimer heißen Wassers aus der Küche zurück, wo man es auf dem großen Herd erhitzt hatte. Genovefa fand, dass Luitgard geradezu impertinent das Idealbild der fränkischen Frau verkörperte. Ihr kräftiger Körperbau, die blonde Mähne, das burschikose Verhalten – die Wiege solcher Frauen lag im Norden und vor allen Dingen im Osten des Reiches, wo das einfache Volk unverbildet war vom römischen Einfluss.
Das alles machte Luitgard der Gräfin nicht unbedingt sympathisch, auch wenn sie an ihren Diensten nichts auszusetzen hatte. Sie mochte die Stupsnase der Zofe genauso wenig wie den Eindruck von Bauernschläue, den sie vermittelte.
»Herrin, Vorsicht, es ist ganz heiß!«, begann Luitgard – mit hoch gekrempelten Ärmeln – den dampfenden Eimer in Genovefas Badezuber zu entleeren.
Genovefa spürte, dass ein Schwindel sie erfasste, als die Dämpfe mit ihren mysteriösen Gerüchen in ihre Nase stiegen.
»Was um Himmels Willen habt ihr in mein Badewasser getan?«, rief sie unsicher.
»Oh … das ist nichts Besonderes«, antwortete Luitgard mit ihrer hellen Stimme, die die Gräfin so unsympathisch fand. »Es ist schön, nicht wahr? Die Kräutermischung ist von Amalaswintha, der alten Hexe.«
Genovefa seufzte. »Wie oft ich diesen Namen jetzt schon gehört habe! Jeder scheint ihrer Künste zu bedürfen!«
»Na, sie kennt sich eben aus«, erwiderte Luitgard. »Niemand sonst weiß, wo alle diese Kräuter zu finden sind, und welche besonderen Wirkungen sie haben. Der Herr Golo schwört auf ihren Rat.«
Genovefa nickte nur, ließ dann den Hinterkopf auf den Rand des Zubers sinken.
»Mir scheint, Euch haben die Kräuter Amalas ebenfalls gut getan«, sagte die Zofe vertraulich. »Der Herr Golo hat vor seinem Aufbruch nach Treveris noch einmal ausdrücklich befohlen, alles Erdenkliche für Euer Wohlergehen zu tun.«
»So, hat er das?«

»Ja, er hat!«, kam es plötzlich von der Kemenatentüre her. »Und ich will mich jetzt persönlich vergewissern.«
Genovefa schrak zusammen. Ihre Angst nahm Gestalt an. Sie kannte diese Stimme. Sie hatte das Gefühl, ihr werde es gleich schwarz vor Augen und sie fragte sich, wie lange Golo wohl schon im Dunkeln an der Türe gewartet und sie beobachtet hatte. »Mein Tuch!«, zischte sie ihre Zofe an.
Und zu Golo sagte sie: »Wie könnt Ihr es wagen, ungefragt in mein Gemach einzudringen?«
Doch der Verwalter grinste nur, ein schmutziges Grinsen: »Entschuldigt, Herrin«, sagte er lapidar. So wie er das Herrin betonte, hätte es auch der Freier zu seiner Hure sagen können.
Luitgard brachte die Decke und legte sie um die nackten Schultern der Gräfin.
»Ich bin nicht eingedrungen … die Türe hat offen gestanden«, erklärte Golo. »Und Ihr müsst verstehen, dass ich mich nach allem, was geschehen ist, zu allererst persönlich davon überzeugen wollte, dass es Euch gut geht. Wie Ihr seht, habe ich noch meine Reisekleider am Leib.«
»Bis Ihr hier eingedrungen seid, ist es mir noch gut gegangen«, fauchte die Gräfin, außer sich vor Zorn. »Soweit es einer ehrbaren Frau gut gehen kann auf einer Burg, deren Verwalter Ihr seid!«
Golo stemmte die Hände in die Seite, schüttelte den Kopf, schien aber wegen der Beleidigungen durch die Gräfin keineswegs gekränkt oder erbost, sondern eher amüsiert zu sein.
Seine hagere, hoch gewachsene Gestalt wurde vom Irrlicht des Kaminfeuers besprenkelt. Manchmal schien sein rotes Haar zu glänzen, wirkte rostig, dann wieder wie Blut oder glühendes Eisen. Das Licht spiegelte sich in Golos seltsam hellen Augen wider, die keine wirkliche Farbe hatten, ein verwaschenes Etwas, genauso verwaschen und unscharf wie Golos Charakter.
Genovefa fröstelte, denn sie fühlte sich schutzlos und ausgeliefert. Wieso geschah dies alles mit ihr? Hatte sie sich etwa schuldig gemacht? Als Antwort fiel ihr nur ein Name ein: Desiderius.
»Ihr seid ungerecht«, fistelte Golo. Das sollte sanft klingen, und immer dann war seine Stimme am schlimmsten. »Was habe ich getan, dass Ihr mich so behandelt?«
»Was glaubt Ihr denn, Golo, wird der Herr sagen, wenn er aus Aquitanien zurückkehrt, und ich berichte ihm, dass Ihr mich beläs-

tigt habt, während ich ohne eine Faser Stoff am Leib im Bade saß?«, schnaubte die Gräfin: »Glaubt Ihr, er wird das gutheißen?«
Seltsamerweise hatte diese Drohung Genovefas kaum Wirkung auf Golo. Es schien, als habe der Verwalter nicht nur den Respekt vor der Gräfin, sondern mit wachsender Entfernung auch den Respekt vor Sygifrid verloren. Fast so, als wäre Golo sicher, dass der Pfalzgraf niemals von seinen aquitanischen Schlachtfeldern nach Hause zurückkommen würde.
»Ihr solltet Euch beruhigen«, sagte Golo beiläufig. »Ihr habt mir nichts vorzuwerfen, außer dass ich mich um Euer Wohlbefinden besorge.«
Er warf der Gräfin ein kaltes Lächeln zu, drehte sich auf dem Absatz herum und verließ die Kemenate.
»Sie sind alle gleich, diese Männer«, sagte Luitgard in die bedrückende Stille nach Golos Abgang.
Genovefa antwortete nicht.

*

Die Nacht verging, und der darauf folgende Tag, an dem ein schwerer Frühjahrssturm über die Burg hinwegfegte und schwarzbraune Wolken sich genau über Sygifrids Burg ihrer Regenlast entledigten.
An jenem Tag erhob sich Genovefa nur einmal von ihrem Bett im Schlafgemach des Burgherrn, als gegen Mittag der Priester Heito erschien und der einfache, grob gezimmerte Sarg Bertradas in die Grube gelassen wurde. Dies geschah am östlichen – in Richtung des Sonnenaufgangs gelegenen – Abhang des Burgberges zwischen all den anderen Gräbern früherer Burgbewohner. Nur der Priester, die Gräfin, Luitgard und Martinus, der Küchengehilfe, waren bei der kurzen, hastigen Zeremonie dabei. Etwas abseits hielt sich Arnswis, zu dessen Pflichten es gehörte, Gräber auszuheben und zuzuschütten.
Der Regen peitschte auf die kleine Gruppe herab. Luitgard stützte Genovefa, die von steigendem Fieber geschwächt war. Genovefas Seele hatte sich entzündet an der Trauer um die alte Amme, ihre Weggefährtin, ihren letzten Rettungsanker in der Fremde.
Sie fühlte sich einsamer denn je, und obwohl ihr Körper die Hitze in alle Poren trieb, war ihr unsäglich kalt, so dass sie bibberte und

zitterte und sogar den Arm Luitgards, der um ihre Schulter gelegt war, als einen kleinen, menschlichen Schutz empfand.
Heito beeilte sich, raspelte die notwendigen Segens- und Bannsprüche herunter. Er war nicht besonders sorgfältig mit seinen Beschwörungen gegen böse Geister, die das Seelenheil der Verstorbenen beeinträchtigen könnten, wohl weil bei diesem grauenvollen Wetter sich selbst die bösen Geister in den Nischen und Ritzen und Gruften verbargen, die ihnen gemeinhin als Unterschlupf dienten.
Als alles vorüber war, ließ sich Genovefa, gestützt auf Luitgard, ins gräfliche Schlafgemach zurückbringen, und mit der Dämmerung begann sich das Fieber zu verschlimmern.
Luitgard machte kalte Umschläge, unterhielt das Kaminfeuer im Schlafgemach des Grafenpaares, versuchte Genovefa aufzumuntern, brachte aber kaum mehr als ein einsilbiges Gespräch zustande, was so gar nicht ihrer Natur entsprach, und am späteren Abend verfiel die Gräfin endgültig in ein trübsinniges Schweigen. Später wälzte sie sich schweißüberströmt in ihrem Bett. Sie stöhnte und jammerte, sie zitterte und atmete schwer und fand erst spät zu einem irrlichternen Schlaf, in dessen wirren Albträumen sie ihr Kind verlor, das Unterpfand von Sygifrids Liebe, das sie unter dem Herzen trug.
Die Nacht verging. Am Morgen hatten sich ihre Sinne ein wenig beruhigt.
Sie lag alleine im Schlafgemach; Luitgard schlief vermutlich nach der anstrengenden Nacht. Die dünne Lederbespannung vor den beiden Fenstern ließ kaum Helligkeit durch, und sonst gab es keine Lichtquelle in dem Gemach.
Ihre Glieder waren bleiern, sie war außer Stande, aufzustehen und sich aus dem steinernen Krug einen Schluck Wasser zu schöpfen, obwohl sie einen wahnsinnigen Durst hatte. Eine ganze Weile betastete sie – noch umfangen von den schlimmsten Träumen – ihren Bauch, aber da war nichts Ungewöhnliches.
Das Zwielicht im gräflichen Schlafgemach erhellte sich im Laufe der verrinnenden Minuten, in denen Genovefa unbewegt auf dem Bett lag. Trotz der Pelzdecken, die sie vom Fuß bis zum Hals umhüllten, fror sie. Sie zitterte, aber es gab nichts, das die Kälte hätte vertreiben können.

Bilder flammten auf, lichtdurchströmte Erinnerungen an eine Zeit, die in der düsteren Gegenwart nicht einmal vorstellbar war. Kinder umtanzten den alten Römerbrunnen, den sie noch immer nutzten, als wäre das Herrschervolk und seine Kaiser niemals von der Bühne des Welttheaters abgetreten. Gott hielt seine Hände über die tanzenden Kinder, und sie war eines davon.
Sie spielten Ritter und Prinzessin. Die Ritter, das war etwas, das die Jungen faszinierte. Die neuen Helden, siegreich hoch zu Ross, begabt mit der Macht über all die neuartigen Erfindungen, die die Väter so begeisterten: Der Steigbügel, der ein leichtes Aufsteigen mit schwerer Rüstung ermöglichte, der glänzende Harnisch, der sie sicher machte vor den Pfeilen und Wurfgeschossen des Feindes, die neuen Sättel, in denen die Krieger so sicher saßen wie in Abrahams Schoß … und die Mädchen bewunderten die Jungen, deren Zukunft ein Weg der Heldentaten sein würde.
Als wäre ein Stein in die jungfräulich unberührte Oberfläche eines windstillen Sees geworfen worden, zersplitterten alle diese Erinnerungen an goldene Kindertage, als die Türe zum Gemach knirschte und im Halbdunkel des Vorraums eine großgewachsene, hagere Gestalt vage sichtbar wurde.
Genovefas Erstarrung geriet zu einer Lähmung, die selbst ihre Atmung umfassen wollte; und nur mühsam gelang es ihr, Luft zu holen. Sie war sicher, sie würde nicht den kleinsten Finger rühren können, selbst wenn sie es wollte.
»Ich weiß, dass Ihr wach seid … ich fühlte es, glaubt mir«, flüsterte Golo und kam langsam näher. »Ich habe Luitgard fortgeschickt. Ihr müsst wissen, dass sie niemals fragt, wenn ich ihr einen Befehl erteile.«
Seine Schritte waren unsicher. Im Augenwinkel sah Genovefa, dass Golo die Hände verschränkte. Er schaute sich um, setzte sich in den alten Sarazenenstuhl, den Sygifrid dereinst von einem seiner Kriegszüge mitgebracht hatte. Er fühlt sich wie der Herr, dachte die Gräfin, und er nimmt schon seinen Platz ein.
»Ich will nicht verhehlen, dass es mehr als Pflichterfüllung ist, wenn ich hierher komme, um nach Eurem Wohlergehen zu schauen«, sagte Golo leise. In seinem Tonfall schwang eine seltsame Melancholie mit.
»Wisst Ihr«, fuhr der Verwalter nach einer Weile fort. »Es gibt ein schweres Los, das uns beide betrifft. Ein Los, das Gott den Men-

schen ersparen wollte, indem er Eva zu Adam gab. Es ist das Los der Einsamkeit.«

Die Gräfin spürte genau, dass dies hier kein Spiel mehr war, vielmehr tödlicher Ernst, und dass Golo nicht mehr berechenbar war.

»Ich bin einsam gewesen, solange ich lebe«, fuhr Golo fort.

Es klang, als wolle er seine Lebensbeichte ablegen. Genovefa spürte, dass sie ganz langsam die Kontrolle über die Bewegungen ihrer Zehen, ihrer Finger wiedergewann. Jedes weitere Wort des Verwalters, das spürte sie genau, würde ihren Widerwillen vergrößern.

Das Kind, das sie in sich trug, war ihr Engel. Das wurde ihr jetzt klar. Es war, schon so lange vor der Geburt, ein schmerzensreiches Kind, und sie beschloss, dass dies sein Name sein sollte: Schmerzensreich. Sie beschloss dies in der Gewissheit, dass ihr Kind ein Sohn sein würde. In diesen Augenblicken spürte sie mit endgültiger Gewissheit, dass sie schwanger war. Es war zugleich der Moment, in dem ihr klar wurde, dass sie mit allen Mitteln für das Lebensrecht des Ungeborenen kämpfen würde.

Dieser Gedanke erfüllte sie immer stärker mit jener Kraft, die der fiebrigen Lähmung ihres Körpers entgegenwirkte: Aber Golo schien nichts davon zu bemerken.

Langsam erhob er sich vom Sarazenenstuhl und kam näher. Genovefa starrte ihm entgegen. Plötzlich sah sie, dass seine Augen in einem seltsamen, rötlichen Licht schimmerten, einem Licht, das sich kaum von der Dunkelheit des Raumes abhob, dennoch aber kaum zu übersehen war. Genovefa schloss die Augen, öffnete sie wieder, und die Erscheinung war verflogen. Aber sie hatte sich festgesetzt in ihrer Erinnerung. Rot leuchtende Augen – das konnten nur die Augen eines bösen Geistes, eines Besessenen, eines Dämonen sein.

In diesem Augenblick war sich die Gräfin sicher, dass Golo ihr die Seele rauben würde.

»Gräfin Genovefa, Ihr seid die schönste Frau, die ich auf dieser Welt gesehen habe.«

Golos Stimme klang geistesabwesend, wie in einem Traum. Ein wenig auch jämmerlich.

Genovefa versuchte, den Kopf zu schütteln. Wider Erwarten gelang es ihr. Ihre Hände verkrampften sich in der Pelzdecke

des Bettes: Aber das bedeutete, dass wieder Kraft in ihnen war, dass die Lähmung immer deutlicher nachließ.
»Von Anfang an ... ja, von Anfang an wusste ich, dass niemals eine andere Frau einen Platz in meinem Herzen besitzen wird.«
Golo hatte jetzt das Bett erreicht, blieb unschlüssig stehen. Es war vollkommen klar, was er wollte, aber es gab trotz all seiner Schlechtigkeit auch bei Golo eine Hemmschwelle, den letzten Schritt zu tun. Bei jeder anderen Frau hätte er wohl alle Bedenken fahren lassen und wäre seinen Gelüsten gefolgt, aber das hier, das war die Gräfin, die Gemahlin seines Freundes, seines Weggefährten, seines Herren.
»Golo, sagt nichts Unbedachtes«, presste Genovefa hervor, wunderte sich, dass es ihr überhaupt gelang. »Und ... tut nichts Unerlaubtes.«
Golo lachte unsicher.
»Ihr erlaubt?«, setzte er sich auf die Bettkante.
Stück für Stück, fürchtete sich die Gräfin. Er reißt Stück für Stück die Mauer ein, die ihn davon trennt, das Unsägliche zu tun.
»Deine Einsamkeit ist die Schwester der meinigen«, flüsterte Golo. »Wir stehen beide hoch oben auf dem Berg, und die Täler sind erfüllt von undurchdringlichem Nebel. Ich weiß, dass du mich hasst. Aber ist nicht die Liebe der Zwilling des Hasses? Ach, sage nichts, liebste Genovefa!«
Golo legte seine Hand auf Genovefas unter der Pelzdecke verborgenes Bein, leicht zuerst, schnell schwerer werdend.
»Die Begierden des Leibes, wie leicht sind sie zu befriedigen! Aber die Erfüllung ... Genovefa, die Erfüllung hat ihre Heimat nur auf den Gipfeln, nicht in den Tälern. Was kümmert uns das Gewürm dort unten? Lass sie sich regen und abrackern, lass sie bangen und hoffen, sie bleiben immer gleich: ein Gewürm, dazu ausersehen, uns zu dienen, die wir auf dem Gipfel sind.«
Er ließ seinen Oberkörper langsam auf Genovefas Leib herabsinken.
»Das wahre Glück findet ein Gott nur bei seiner Göttin ...«
So als habe diese Gotteslästerung endlich ihre furchtbare Lähmung endgültig fortgewischt, richtete sich Genovefa mit einem gellenden Schrei in ihrem Bett auf.
»Seid Ihr von Sinnen, Golo?«, schrie sie den Verwalter an. »Was Ihr tut, ist Hochverrat!«, und sie holte aus und versetzte dem Burg-

verwalter eine derart schallende Ohrfeige, dass dieser von der Bettkante stürzte, mit Vehemenz auf das Nachtgeschirr krachte, das Luitgard zu leeren vergessen hatte. Golo, feucht an Kopf und Armen, schien wie aus einer Trance zu erwachen, rieb die getroffene Backe, rappelte sich auf, wollte sich schon davonschleichen wie ein geprügelter Hund und vielleicht dachte er, wenn er sich davonschliche, wäre alles ein Traum, ein unwahres Lügengespinst in der Dämmerung. Aber dann hielt er an der Tür inne, drehte sich langsam zur Gräfin um, musterte sie.
»Ich wollte es im Guten«, flüsterte er böse. »Von gleich zu gleich wollte ich es.« Er lachte in einer Art, die Genovefa frösteln ließ. »Aber Ihr könnt sicher sein, Herrin: Es geht auch anders!«

XI

Eine Woche verging, in der Genovefa nichts sah von Golo, und in der sich ihr Gesundheitszustand allmählich besserte.
Luitgard erwies sich als fleißige, geschickte, jedoch ganz und gar unsensible Zofe. Genovefa konnte sich nicht vorstellen, mit ihr über persönliche Dinge, Probleme, Wünsche und Befürchtungen zu sprechen, so wie sie es mit Bertrada getan hatte.
Aber wahrscheinlich wäre das auch zu viel verlangt.
Der Schnee schmolz, und unendliche Regenfluten verwandelten das Tal von Magus in einen Schlammpfuhl. Davon merkte Genovefa allerdings nicht viel, verließ sie doch das gräfliche Bett nur ganz selten. Sie suchte nicht einmal mehr das Gemach der Burgherrin auf – die Kemenate blieb verwaist, war zu sehr ein Ort der Erinnerung an ungezählte Stunden, die sie zusammen mit Bertrada dort verbracht hatte.
An einem dieser gleichförmigen, trüben Tage war sie erst spät – nach Mittag – aufgestanden, hatte das Kamillen-Dampfbad inhaliert, das Luitgard bereitet hatte, sich dann in ihren Pelz geworfen und hatte die Lederbespannung eines der Fenster geöffnet. Von dort schaute sie hinab auf Magus, das wolkenverhangene Tal, und mehr denn je fühlte sie sich heimatlos, einsam und verlassen.
Überall waren noch Schneereste, die schmutzigbraun verfärbt waren. Schräg durch ihr Blickfeld verlief der Burgweg, über den

sie vor einer unendlich lange scheinenden Zeit an diesem Ort angekommen war, erfüllt von Hoffnungen, Wünschen, freudigen Erwartungen, die wie ein Meteor verglüht waren. Übrig gebliebenen war ein unausgesprochenes Witwentum, von dem sie nicht einmal wusste, ob es vorläufig oder endgültig war.
Auf dem Burgweg war keine Seele. Der Regen war jetzt nicht mehr so stark. Genovefa legte die Hände auf ihren Bauch und stellte sich vor, dass ihr Kind in diese trübsinnige Welt, die sich vor ihren Augen auftat, hineingeboren würde, dass es hier aufwachsen, groß werden und von dieser kargen, unfreundlichen Landschaft geprägt werden würde. Sie erinnerte sich daran, dass schon das dritte Monatsblut jetzt, da der Aprilis sich der Mitte näherte, seit ein paar Tagen überfällig war. Längst hatte sie keine Zweifel mehr an ihrer Schwangerschaft, zumal sie unbekannte, seltsame Reaktionen ihres Leibes erlebte, in denen schon Bertrada eindeutige Zeichen einer Schwangerschaft erkannt hatte: Das Erbrechen am Morgen, manchmal unmäßigen Appetit auf Dinge, die sie sonst kaum angerührt hätte, eine Veränderung der Haut, die nur schwer zu beschreiben war. Es würde nicht mehr lange dauern, dass ihr Bauch sich wölbte. Zwei Monde noch, dann würde jedermann erkennen können, dass sie den Erben des Grafen in sich trug. Spätestens dann würde sie aller Welt kundtun können, dass sie den Erben des Grafen erwartete.
Aber all das machte sie nicht froh und glücklich, sondern deprimierte sie und ließ sie verzweifeln.
Sie dachte, dass sie der einsamste Mensch auf der Welt war. Sie hatte Angst. Würde sie dem Grafen jemals verzeihen können, dass er sie gerade in dieser Zeit im Stich gelassen hatte? Aber ihre größte Furcht war, dass der Graf niemals zurückkommen würde, um ihre Verzeihung zu erwirken.
Genovefa sah, wie von fern zwei Gestalten sich auf dem Burgweg bewegten, langsam von Magus heraufkommend, graue Schatten in der tristen Landschaft. Beide Gestalten, auch wenn sie in ihren Mänteln nur schwer erkennbar waren, kamen der Gräfin in irgendeiner Weise bekannt vor, ohne dass sie ahnte, um wen es sich handelte.
Es waren zwei Frauen, eine größer, eine kleiner. Sie erreichten die Stelle des Burgweges, wo dieser – jetzt steiler ansteigend – in beinahe nördliche Richtung abknickte und dann genau auf das

Tor zulief. An dieser Stelle zweigte ein schmaler Saumpfad zum Sumpfloch des Nyt ab. Zur Burg hin begrenzte den Weg eine Mauer, die Genovefa schon ganz am Anfang wegen der römischen Steine aufgefallen war, die dort wahllos verwendet worden waren. Die Mauer verdeckte die beiden Frauengestalten für die nächsten Augenblicke.
Die kalte Luft, die der Gräfin entgegenströmte, tat ihr gut. Sie sog sie tief ein, ließ sich auch von den Regentropfen nicht stören, die der stetige, aber nicht allzu heftige Wind in ihr Gesicht blies.
Ihr Blick schweifte über die Dächer von Magus hinweg, über die schorfigen Dächer, die fast alle mit Reet gedeckt und dick mit Moos bewachsen waren. Sie fragte sich, wie das Leben war, das die Menschen dort unten führten. Warum hatte sie das in all den Jahren nicht herausgefunden? Denn obwohl sie den Brüdern im Kloster St. Vitus mit ihren Spenden aus der Burgküche half, so war ihr Besuch in der Krankenküche doch niemals ein wirkliches Eintauchen in die alltägliche Lebenswelt des Volkes, dessen Herrin sie war. Sie wusste nicht einmal die Zahl der Seelen im Sprengel Magus.
Wie viele von ihnen kannte sie von Angesicht zu Angesicht? Wie viele beim Namen?
Plötzlich ging die Tür. An den Schritten hörte sie, dass Luitgard nahte.
»Wird es Euch nicht zu kalt, Herrin?«, fragte die neue Zofe besorgt.
Genovefa nahm ihr diese Sorge sogar ab, denn obwohl die junge Frau im Bannkreis Golos stand, schien sie ihre Aufgaben als Bedienstete der Burgherrin doch wirklich ernst zu nehmen.
»Ich glaube eher, dass es hilft, das Fieber endlich aus meinem Körper zu zwingen«, beruhigte die Gräfin ihre Zofe.
»Ich lege Euch trotzdem diese Decke um die Schultern.«
Luitgard bemerkte, dass Genovefa zum Burgweg hinabschaute.
»Was beobachtet Ihr?«, fragte sie neugierig und trat neben die Herrin ans offene Fenster.
Im gleichen Augenblick tauchten die beiden Gestalten wieder hinter dem Mauervorsprung auf. Genovefa sagte nichts, deutete nur auf den Burgweg hinab und machte dabei ein Gesicht, als habe sie von den beiden unbekannten Frauen dort im Regen irgendetwas zu befürchten.

»Ich glaube, ich weiß, wer das ist«, entfuhr es der Zofe.
Fast gleichzeitig durchbrach ein sengend greller Sonnenstrahl vom Süden her die dunklen Wolken, entriss das Land der Herrschaft des Schattens, unter dem es schon so lange gestanden hatte. Das Licht zersprang in den Tropfen, die sich an den dürren Ästen, auf den braunen Gräsern verfangen hatten; es tanzte auf den Schneeresten, die sich noch überall türmten, legte sich als ein Strahlenkranz an die Umrisse der Pfützen und Lachen; und es zerstörte die Heimlichkeit, mit der die Gestalten sich der Burg genähert hatten.
Die beiden duckten sich, als seien sie vom Licht der Sonne bei einer schändlichen Tat ertappt worden. Sie wichen der Helligkeit aus und suchten den Schatten, bis wenige Augenblicke später das Schauspiel des Lichts wie beim Ausblasen einer Kerze endete. Es war, als habe es diese machtvolle Verkündung des Frühlings niemals gegeben.
Aber die Sonne hatte bis auf den Grund von Genovefas Seele geleuchtet, und ohne dass sie hätte sagen können, warum dies so war, keimte eine vorsichtige Hoffnung dort, wo zuvor nur Finsternis gewesen war, eine Hoffnung allerdings, die sich durch nichts begründen ließ. Sie wünschte sich so sehnlich, dass auch das Ungeborene, dieses schmerzensreiche Kind, einen Hauch der vergänglichen Hoffnung verspürt hatte.
»Du weißt also, wer das ist?«
Luitgard nickte, machte aber zugleich ein Gesicht, als sei ihr etwas herausgerutscht, das sie eigentlich besser nicht gesagt hätte. Aber jetzt war es nun einmal geschehen und ließ sich nicht mehr rückgängig machen. Genovefa konnte sich eines Gefühls nicht erwehren: Luitgard wusste irgendetwas, das sie nicht weitersagen durfte. Vielleicht war es nur ein Gerücht. Eins aber war sicher: Es betraf die Gräfin.
»Die kleine Gestalt«, sagte Luitgard vorsichtig, »das ist die Hexe Amalaswintha, die nicht weit von hier …«
»Ich habe von ihr gehört.«
»Gut. Und die andere, das ist Richildis, die alte Küchenmeisterin.«
»Richildis?«, fuhr Genovefa auf.
Luitgard nickte.

»Alle wissen ja, dass Ihr sie zum Teufel gejagt habt, aber der Herr Golo glaubt, dass er sie braucht.«
»Braucht? Wofür?«, entrüstete sich die Gräfin, aber ohne wirklichen Nachdruck oder Wut.
Die Zofe biss sich auf die Lippen. »Wisst Ihr es denn nicht? Die ganze Burg spricht doch davon: Morgen kommt der Herr Erzbischof Hydulf aus Treveris zu Besuch.« Sie bekreuzigte sich. »Er reist zu seinem Amtsbruder nach Colonia, und hier bei uns macht er Station.«
»Und was hat Richildis damit zu tun?«, fragte die Gräfin und verfolgte die Küchenmeisterin und Amalaswintha mit ihren Blicken – solange, bis die beiden jenseits des Torhauses verschwunden waren.
»Golo will, dass der heilige Mann so gut bewirtet wird, wie es irgend möglich ist«, zuckte Luitgard mit den Schultern. »Und dafür braucht er die Erfahrung von Richildis.« Sie senkte vertraulich die Stimme. »Denn sie ist eine gute Zuchtmeisterin, sagt man, und wenn sie die Küche beaufsichtigt, dann klappt alles wie am Schnürchen.«
»Und diese … Amalaswintha? Diese alte Hexe? Was will sie auf der Burg?«, fragte Genovefa kraftlos. Sie wandte sich von dem Fenster ab, jenseits dessen das Magus-Tal jetzt wieder in dem alltäglich gewohnten Grau lag, so als könne keine Macht der Welt diese Trübnis jemals wieder auflösen. Mit einem leisen Stöhnen hockte sich die Gräfin auf den einen der beiden Stühle, die in der Nähe des Fensters standen.
»Dann wisst Ihr auch das nicht?« In Luitgards Stimme klang ein mit Herablassung gepaartes Mitleid mit. »Dem Herrn Golo geht es seit Tagen schlecht. Er hat rasende Kopfschmerzen und Schweißausbrüche und was sonst alles noch. Und die Hexe Amala soll ihn für den Besuch des Herrn Erzbischof wiederherstellen. Wenigstens für den einen Tag, an dem Hydulf auf Burg Magus ist.«
Luitgard nahm ein Kissen vom gräflichen Bett und stopfte es, ohne Genovefa zu fragen, zwischen deren Rücken und die Stuhllehne. Danach schüttelte sie das Bett aus, summte dabei ganz leise ein Lied, während Genovefa schwer atmend die Augen schloss und überlegte, ob Erzbischof Hydulf ihr in ihrer mißlichen Lage vielleicht würde helfen können.

*

Ihre Tür war verriegelt. Sie rüttelte immer wieder daran. Es bestand kein Zweifel. Das war kein Zufall, es war Absicht. Der Erzbischof war in der Burg, und sie hatte keine Möglichkeit, zu ihm zu kommen.
Dabei hatte sie sich in der Nacht hin- und herüberlegt, was und wie sie dem heiligen Mann berichten würde: Dass sie als ehrbare Frau, deren Mann im Felde stand und für Gott und den König kämpfte, alltäglich den Bedrängnissen und den widerlichen Annäherungsversuchen des Golo ausgesetzt war. Eine schändliche und gotteslästerliche Tat – so würde sie Golos Verhalten brandmarken. Vielleicht, so hatte sie sich überlegt, würde sie sogar offenbaren, dass sie den Erben des Grafenstuhles unter dem Herzen trug und versuchen, den Erzbischof als Beschützer des ungeborenen Lebens zu gewinnen.
Sie hatte große Hoffnung dareingesetzt, dass ein Machtwort des Erzbischofs sie mit einem Male aus ihrer misslichen Lage befreien würde. Niemals hätte sie geglaubt, auf der Burg, wo sie Herrin war, zur Gefangenen gemacht zu werden.
Aber jetzt war es so. Und es schien unabänderlich.
Sie rief nach Luitgard. Aber vor der verschlossenen Türe regte sich nichts. Niemand würde sie hören. Der Bischof war in einem anderen Flügel der Burg untergebracht, die Mauern waren dick, sie hätte einzig zum Fenster hinausschreien können – aber dort draußen war niemand, und zudem hatte sie Angst, dass Golo durchaus Mittel finden würde, sie zum Schweigen zu bringen.
Genovefa war erfüllt von einer ohnmächtigen Wut, einem Zorn, der sich gegen nichts als die Wände, die Decke, die Einrichtungsgegenstände richten konnte – oder gegen sie selbst.
Sie fragte sich, was sie falsch gemacht hatte. Hätte sie zum Schein entgegenkommend sein und Golo in Sicherheit wiegen sollen? Aber wenn sie ihn nicht so brüsk mit einer Ohrfeige abgewiesen hätte – wie weit wäre Golo dann gegangen? Bis zum Letzten? Sie glaubte es.
Sie verwünschte Sygifrid, weil er nicht da war, um sie zu beschützen. Alle Vernunftgründe, die sie sich aufsagte, nutzten nichts: Dass er keine Wahl hatte, als Karl in den Krieg zu folgen, dass er als Graf zum Heereszug verpflichtet war, ja dass sein Grafenamt sich in dieser Pflicht zur Heeresfolge begründete – es nutzte

nichts: Ihr Zorn auf Sygifrid war zwar anders, aber fast ebenso groß wie ihr Zorn auf Golo.
Später, als sich der Tag dem Ende neigte, verspürte sie Durst und Hunger, aber niemand kümmerte sich um sie. Sie trank schließlich aus dem Krug, mit dessen Inhalt sie sich am Morgen gewaschen hatte. Zu essen aber fand sie nichts, und als es dunkel wurde, verglühte der letzte Holzscheit im Kamin des Gemaches, so dass es dort bald bitterkalt werden würde.
Ihr blieb nichts anderes übrig, als sich in das gräfliche Bett zu legen, sich warm zuzudecken und der Dinge zu harren, die am nächsten Morgen – nach Bischof Hydulfs Abreise – auf sie zukommen würden. Sie fragte sich jetzt, ob es nicht besser gewesen wäre, den Burgleuten frühzeitig ihre Schwangerschaft zu bekunden. Hätte Golo dann immer noch gewagt, sie als die zukünftige Mutter des Grafensohnes einzusperren?
Sie schlief schlecht, mit vielen Unterbrechungen, in denen sie über ihr Schicksal nachgrübelte, und als es hell wurde, stand sie schon am Fenster, von wo aus sie wenig später die Abfahrt des erzbischöflichen Trosses beobachtete: Die gepanzerten Reiter und der große Wagen, der mit goldenen Verzierungen verschönt war und ihr beinahe unwirklich erschien. Für einen kurzen Augenblick hatte sie den Eindruck, der Erzbischof blicke durch das Wagenfenster fragend zu ihr herauf, aber sie wusste nicht, ob es nur ein Spiel des Morgenlichtes oder ob es die Wirklichkeit war.
Es vergingen nur wenige Minuten, da knarzte schon der Riegel, mit dem die Türe des Schlafgemaches verschlossen war, und Golo trat ein.
Er hob beschwichtigend die Arme: »Ich weiß schon, ich weiß schon, du wirst toben und schreien und mir alles an den Kopf werfen, was dir in die Hand fällt«, lachte er aufdringlich.
Genovefa blieb im Gegensatz zu Golos Beschreibung stumm und starrte dem Verwalter nur hasserfüllt entgegen.
»Vielleicht wirst du es irgendwann verstehen«, vermutete Golo, der jegliche Höflichkeit und Ehrerbietung im Umgang mit der Herrin vergessen hatte und mit ihr sprach wie mit einer Magd. Doch Genovefa ging nicht darauf ein.
»Ihr wolltet nicht, dass ich dem Erzbischof von Euren Schandtaten berichte«, flüsterte Genovefa. »Ihr wisst wohl zu gut, dass Hydulf nicht tatenlos zusehen würde …«

»Meine Schandtaten?« Golo machte eine abfällige Handbewegung. Seine Augen waren rot. Auf seinen schmalen Wangen waren zahllose, winzige Äderchen zu erkennen. Er sprach fast so als hätte er getrunken – womöglich das Ergebnis von Amalaswinthas Mittelchen, um ihn für die Zeit des Bischofsbesuches einigermaßen herzustellen.
»Da siehst du doch, wie recht ich gehabt habe«, zischelte Golo. »Schandtaten! Genau das war es, was ich mir gedacht habe! Musste ich denn nicht verhindern, dass du den Erzbischof verrückt machst? Schandtaten! Von welchen Schandtaten redest du? Du phantasierst! Es hat nichts gegeben, das du mir vorwerfen könntest. Und dass ich an diesem Abend zu dir ans Bett getreten bin … es war leichtfertig von mir, vielleicht. Aber es war nichts als Fürsorge.«
Genovefa holte tief Luft. Sie zitterte vor Wut. »Nichts? Nichts nennt Ihr das? Wenn ich eine Magd wäre, dann könntet Ihr vielleicht so leichtfertig daherreden. Aber ich bin die Herrin dieser Burg! Nichts ist gewesen, sagt Ihr? Warum, glaubt Ihr, musste ich Euch eine Ohrfeige versetzen? Weil Ihr Euch so benommen habt, wie es sich geziemt? Ha! Und jetzt das noch: Ihr sperrt mich ein wie eine Gefangene! Und all dies ist … nichts?«
»Jeder Mann weiß, dass Frauen manchmal anders handeln, als es die Vernunft gebietet«, erwiderte Golo herablassend. »Du verhältst dich wie die brabantische Prinzessin auf der Erbse«, fügte er verächtlich hinzu. »Aber nimm dich in Acht, mein Täubchen«, setzte er vielsagend hinzu. Genovefa sah an seinem zur Fratze verzerrten Gesicht und seinen geweiteten, funkelnden Augen, dass er nicht bei Sinnen war. Er hatte jede Achtung davor verloren, dass sie seine Herrin war.
»Was wollt Ihr mir damit sagen? Wollt Ihr mir etwa drohen, Herr Verwalter?«, versuchte Genovefa energisch zu antworten, aber es klang eher ängstlich und resignierend.
Golo schnaubte überheblich. »Drohen? Hast du dir eigentlich überlegt, in was für einer Lage du bist?«
Er kam langsam auf Genovefa zu. Die zog sich in Richtung des Bettes zurück, bis sie mit den Waden am Bettkasten anschlug und nicht weiterkonnte. Golo schien es zu genießen, wie sie in seiner Hand war.

»Du hast auf die falsche Karte gesetzt«, sagte er kalt. »Es ist wahr: Seit du hier aufgetaucht bist, träume ich davon, dich zu besitzen. Hast du das etwa nicht gemerkt? Es würde dir ähnlich sehen. Aber du solltest dir jetzt endlich überlegen, was dir lieber ist: Die Taube auf dem Dach, oder der Spatz in der Hand.«
»Ihr seid endgültig verrückt geworden!«, keuchte die Gräfin. »Habt Ihr denn völlig vergessen, dass Sygifrid Euer Freund ist?«
»Pah, Freund«, tat Golo Genovefas Einwurf mit einer lässigen Handbewegung ab. »Jeder ist sich selbst der Nächste. Freunde kommen, und Freunde gehen. Aber eines bleibt: Und das ist die Macht!« Er hatte seine Stimme verschwörerisch gesenkt. »Hydulf, der Bischof, ist zwar ein alter Trottel. Aber immerhin erreichen ihn die Nachrichten aus der Ferne noch als ersten. Und er hat schlechte Nachrichten mitgebracht. Karls Krieg im Süden steht nicht zum Besten. Der Feind ist weit ins Frankenreich eingedrungen. Man sagt, er steht vor den Toren von Tours und Poitiers. Du solltest dich mit dem Gedanken vertraut machen, dass du Sygifrid niemals wiedersehen wirst.«
Genovefa erbleichte. Ihre Knie gaben nach. Langsam sank sie auf das Bett. Gleichzeitig merkte sie, dass Golo dieses Hinabsinken in seiner augenblicklichen Gemütsverfassung als Einladung mißverstehen würde.
»Und Hydulf«, fuhr Golo triumphierend fort, »hat schon angedeutet, dass er mir das Grafenamt übertragen wird, sollte es so weit kommen, dass Karl dort unten unterliegt und Sygifrid im Felde bleibt. Nun, was sagst du dazu? Wenn ich dann die verwitwete Gräfin von Magus zum Altar führe, dann wird niemand daran zweifeln, dass ich das Amt mit Gottes Segen innehabe.«
Genovefa spuckte aus. »Alles was Ihr sagt ist Hochverrat!«, stieß sie angewidert hervor. »Und ich hoffe, dass Euch die Strafe ereilt, die das Alte Recht für Hochverrat ausspricht – nämlich der Tod.«
Aber Golo lachte nur angesichts dieser Drohung.
»Kommt Zeit, kommt Rat«, sagte er unbeeindruckt. »Früher oder später wirst du ganz mir gehören. So oder so. Tot oder lebendig.«
Er ließ die unverhohlene Drohung im Raum stehen, wartete einen Augenblick, um zu sehen, wie sie wirkte. Dann trat er neben das Bett und setzte sich zu Genovefa, die wie erstarrt dalag und keinen

Finger zur Abwehr rühren konnte, so wie es schon beim letzten Mal gewesen war.

Die Bedrängnis durch den Burgverwalter – sie war so unwirklich, ein so unglaublicher Frevel und Hochverrat, dass für Genovefa die Fundamente der Welt erschüttert waren.

So spürte sie die tastende Hand des Frevlers auf ihrer Brust, und die andere Hand auf ihrem Schenkel, ohne dass sie schrie oder um sich schlug, und sie sah wie in einem teuflischen Traum, wie Golo ihren Umhang öffnete, am Verschluss ihrer Bluse nestelte und versuchte, ihre nackten Brüste zu umfassen, während die andere Hand an der Innenseite der Schenkel hochrutschte und sich ihrer Scham näherte.

Plötzlich wusste Genovefa, dass es nichts gab, das Golo aufhalten konnte, und dass dies alles kein schlechter Scherz war, der gleich zu Ende wäre. Vielmehr sah der Burgherr das jegliche Fehlen von Gegenwehr sicherlich als Aufmunterung an, bis zum bitteren Ende fortzufahren.

Und so geschah es auch.

Hastig begann Golo, sich zu entkleiden. Sein Atem ging stoßweise. Sein Blick war reine Gier. Speichel lief von seinem Mund, ohne dass er es bemerkte.

Er war jetzt ein Tier, ein brünftiges Tier.

Während er sich selbst seines Hemdes entledigte und sich jetzt mit nacktem Oberkörper über die Gräfin hinbeugte, riss er an ihrer Bluse, riss mit solcher Kraft, dass das Gewebe mit einem Laut wie einem Aufschrei zerriss.

Dem Vergewaltiger sprangen Genovefas nackte Brüste entgegen, ein Anblick, der ihn vollends um den Verstand brachte.

»Oh mein Gott, hilf mir!«, rief die Gräfin entsetzt. »Heilige Mutter Maria – hilf mir und meinem Kind!«

Im gleichen Augenblick umfasste Golos ekelhafter Mund Genovefas Brustwarze, leckte, besudelte sie, nässte sie mit schmierigem Geifer.

Aber dann ließ er los.

Genovefa spürte seinen rasenden Herzschlag. Dann stemmte sich Golo auf seine Arme. Sein Oberkörper war über und über mit hellem Schweiß bedeckt, der im fahlen Morgenlicht schimmerte. Irgendwo draußen krähte ein Hahn.

Golo wischte mit dem Handrücken über seinen blöde offenstehenden Mund. Jetzt sah Genovefa, wie abstoßend seine madenweiße Haut war, mit der das rote Kopf- und Körperhaar seltsam kontrastierte. Golo sah aus wie eine armselige Mißgeburt.
»Was soll das heißen: Du und dein Kind?«, stieß er hervor. »Von welchem Kind redest du?«
Erleichtert stellte Genovefa fest, dass sich Golos unbeherrschbare Wollust abzukühlen begann. Gleichzeitig aber beschlich sie eine unbestimmte Angst, dass sie mit ihrem Stoßseufzer dem ungeborenen Kind geschadet hatte. Aber nun war es heraus.
»Ja, es ist wahr«, flüsterte Genovefa und raffte die Reste ihrer Bluse zusammen, um ihre Brüste zu bedecken. »Ich trage das Kind des Grafen unter dem Herzen«, fügte sie hinzu, und im gleichen Augenblick sah sie den Schattenriss einer Frau an der Türe des Schlafgemaches. Es war Luitgard, die sich eben wieder abwenden und auf Zehenspitzen davonschleichen wollte. Aber das ließ die Gräfin nicht zu.
»Warte, Luitgard, warte!«, rief sie flehentlich, und diese weitere Störung versetzte Golos Wollust den endgültigen Todesstoß – jedenfalls für den Augenblick.

XII

Es war der schönste Frühling im Eifelland seit Genovefa nach Magus gekommen war. Den ganzen Mai über bis in den Frühsommer überwölbte ein Himmel die Welt, dessen Blau von einer ganz besonderen Intensität war; beinahe so, als wäre ein neues Weltenalter angebrochen. Die Menschen fragten sich, was geschehen war.
Diese Intensität strahlte auf alles herab, das von der Sonne beschienen wurde. Das frische Grün von Baum, Gras, Kraut und Strauch wirkte so jungfräulich wie am ersten Tag nach der Schöpfung; da es manchmal in den Nächten gehörig regnete, trockneten die Wiesen und Äcker nicht aus. Eine große Ernte reifte heran, denn allenthalben stand der Halm weit höher, als es zu dieser Jahreszeit zu erwarten war.

Von fern sah Genovefa die Hirten mit ihren Schafen. Die Tiere wirkten lebhafter als sonst. Auf den Weiden grasten Rinder, die prächtig zu gedeihen schienen und deren braun-weißes Fell im Sonnenlicht glänzte. Die kräftigen Pferde der Reiter, die auf Burg Magus ankamen, schienen vor Lebenskraft und Lebensfreude nur so zu strotzen.
Aber all diese wunderbaren Augenblicke, diese Bilder, die an das Paradies gemahnten und die sie zur Gräfin eines wunderbar blühenden Landes machten, konnten Genovefa nicht wirklich erfreuen, denn sie war zu einer Gefangenen geworden. Sie sah die Schönheit des Landes nur vom Fenster ihres Gemaches aus, in dem sie nach Golos Befehl festgehalten wurde.
Golos Befehl?
Niemand erwähnte einen solchen Befehl. Luitgard wusste nichts davon, dass die Gräfin eingesperrt sein sollte; jedenfalls sagte sie nichts und tat, als wäre alles wie immer. Aber wenn sie dann hinausging, schob sie doch den Riegel vor die Türe, eine verschämte Handlung, leise und langsam, aber was machte das für einen Unterschied?
Wenn Genovefa die Zofe darauf ansprach, zuckte diese nur mit den Schultern, wandte sich ab, erwiderte kein Wort, und im Laufe der Zeit sprachen die Frauen fast nicht mehr miteinander; meist starrte die Gräfin hinaus in die strahlende Welt, während Luitgard eilfertig und oberflächlich ihre Pflichten erfüllte, um so schnell wie möglich wieder fortzukommen. Immer wenn die Zofe im Zimmer war, wachte draußen auf dem Gang einer von den Schergen Golos; meist war es Grimo, Golos rechte Hand.
Golo hatte sich seit jenem Tag nach der Abreise des Erzbischofs nicht wieder blicken lassen. Eine Zeit lang hatte er wohl krank darniedergelegen, wie aus den wenigen Äußerungen Luitgards zu entnehmen war. Danach war er lange fort in Treveris, und zwei Tage, nachdem Genovefa ihn zusammen mit einem kleinen Fähnlein Reiter hatte über den Burgweg zurückkommen sehen, beobachtete sie, wie er schon wieder davonritt, diesmal ohne Begleitung. Was der Verwalter des Grafenamtes im Schilde führte, ahnte sie nicht einmal.
Am Anfang wäre Genovefa beinahe verrückt geworden in der Enge ihres Gefängnisses. Zwar fehlte es ihr an nichts, die Langeweile zermürbte sie jedoch zusehends. Dann aber konzentrierte

sie sich auf ihren Körper und das Leben, das in ihm wuchs. Zu den Iden des Julius spürte sie es zum ersten Mal leibhaftig in sich als eine seltsame Bewegung, ein tastendes, sanftes Erkunden der Welt.
Luitgard aber tat so, als bemerke sie von der Schwangerschaft der Gräfin nichts. Niemals wurde zwischen den beiden Frauen ein Wort darüber verloren.
Das war wenige Tage vor dem Johannisfest. In Magus war es Brauch, die Sommersonnenwende mit allerlei Mummenschanz und großem Spektakel zu begehen. Überall im Talkessel würden die Johannisfeuer brennen, und Genovefa wusste aus den Jahren zuvor, dass es viel Getuschel geben würde über das, was in der Nacht der Johannisfeuer geschah.
Am offenen Fenster des Grafengemachs stehend, konnte sie drunten im Tal manche der Scheiterhaufen erkennen, die am Abend entzündet würden. Aber sie würde die Johannisfeuer nur von ferne sehen, als eine Erinnerung an glücklichere Tage, die Feuer als Symbole sinnenfrohen Lebens und einer Ausgelassenheit, wie sie die Menschen im Eifeler Land nur selten zeigten.
Genovefa beobachtete, wie soeben ein großes Fuhrwerk, beladen mit Holzscheiten, die alte Römerbrücke am westlichen Ortsrand überquerte. Viele junge Burschen begleiteten den Wagen, ein Sicherheitsgeleit, denn es kam nicht selten vor, dass die Hörigen anderer Herrenhöfe es auf die Holztransporte ihrer Konkurrenten abgesehen hatten, galt es doch für jedes der Gehöfte als große Ehre, das hellst lodernde Johannisfeuer zu entfachen. Die siegreichen jungen Männer von dem Hof mit dem größten Feuer trugen ihre Nasen in der darauf folgenden Zeit gerne etwas höher. Man sagte, sie hatten es auch bei den Mädchen leichter.
Plötzlich war eine Unruhe dort unten bei dem Geleitschutz des Holzkarrens, und wenig später sah die Gräfin einen einzelnen Reiter heranpreschen, die alte Römerstraße von Treveris heraufkommend. Der Bote – denn um einen solchen handelte es sich offenbar – sprengte an dem Wagen vorbei, so dass das Zugpferd scheute und kaum zu beruhigen war. Genovefa sah von ferne, wie die jungen Männer ihre Fäuste hinter dem reitenden Eilboten herschüttelten.
Der Bote bog auf den Burgweg ein, und mit körperlich schmerzender Wucht wurde die Gräfin von bösen Vorahnungen eingeholt.

Ihre Hände umklammerten den Vorhang aus schwerem Stoff, der das Fenster der Schlafkammer schützte, dann torkelte sie ein paar Schritte zurück, griff instinktiv mit der Hand nach ihrem vorgewölbten Bauch und setzte sich auf den Bettschemel, bevor ihre Beine einknicken konnten.
Draußen war jetzt der Hufschlag des Pferdes zu hören: Der Bote erreichte das Burgtor. Dann war wieder alles still. Aber diese Stille war beklemmender als alles andere; ein düsteres Vorzeichen, lastete sie auf ihrer Seele, je länger, je schlimmer.
Dann aber waren Schritte vor der verschlossenen Türe des gräflichen Gemaches zu hören. Der Riegel wurde beiseite geschoben. Golo stürmte mit einem Gesicht herein, das Genovefas schlimmste Befürchtungen bestätigen wollte. In der Hand hielt Golo einen Brief – sicherlich die Botschaft, die der Reiter gebracht hatte. Er hielt das Schriftstück in die Höhe wie eine Trophäe, er selbst der Triumphator, am Ziele des Weges, den seine wirren Träume ihm gewiesen hatte.
Sein Gesicht, diese Fratze.
Genovefa war der Ohnmacht nahe. Plötzlich sah sie vor ihren Augen die goldenen Zinnen des fernen Byzanz, ihr himmlisches Jerusalem, und die Posaunen von Jericho ertönten als Marschmusik für die unsäglichen Heerscharen der Apokalypse.
Aber sie fing sich wieder. Gab sich nicht die Blöße, vor Golo zusammenzubrechen, hielt sich am Pfosten des Bettes fest, in dem das Ungeborene gezeugt worden war … vor so langer Zeit, so unendlich langer Zeit, jenseits des Horizontes, hinter dem einmal ihr Leben lag.
»Ich will dich nicht quälen«, sagte Golo überraschend sanft. »Ich wollte dich niemals quälen. Du weißt doch …«, senkte er die Stimme: »Weißt du denn nicht, dass ich dich liebe wie mein Leben?«
»Was wollt Ihr von mir?«, stieß die Gräfin mühsam hervor. Ziellos glitt ihr Blick in jenem Gemach umher, das seit dem Frühjahr ihr Gefängnis war.
»Was starrst du so?«, fragte Golo ärgerlich.
»Ich frage Euch noch einmal, was Ihr wollt«, entgegnete die Gräfin. »Sagt was Ihr zu sagen habt, und dann verschwindet.«
Golo lachte schmutzig. »Noch immer dieser Hochmut? Aber du weißt doch, wie das Volk sagt: Hochmut kommt vor dem Fall.«

Und er hielt die Botschaft noch einmal hoch wie ein fliegender Händler, der seine wohlfeile Ware anpreist und nicht genau weiß, ob seine Kunden wirklich danach verlangen. Er trat näher und wedelte mit dem Pergament vor Genovefas Gesicht herum.
»Erkennst du dieses Siegel? Kennst du es?«
Genovefa zuckte mit den Schultern.
»Es ist das Siegel von Karl, dem Hausmeier.«
»Wenn Ihr es sagt.«
Ganz plötzlich, unerwartet trotz des Irrsinns in seinen Augen, griff Golo zu, umfasste Genovefa mit kräftigem Arm, zog sie zu sich heran, so dass ihr Körper und der seine eng aneinander kamen. Genovefa konnte nicht zurückweichen, sie hatte den Bettpfosten im Rücken – zum Glück hatte sie ihn im Rücken, denn es hinderte Golo für den Augenblick daran, sie aufs Bett hinabzudrücken und das widerliche Werk fortzusetzen, bei dem er vor Wochen unterbrochen worden war.
Genovefa spürte seinen Atem an ihrer Wange, sein Haar war in ihrem Gesicht, dann war sein Mund an ihrem Ohr, seine Zunge leckte das Innere der Ohrmuschel, in die er schließlich hineinbiss, ganz leicht nur, wie in Vorbereitung auf irgendetwas. Schließlich leckte er an ihrem Hals, während der Arm sie weiter festhielt wie in einem Schraubstock, die Finger in ihrer Seite verkrallt.
Golo stöhnte. »Ah … wie du schmeckst.«
Übelkeit übermannte die Gräfin. Einen Moment lang musste sie daran denken, wie Golo mit Sygifrid gelacht hatte, als er nach ihrem Beischlaf das Gemach verlassen hatte, dieses triumphierend erniedrigende Männerlachen, das jede Frau zur Magd, zur Sklavin und zur Hure machte.
Golo ergötzte sich an Genovefas Hilflosigkeit. Er rieb seinen Unterleib an dem ihren. Er drängte sein Knie zwischen ihre Beine, versuchte diese auseinanderzuschieben. Die Gräfin gewahrte all dies nur noch mit halbem Bewusstsein, mehr oder weniger war es nur eine weitere Station ihres Kreuzweges, und wenn Golo über sie herfiele, wäre dies ihr Golgatha, das Opfer, das Gott ihr abverlangte, weil es irgendeine Schuld gab, die sie auf sich geladen hatte, und wenn es auch nur die Schuld war, eine von allen Menschen verlassene, in öder Wüste vor Einsamkeit darbende Frau zu sein, Freiwild für die hungrigen Wölfe, die durch die Einöden dieser Existenz streiften.

Unerwartet ließ Golo von ihr ab. »Wir werden später darauf zurückkommen«, keuchte er und rieb an seinem Geschlecht.
Genovefas Mageninhalt wollte hinaus. Sie würgte, hielt die Hand vor den Mund, ihre Augen brannten, tränten wider Willen, heiße Schauder wanderten rasend über ihre Haut, aber dann bekam sie ihren Körper wieder in den Griff.
Golo hatte inzwischen eine unerwartete Haltung eingenommen, gerader Rücken, gerade Beine, den Kopf im Nacken. Eine irgendwie … offizielle Haltung.
»Ich muss dir etwas mitteilen, Gräfin von Magus«, begann er.
Genovefa schloss die Augen. Sie dachte an ihre düsteren Vorahnungen. Es war das Gefühl, wenn die Welt zusammenbricht. Das Kind in ihrem Bauch rührte sich, so als teile es das Leid der Mutter.
»Der Graf … Graf Sygifrid … er ist in der Schlacht geblieben«, sagte Golo, ohne Genovefa anzuschauen.
Die Gräfin reagierte nicht.
»Hast du mich nicht verstanden? Dein Gemahl ist tot!«, wiederholte Golo ungehalten. »So steht es hier geschrieben. Eine Botschaft von Karl. Siehst du nicht sein Siegel?«
Er hielt das Siegel, das dem Pergament anhing, flüchtig hoch.
Genovefa fragte sich selbst, warum sie überhaupt nichts empfand bei der Nachricht, die Golo ihr offenbart hatte.
»Ich glaube Euch kein Wort«, stieß sie hervor. »Nach allem, was geschehen ist, könnt Ihr mir sagen, was Ihr wollt … es hat keine Bedeutung für mich.«
Golo machte plötzlich das Gesicht eines Jungen, dem sein eben versprochenes Vergnügen sogleich wieder verboten wird. Aber Golo gab nicht auf.
»Du weißt, was das bedeutet?«, fragte er wie jemand, der sich eine Vorgehensweise zurechtgelegt hat, und trotz veränderter Umstände nicht in der Lage ist, von dem einmal beschrittenen Weg abzuweichen. Auch er selbst schien diese Diskrepanz zu spüren, wirkte immer unsicherer, wie einer, den man bei etwas Unrechtem ertappt hat.
»Alles … alles um mich herum ist eine einzige Lüge«, sagte Genovefa. »Euer Amt, Eure Anmaßung, wie Ihr mich bedrängt – alles ist Lüge. Und diese Botschaft, was bedeutet sie? Ein Fetzen Pergament, mehr nicht! Alles was Ihr in den Händen haltet, ist Lüge.

Jedes Wort von Euch!« Sie warf den Kopf stolz in den Nacken und funkelte Golo kampfeslustig an. »Die einzige Wahrheit, die es für mich auf der Welt noch gibt, ist das Kind unter meinem Herzen«, rief die Gräfin aus. »Mir ist es gleich, was Ihr sagt oder was Ihr mir bringt. Ob mein Herr und Euer Herr … ob Graf Sygifrid lebt oder ob er gestorben ist … glaubt Ihr wirklich, ich würde meine Gewissheit über Leben und Tod davon abhängig machen?«, deutete sie auf die Botschaft.

Golo war offenbar ganz verwirrt von der beherzten und unerwarteten Antwort der Gräfin. Er stand jetzt ziemlich verloren und unbeholfen dort vor ihr im gräflichen Gemach, ein Mann, dessen Hoffnungen sich als Knaben-Blütenträume voll blühender Phantasie erwiesen hatten.

Aber solche Knaben verfallen schnell in ohnmächtige Wut.

Golos Atem wurde heftiger. Sein Gesicht lief rot an. Irgendwie war ihm die ominöse Botschaft in seinen Händen jetzt offenbar peinlich, jedenfalls versteckte er sie hinter seinem Rücken.

»Mein Gott … du bist so dumm, Gräfin«, stieß er hervor. »Du solltest dich endlich mit der Wahrheit abfinden.«

Er machte ein paar heftige Schritte zum Fenster hin, stopfte dabei die vorgebliche Botschaft Karls so nebenbei in die Innentasche seines Wamses.

»Es wird kommen, wie es kommen muss, Genovefa.«

Als Golo ihren Namen nannte, lief es der Gräfin kalt den Rücken hinab. Das war eine Intimität, die ihr zuwider war.

»Du hättest es so gut haben können«, sagte der Verwalter leise und traurig, »und es ist noch nicht zu spät.«

In einer seltsam anmutenden, der Realität entrückt wirkenden Geste nahm Golo die Decke vom zerwühlten Grafenbett und legte sie um Genovefas Schultern.

Aber die Gräfin warf die Decke angewidert sofort wieder ab.

Golo schüttelte den Kopf.

Einen winzigen Augenblick lang fragte sich Genovefa, ob es nicht für sie und vor allen Dingen für ihr Kind besser wäre, sich tatsächlich unter den Schutz des Verwalters zu begeben. Aber dann dachte sie an die Konsequenzen eines solchen Handelns, und dass sie dann alles, was Golo wollte, über sich würde ergehen lassen müssen.

Dieser Gedanke schreckte sie mehr als der Gedanke an den Tod.

Und es war noch immer Liebe zu Sygifrid in ihrem Herzen, die zwar erkaltet war, aber unter der Asche glomm noch immer das alte Feuer; und noch immer war er ihr strahlender Held, wie er stolz über die Brücke am Kempenicher Bach ritt, um ihr sein Reich zu Füßen zu legen; und unvergessen waren noch immer die Liebesnächte kurz nach der Vermählung, in denen Genovefa geglaubt hatte, ihr Glück sei mit Worten nicht zu ermessen.
»Denke an dein ungeborenes Kind«, sagte Golo in die Stille hinein.
»Wieso bringt Ihr mein Kind ins Spiel?«, fragte sie mit einem so gleichgültigen Tonfall, wie sie es vermochte. »Habt Ihr keine Ehre? Seid Ihr mit dem Teufel im Bunde? Schreckt Ihr denn vor nichts zurück?«
»Schau den Realitäten endlich ins Auge! Dein Gemahl kommt nicht zurück. Du brauchst einen Beschützer. Ich werde der neue Burgherr sein. Und du hast die Wahl: Du kannst an meiner Seite stehen, du kannst weiterhin alle Bequemlichkeiten genießen, die du kennst und die einer Gräfin gebühren; vor allem aber denke an dein Kind!«
»Um Himmels Willen!«, rief Genovefa. »Was ist mit meinem Kind? Macht es Euch einen besonderen Spaß, mich damit zu quälen? Wollt Ihr den Verrat an Eurem Herrn bis zum Äußersten treiben?«
»Ich habe mir etwas überlegt«, erwiderte Golo unbeirrt. »Höre genau zu! Ich liebe dich mehr, als du jemals zu denken wagst. Ich liebe dich mehr, als Sygifrid dich jemals geliebt hat. Es ist so, seit ich dich zum ersten Male gesehen habe. Ich sage dir dies nur dieses eine Mal, und es ist nur für uns beide bestimmt. Es ist nur für dein Herz. Gott hat mich mit diesem Schicksal gestraft, und Gott wird mich noch einmal strafen und noch einmal, bis ans bittere Ende. Aber trotzdem: Es ist so wie es ist.«
Plötzlich hatte Genovefa Mitleid mit diesem Mann, von dem sie wusste, dass er ihr Schicksal war, ein Schicksal, bei dem sie nur an den Tod und an nichts anderes denken konnte. Dieser Wahnsinn, mit dem Golo ihr entgegentrat, die Morgengabe seiner düsteren Liebe, die er ihr zu Füßen legte, war ein Danaäer-Geschenk, das ihren Untergang bewirken würde.
Sie spürte, dass sie am Scheideweg stand. Alle ihre Hoffnungen waren trügerisch, waren zerstoben. Wer wusste es? Vielleicht

war Sygifrid wirklich tot? Und alles, wovon Golo sprach, war die nackte Wahrheit?

»Ich kann dir nur ein einziges Geschenk machen, ein einziges, wirklich großes Geschenk«, fuhr Golo fort. Er klang wie ein Bittsteller, und auch seine Haltung war die eines solchen. Aber Genovefa wusste, dass seine augenblickliche Demut binnen eines Herzschlages in blanken Hass umschlagen konnte.

»Ich schenke dir das Leben deines Kindes als des Nachfolgers von mir, wenn du an meiner Seite stehst. Was glaubst du denn, was Erzbischof Hydulf mit mir besprochen hat? Es ist ausgemachte Sache: Diese Burg ist mein. Aber du kannst deinen Sohn retten. Du kannst sein Erbe retten.« Er machte ein verschwörerisches Gesicht. »Und ganz nebenbei meine Herrschaft festigen. Stehe nur an meiner Seite, und alles, was du willst, wird geschehen.«

Unvermittelt fiel Golo vor Genovefa auf die Knie. Das Licht, das schräg vom abendlichen Westen durch das Fenster des Gemaches fiel, spielte auf seinem rötlichen Haar. Seine Glieder bebten. Er senkte seinen Kopf, so als wolle er Genovefas Segen empfangen. Er wünschte sich zu erniedrigen. Er unterwarf sich. Die Gräfin konnte jetzt alles von ihm verlangen, wenn sie ihn nur erhörte. Aber sie war nur erfüllt von Ekel. Von einem so tiefen und bis in alle Zellen ihres Körpers wirkenden Ekel, dass sie Mühe hatte, sich nicht zu erbrechen.

»Niemals«, stieß sie hervor. »Niemals werde ich meinen Gemahl verraten.« Sie spuckte aus. »Ihr seid erbärmlicher als je ein Mensch, den ich in meinem Leben angetroffen habe.« Das brach jetzt aus ihr heraus, ohne dass sie es aufhalten konnte. »Ihr seid eine Schlange, ein Verräter, wie er schlimmer nicht sein kann, und Gott wird wissen, wie die Strafe für Eure Untaten aussehen wird.«

Golo taumelte zurück, in Richtung der Türe des Gemaches. In seinen Augen funkelte jetzt die Wut des tödlich gereizten Tieres.

»Euer Herr und mein Herr ist Graf Sygifrid, und er wird kommen und Euch für Eure Anmaßung bestrafen«, sprudelte es aus Genovefa hervor. »Und selbst wenn er tot ist, wird sein Hass Euch bis in den letzten Winkel verfolgen, in den Ihr Euch irgendwann verkriechen werdet.«

Plötzlich aber erhellte sich Golos Gesicht, so als habe er einen weiteren, ruchlosen Einfall gehabt.

»Also gut«, stellte er fest. »Ihr habt es nicht anders gewollt. Von nun an seid Ihr nichts auf dieser Burg. Ihr seid Nichts. Ich werde Euch in die Kammer Eurer Dienerin Bertrada sperren lassen, und Ihr werdet Wasser und Brot bekommen und sonst nichts. Und vielleicht ... aber nur vielleicht werde ich irgendwann einmal Gnade walten lassen, wenn Ihr bettelt und wenn Ihr winselt wie eine Hündin.«
Dann senkte er die Stimme, und in seinem Blick war nur noch Heimtücke und der Widerschein der Gewissheit, dass er irgendwann doch zum Ziel kommen werde.
»Ihr glaubt, Euer Kind schützt Euch davor, dass ich Euch nehme, wie ich Frauen zu nehmen gewohnt bin, die mir nicht zu Willen sind.«
Die Fratze seines Gesichtes war jetzt nur noch widerlich.
»Das mag im Augenblick wahr sein. Aber habt Ihr Euch eigentlich überlegt, dass jedes Ding zwei Seiten hat?«
»Wie meint Ihr das?«
Golo lächelte böse. »Die Erfahrung sagt, dass kein Mensch verletzlicher ist als die Mutter, die um das Leben ihres Kindes bangen muss.«

XIII

Noch am gleichen Tag machte Golo seine Drohung wahr. Genovefa wurde von den Schergen des Verwalters in Bertradas Kammer gebracht.
Die Monate vergingen. Der Hochsommer verging. Genovefas Leib schwoll an.
Sie war vollkommen abgeschnitten von der Außenwelt. Der einzige Kontakt hinaus war der morgendliche Besuch Luitgards, die das Essen brachte und den Nachttopf abholte, um ihn kurze Zeit später entleert zurückzubringen. Von Golo gab es kein Lebenszeichen in all dieser Zeit, aber seine Drohungen wirkten in Genovefa nach und machten die Nächte, in denen sie über die Zukunft grübelte, zu einem einzigen Alptraum.
Der Blick aus Bertradas winziger Kammer ging gegen Nordwesten. Dort waren niedrige, bewaldete Hügel. Nur selten war jemand

auf diesen Hügeln zu sehen. Ab und zu waren dort Leute aus Magus beim Holzsammeln, aber das geschah nur selten, und sie sah sie nur von ferne.

Der Spätsommer war höllisch heiß. Genovefa verbrachte ihn mit der Beobachtung des wachsenden Lebens in ihrem Leib. Es war ein Zustand jenseits des gewöhnlichen Seins. Die Zeit, der Ablauf der Stunden, der Tage, der Wochen ... das alles verlor jegliche Bedeutung und war höchstens dokumentiert im Wachsen des Kindes und im Umfang der Wölbung ihres Bauches.

Die Sonne ging auf, und sie ging unter. Der Mond nahm zu, und er nahm ab.

Dass es dort draußen eine Welt gab, in der Menschen lebten, vergaß sie. Sie war schließlich eins mit sich und ihrem Kind und ihren Erinnerungen.

Sie lebte von der Hoffnung, dass dereinst Sygifrid zurückkäme wie der Phoenix aus der Asche, um sie zu befreien, in ihre alten Rechte wiedereinzusetzen und das Damoklesschwert von Golos Drohungen fortzuschlagen, das über seinem ungeborenen Kind schwebte; aber die Erinnerung an den Grafen war genauso träumerisch wie die Erinnerung an die elterliche Wasserburg, an die fernen Tage der Kindheit. Die Tage der Kindheit glichen erstaunlich den Tagen in ihrem Gefängnis in der Gleichförmigkeit ihres Vergehens, in der Strukturlosigkeit ihres Ablaufes und in dem Fehlen von Gestern und Morgen.

Der Herbst zog ins Land.

Mit dem Beginn des Monats Octobris kam der Tag immer näher, an dem ihre Niederkunft zu erwarten war. Bertrada fehlte ihr sehr, ihre Nähe, ihr Trost, ihre Aufmunterung. Luitgard fragte jetzt ein übers andere Mal danach, wie es mit der Schwangerschaft vorangehe und wann die Niederkunft zu erwarten sei, wobei Genovefa nicht wusste, ob sie dies im Auftrage Golos tat, oder ob sie sich – von Frau zu Frau – des Schicksals der Gräfin erbarmte. Ob irgendjemand außer ihr und Golo wusste, dass sie schwanger war?

Sie schaute hinaus auf die durchgeschüttelten Bäume vor dem schmalen Fensterschlitz ihres Gefängnisses, als die ersten schweren Herbststürme über das Land fegten. Oft setzte sie in diesen Tagen schon den groben Holzrahmen mit seiner Bespannung aus

Schweinsleder in die Fensteröffnung ein, weil es draußen empfindlich kalt wurde.
An einem Tag mit heftigem Dauerregen und bedrückend tief am Himmel dahinziehenden Wolken begannen gegen Abend, als der trübe Tag in eine noch trübere Dämmerung hinabsank, die Geburtswehen.
Durch Genovefas Schreie aufmerksam gemacht, kam Luitgard in die Kammer. Schnell holte die Zofe heißes Wasser und eine reine Decke.
Es war gespenstisch. Luitgard hatte ein winziges Öllicht mitgebracht, sagte im übrigen kein Wort, so als habe sie ein Schweigegelübte abgelegt. Aber Genovefa war dennoch unendlich dankbar für ihre Hilfe in diesen Stunden, in denen die Nacht nur aus Schweiß und Blut und Tränen zu bestehen schien.
Luitgard hatte Erfahrung und erwies sich als geschickte Helferin. Als Genovefas Schmerzen unerträglich zu werden schienen, schob die Dienerin der Gräfin ein Beißholz zwischen die Zähne. Inmitten dieses Irrgartens aus Schmerz musste Genovefa immer wieder daran denken, was Golo gesagt hatte und dass er das Kind benutzen wollte, um sie endgültig und für alle Zeit unter die Knute seines Willens zu zwingen.
Irgendwann war es dann vollbracht. Luitgard zeigte zum ersten Mal in dieser Nacht eine Regung. Sie trennte die Nabelschnur durch, putzte das Neugeborene ab, sie lachte – ein ehrliches, befreites Lachen – und hielt das Kind in die Höhe, zeigte es der vollkommen erschöpften Mutter. Aber das verging schnell. Wortlos legte die junge Frau das Neugeborene schließlich auf den Bauch der Mutter.
Genovefa schaute Luitgard in die Augen, unfähig auch nur ein einziges Wort zu sprechen. Aber Luitgard sah die stille Dankbarkeit im Blick der Gräfin und senkte verschämt die Augen. Dann nickte sie und lächelte Genovefa an, ein Lächeln, in dem eine Spur Mitleid zu erkennen war. Mit einem angedeuteten Kopfnicken – fast entschuldigend – verließ sie die Mutter und ihr Neugeborenes und schob den Riegel der Kammer wieder vor.

*

Die Dämmerung hatte noch nicht begonnen. Der Hahn hatte noch nicht gekräht. Genovefa war in einen Schlaf gefallen, der ganz an der Oberfläche blieb, der zwischen Wachsein und Traum taumelte; manchmal tauchte sie auf und sah die vagen Konturen der Kammer Bertradas, dann wieder versank sie für kurze Zeit in einer Phantasievorstellung, in der alles genauso war, wie Gott es vorgesehen hatte, eine freundliche, helle Vorstellung, in der Pfalzgraf Sygifrid und sie selbst als Grafenpaar den Erben einer freudig erregten Untertanenschaft vorstellten, und in der sie, die Gräfin, ihrer Geburt und ihrer Stellung entsprechend behandelt und geehrt wurde.

Genovefa hatte sich vor diesen ersten Augenblicken ihrer Mutterschaft so sehr gefürchtet: Furcht und Zweifel hatten sie erfüllt, ob sie das Kind hassen oder lieben würde, ob sie in dem Kind ein Gleichnis ihrer Demütigung, oder ein Zeichen neuer Hoffnung sehen würde.

Diese Zweifel waren verflogen. Sie liebte das Kind vom ersten Augenblick an, liebte es über alles.

»Ich werde dich Schmerzensreich nennen«, sagte sie leise und drückte das Neugeborene fest an ihr Herz. »Denn schmerzensreich war deine Geburt, und schmerzensreich ist unser beider Leben.«

Sie streichelte den Kopf des Kindes. Es war jetzt ganz ruhig.

»Sie hätten wohl am liebsten gesehen, wenn wir beide den Tod gefunden hätten, mein Liebling«, flüsterte die Gräfin.

Dann lachte sie.

»Aber denen werden wir es zeigen, oder? So leicht lassen wir uns nicht unterkriegen, du und ich! Wir beide zusammen – wir werden unseren Weg gehen, durch dick und dünn.«

Irgendwo zwischen all diesen Überlegungen, Vorstellungen und Traumbildern war plötzlich ein Geräusch, das ihre Aufmerksamkeit erregte. Zuerst wusste sie nicht, was es war, obwohl sie das Geräusch kannte. Aber es kam unerwartet, war am falschen Platz, zur falschen Zeit, ein schmirgelndes Kratzen, leise nur, in Richtung der Türe. Es dauerte einige Augenblicke, bis Genovefa verstand, dass es der Riegel war, der zur Seite geschoben wurde.

Die Türe knirschte, wurde langsam aufgedrückt. Genovefa rührte sich nicht, umfasste das Kind enger, das auf ihrem Bauch lag und ruhig schlief. Sie dachte an eine Teufelei Golos. Es war in der

dunkelsten Stunde der Nacht, da sie am tiefsten ist, die Stunde, bevor die Dämmerung beginnt.
»Habt keine Angst, Herrin«, erklang eine unsichere, leise Stimme von der Türe her. Genovefa kannte diese Stimme, wusste sie aber keinem Gesicht zuzuordnen. Sie drehte sich langsam, das schlafende Kind immer im Schutz ihrer Arme. Jetzt konnte sie zur Türe hinüberschauen, aber da war nur tiefste Dunkelheit, nichts zu erkennen.
»Seid Ihr wach, Gräfin?«, fragte die Stimme. »Habt keine Angst!« Schlurfende, tastende Schritte.
»Ich konnte es nicht wagen, ein Licht mitzubringen«, fuhr die Stimme fort, ein wenig lauter jetzt, die Stimme eines Mannes. »Golo würde jeden gnadenlos bestrafen, der Euch hilft. Nicht einmal Euren Namen darf man in der Burg nennen. Es ist so, als hätte es Euch niemals gegeben.«
Genovefa dachte einen Augenblick lang, dass man ihr eine Falle stellen wollte. Aber dann fragte sie sich, was sie noch zu verlieren hatte.
»Ich bin wach, mein Freund«, flüsterte sie vorsichtig, »und mir geht es gut.«
Ihr unbekanntes Gegenüber atmete auf.
»Gott sei Dank«, sagte der Mann.
»Bist du es, Martinus?«
»Ja. Ich bin es. Ich habe Eure Schreie gehört. Alle haben Eure Schreie gehört in der Burg, glaube ich. Sie klingen mir jetzt noch im Ohr.«
»Ich habe ein Kind zur Welt gebracht«, versetzte die Gräfin.
»Wir haben es geahnt! Golo wollte nicht, dass es irgendjemand weiß, aber die Wände haben Ohren. Hinter vorgehaltener Hand … aber offen gesagt hat es niemand. Niemand wagt es, sich den undurchschaubaren Plänen dieses Mannes in den Weg zu stellen. Diese Ungewissheit – ich habe sie nicht mehr ausgehalten. Und als ich die Schreie hörte …«
Die Schritte kamen näher. Jetzt war Martinus unmittelbar neben dem Lager Genovefas.
»Ich wünschte, ich könnte Euch sehen«, flüsterte Martinus sehnsüchtig. »Glaubt nur nicht, dass alle in der Burg einverstanden sind mit dem, was mit Euch geschieht. Viele denken wie ich, Her-

rin. Viele lieben Euch, und viele hassen Golo. Aber sie haben alle Angst vor ihm.«
»Es ist schon gut, Martinus«, erwiderte Genovefa. »Wenn es wirklich so ist, wie du sagst, dann erzähle allen, die mich nicht vergessen haben, dass ich einen Sohn geboren habe – den Sohn des Grafen, seinen Erben, und dass er gesund ist. Schmerzensreich ist sein Name, und du wirst verstehen, warum ich ihn so genannt habe.«
»Der Erbe des Grafen … ich werde dafür sorgen, dass sich diese gute Nachricht wie ein Lauffeuer verbreitet«, versprach Martinus, der Küchengehilfe.
Plötzlich spürte Genovefa eine tastende Hand an ihrem Arm. Sie zuckte zurück.
»Verzeiht, Herrin, ich wollte das Kind nur einmal berühren.«
Wieder kam in Genovefa der Verdacht auf, dass hinter allem, was Martinus sagte und tat, noch irgendetwas anderes verborgen war, das sie nicht wusste. Aber sie nahm dennoch seine Hand und führte sie zu dem schlafenden Kind. Die Hand des Küchengehilfen war so kalt wie die Nacht.
»Ja … ich spüre es. Ich spüre das Kind. Ich spüre, wie warm es ist und wie es atmet«, sagte Martinus aufgeregt. »Und um so erfreulicher ist es, was ich Euch mitteilen will, und warum ich es gewagt habe, Golos Anweisungen zu mißachten: Habt Hoffnung, Herrin! Vielleicht ist die Zeit Eures Leidens schon bald vorbei, und Golos teuflische Pläne werden durchkreuzt!«
»Was sagst du da?«
»Heute ist eine Pilgergruppe in Magus angekommen, von Straßburg herauf. Und hört zu, welche Nachrichten sie mitgebracht haben: Der König Karl hat die Sarazenen vernichtend geschlagen und steht jetzt mit seinem Heer in Burgund, und er ist auf dem Weg in den Norden. Und in seinem Heer ist Sygifrid, unser Graf.«
»Mein Gott, kann das wahr sein?«
»Die Fremden wussten es deswegen so genau, weil alle voll des Lobes sind wegen der großen Heldentaten, die Graf Sygifrid bei der Schlacht gegen die Sarazenen vollbracht hat«, fuhr Martinus mit vor Aufregung zitternder Stimme fort. »Man sagt, nur Sygifrid ist es zu verdanken, dass das Heerlager des Feindes erobert wurde und dass Karl den Sieg davongetragen hat.«
»In Burgund, sagst du?«, fragte Genovefa aufgeregt.

»Ja, in Burgund. Dort muss das Heer vor zehn Tagen gestanden haben. Das heißt, es kann nicht mehr sehr weit entfernt sein, Herrin! Euer Gemahl … er ist vielleicht schon in wenigen Tagen zurück!«

Genovefa setzte sich auf ihrem Lager auf. Sie presste das Kind voller Freude an ihr Herz, küsste es. Sollte es möglich sein? Sollte das Tal der Tränen, das sie durchschritten hatte, doch ein Ende haben? Sollte Golos Perfidie sich am Ende gegen ihn selbst wenden? Genovefa konnte es kaum glauben.

»Martinus … sei sicher, ich werde dich reich belohnen für diese Botschaft, wenn sie sich als wahr erweist«, sagte die Gräfin. Sie tastete nach der Hand des jungen Mannes, spürte wie warme Tränen über ihre Wangen liefen, und bei all dem Mangel an menschlicher Nähe und Zuwendung, den sie in den letzten Monaten hatte erleiden müssen, zog sie Martinus zu sich heran, legte ihren freien Arm um den jungen Mann, während sie mit dem anderen das Kind hielt. Sie drückte Martinus an sich, genoss die Nähe dieses Leibs und seine Wärme in einem Augenblick, der das Ende aller Leiden zu bedeuten schien.

So verharrten sie in einem Augenblick der Stille.

Aber plötzlich wurde die Türe aufgestoßen.

Fackeln und dunkle Gestalten waren in der Kammer, so als wären üble Kreaturen aus den schlimmsten Träumen Wirklichkeit geworden.

»Ich hätte es nicht für möglich gehalten!«, rief eine schrille Männerstimme.

Dann ging alles ganz schnell.

Martinus wurde von ihrer Seite gerissen. Drei, vier der Gestalten waren jetzt im Raum. Zwei davon hielten den Küchengehilfen zwischen sich. Martinus' Augen waren vor Schrecken weit aufgerissen. Er verstand offenbar nicht, was mit ihm geschah.

»Was wollt ihr hier?«, protestierte die Gräfin kraftlos, sah gespenstische Fratzen, verzerrte Gesichtszüge im zerrissenen Fackellicht. Hässliche Gesichter, von einem Hass erfüllt, den Genovefa nicht verstand.

Keines der Gesichter war ihr vertraut, bis auf … ja, an der Tür stand Richildis. Sie lächelte kalt, bemerkte, dass die Gräfin sie erkannt hatte.

»Hochmut kommt vor dem Fall«, zischelte die Küchenmeisterin. Dann gab sie ein paar knappe Befehle – sie schien hier das Kommando zu führen. Martinus wurde fortgeschleppt. Dann waren nur noch die Gräfin, ihr Neugeborenes und Richildis in der Kammer.
Genovefa spürte, dass sich draußen auf dem Gang noch irgendjemand aufhielt, erfuhr aber nie, wer es war.
»Du und der dumme Martinus – ihr konntet uns keinen größeren Gefallen tun«, sagte Richildis mit kalter Genugtuung. »Jetzt haben wir Zeugen, und Sygifrid kann Golos Wort nicht mehr anzweifeln. Wer hätte nur gedacht, dass der Plan der alten Hexe so gut aufgehen würde!«
»Wovon redest du?«, fragte die Gräfin verängstigt. Sie hatte das Gefühl, dass sich die Schlinge um ihrem Hals immer mehr zusammenzog.
Die Küchenmeisterin lachte böse. Genovefa spürte, wie es kalt an ihrem Rückgrat hinablief, und in diesem Augenblick war sie sicher, dass die hagere Alte von einem üblen, boshaften Dämonen besessen war.
»Verstehst du es wirklich nicht?«, taxierte Richildis die Gräfin mit herablassendem Blick. So viel Verachtung und Hass hatte Genovefa niemals zuvor zu spüren bekommen.
»Bist du wirklich so naiv? Du hast dich selbst gerichtet! Du und dein Bastard ... ihr seid verloren, und das ist gut so. Schon bald ist Golo zu deinem Gemahl unterwegs, und ich habe keinen Zweifel, dass es genau mit dem Befehl zurückkommen wird, den wir erwartet haben.«
»Befehl? Verloren? Ich verstehe dich nicht!«, rief Genovefa in tiefer Verzweiflung. »Was hat das alles mit meinem Gemahl zu tun?«
Das Kind war inzwischen erwacht. Seltsamerweise schrie es nicht, sondern starrte seine Mutter an, so als verstehe es, dass deren und sein eigenes Leben auf dem Spiel stand – auch wenn es erst wenige Stunden alt war.
Richildis kam näher. Die Härte in ihrem Gesicht wurde nur überboten von der eisigen Kälte ihres Tonfalls. Plötzlich schnellte ihre Krallenhand vor, packte Genovefa beim Schopf, sie riss an ihrem Haar, eine Geste, die der Alten offenbar große Lust bereitete, denn sie atmete tief durch und ließ einen Seufzer hören, der nach tiefer Befriedigung klang: Endlich diese Hergelaufene demütigen zu

können, die ihr so lange die Herrschaftsrechte auf Burg Magus streitig gemacht hatte! Endlich …

»Wenn Graf Sygifrid in seiner Ehre gekränkt ist, kann nur der Tod diese Kränkung sühnen«, zischelte Richildis, während Genovefa vor Schmerzen aufstöhnte.

Unvermittelt war von draußen – vom Innenhof her – lautes Rufen zu hören, dann ein entsetzlicher Schrei. Danach war alles wieder ruhig.

Richildis grinste. »Dein Kind hat soeben seinen Vater verloren.« Sie ließ den Haarschopf der Gräfin wieder los.

»Seinen Vater verloren? Was um Himmels Willen bedeutet das alles?«

»Dein Martinus … sein Kopf dürfte jetzt bald auf einer Stange in der Mitte des Burghofes stecken.«

Genovefa schlug sich die Hand vor den Mund.

»Ja, das entsetzt dich wohl! So verfährt man in unserem Land mit Ehebrechern, die es wagen, Hand an das Eigentum ihres Herrn zu legen.«

Die Gräfin stieß einen Entsetzensschrei aus. »Du bist verrückt! Du bist vollkommen verrückt! Mein Gemahl wird dich …«

»Halt deinen Mund!«, bellte die Alte. »Für deinen Gemahl bist du nur noch eine Hure, verstehst du? Eine Hure, eine läufige Hündin, die einen Bastard geboren hat, den Sohn eines durch und durch verderbten Küchendieners, dessen Augen jetzt von den Raben ausgehackt werden.« Richildis rieb sich die Hände. »Amala hat Recht gehabt. Aber mir ist es gleich, welches Ziel Golo damit verfolgt. Ich will nur, dass du vernichtet wirst! Vom ersten Tag an habe ich das gewollt. Und jetzt …« Sie stöhnte beinahe brünftig: »Jetzt ist es fast vollbracht. Sygifrids Charakter erlaubt keinen anderen Entschluss: Er wird dich dem Tod überantworten, dich und deine Ausgeburt!«

Sie spuckte in Richtung des Kindes. Genovefa, gelähmt vor Entsetzen, wehrte sich nicht. Das Kind begann lauthals zu schreien. Richildis schüttelte sich angewidert. »Bei uns ist es seit alter Zeit Gesetz«, fuhr sie schließlich fort, »dass Ehebrecherinnen ersäuft werden, zusammen mit ihrer Brut. Sygifrid ist schon in Confluentes, wo er aber mindestens noch drei Tage bleiben muss, um seine Angelegenheiten zu richten. Golo wird reiten wie der Teu-

fel«, lachte sie hämisch. »Ich denke, schon morgen ist er zurück, und dann ist dein Schicksal endlich besiegelt.«
Genovefa drückte ihren schreienden Sohn Schmerzensreich an die Brust, aber sie spürte, dass sie ihm keinen Schutz mehr gewähren konnte. Sie fühlte sich so hilflos, so verlassen wie Hiob an den schlimmsten Tagen seiner Prüfung. Sie fragte sich, warum Gott ihr das antat.
»Du weißt doch«, brachte sie stockend hervor, »dass ich unschuldig bin. Wieso verkaufst du deine Seele an den Teufel? Wie kannst du es wollen, das Blut dieses unschuldigen Kindes zu vergießen?«
Richildis zog sich zurück. Im Rahmen der Türe stehend, hielt sie noch einmal inne. »Bewahre dir dein Süßholzgeraspele für den Augenblick auf, wenn du vor deinen eigenen Richter trittst. Und wie er irgendwann einmal mit mir richten wird, das lasse getrost meine eigene Angelegenheit sein«, erwiderte Richildis voller Häme, zog die Türe zu und schob den Riegel vor.

XIV

Der Mensch spürt, wenn sein Schicksal sich wendet. Tief in seinem Inneren existiert die Gewissheit, dass der Traum zu Ende geht, dass keine Illusion mehr Bestand hat, dass die nackte, böse Wahrheit mit ihrem Licht, heller als der gleißende Mittag, erbarmungslos auch noch den letzten Schatten erreicht, in dem der Rettungslose sich verkrochen hat.
Aber konnte das auch ein Kind spüren, das nur wenige Tage alt war?
Sygifrid hatte der Gräfin – es war ganz am Anfang, in glücklichen Tagen – von den Momenten erzählt, in denen es in der Schlacht auf Leben und Tod ging. Dieses kaum fassbare Gefühl, für das ihm die Worte gefehlt hatten, übermannte jetzt auch Genovefa. »Wenn der Tod näher ist als das Leben, erfüllt eine seligmachende Ruhe dein Herz«, hatte Sygifrid sich erinnert. Genovefa hätte sogar ein Stück weitergehen können: Es war in seiner Leere sogar fast eine Art von Glücksgefühl, das sie erfüllte, unerklärlich, und dennoch greifbar. Das Gefühl des Wanderers am Ende eines lan-

gen und beschwerlichen Weges. Es war die Nähe zu Gott, zu den Ahnen, die Nähe der ewigen Sterne, die das Vergängliche klein und unbedeutend erscheinen ließ.

Im Angesicht der Ewigkeit – was bedeutete da schon Golos Perfidie? Was bedeutete die Handvoll Leben, die das Schicksal am Anfang in Genovefas Wiege gelegt hatte? Selbst der Krieg gegen die Sarazenen, das goldene Konstantinopel oder das Reich der Cäsaren – im Angesicht der Ewigkeit und des Göttlichen zerfielen sie zu Staubkörnern in der Wüste.

Allein ein Gedanke trübte dieses verzweifelt glücksähnliche Gefühl, sich dem Vergänglichen zu überantworten, unterzugehen und eins zu werden mit der ewigen Materie – das war der Gedanke an ihr Kind.

Sie wog es in den Armen, als die allerersten Lichtflecken des Morgens nach einer unendlichen Nacht erkennbar wurden, irgendwo dort im Osten, wo der Morgenstern verglühte.

Das Kind schlief jetzt, aber der Gräfin war noch immer ganz deutlich der Blick des Kindes in Erinnerung. Ihr Sohn – er hatte geschaut, als wüsste er um das Schicksal, das ihm bevorstand. Das ist unmöglich, sagte sich die Mutter, und dennoch glaubte sie es. Schmerzensreich, so war nicht nur der Name des Kindes, schmerzensreich war auch der dunkle Acker, in dem das Saatkorn seines Lebens aufgegangen war.

Nur wenig später erwachte das Kind. Genovefa gab ihm die Brust. Wie wenig es schreit, dachte die junge Mutter. Es kommt mir fast vor, als wüsste er, dass sein Schrei vergeblich wäre, ein Hilferuf in der Leere einer Wüste, in der es keine Rettung gibt.

Während Schmerzensreich an ihrer linken – der herzseitigen – Brust säugte, durchströmte ein warmes und angenehmes Gefühl der Verbundenheit die Mutter. Sie dachte an ihre eigene Mutter, an die unendliche Bedeutung, die ihre Wärme besessen hatte, wo die Kälte des Vaters das Haus regierte. Wäre es nur um sie selbst gegangen, so hätte sie sich endlich klaglos in ihr Schicksal ergeben. Aber war da nicht mehr, eine Verantwortung, die weit über alles hinausging, das ihr bisher widerfahren war? Indem sie dem Kind ihre lebensspendende Milch zu trinken gab, nährte sie sein kleines, schutzbedürftiges Leben.

Aber es gab keinen Schutz für Schmerzensreich, mit der einen Ausnahme des Schutzes, den sie ihm mit den bloßen Händen geben konnte.

In ihrer innigen Verbindung mit dem gesäugten Kind erkannte sie – nicht plötzlich, sondern wie bei einem aufklarenden Wetter –, dass sie alle ihre Kraft als Mutter würde aufbieten müssen, ganz gleich, wie viel oder wie wenig das war.

Zufrieden mit ihrem Entschluss, streichelte sie Schmerzensreichs spärlich behaarten Kopf. »Um deinetwillen werde ich nicht aufgeben«, flüsterte sie und drückte dem Kind einen Kuss auf die Wange.

»Wer weiß, vielleicht zerreißt das Lügengespinst von Golo und Richildis und Amalaswintha am Ende doch«, sagte sie zu Schmerzensreich, auch um sich selbst aufzumuntern. Mit dem heller werdenden Morgen versuchte sie sich einzureden, dass Sygifrid den Lügen seines Kumpanen Golo nicht auf den Leim gehen und sie aus den Fängen des Teufels befreien würde. Aber tief in ihrem Inneren glaubte sie nicht daran. Dazu kannte sie Sygifrid zu gut. Der Pfalzgraf war mehr noch als all die anderen Männer von dem Dämonen der Mannesehre besessen, der ein heimtückischer und durchtriebener Dämon war, ein wirklich böser Geist. Dass alle Frauen zutiefst verdorben und von Grund auf schlecht sind, flüsterte der Dämon demjenigen ein, der von ihm besessen war. Besonders die Frauen, bei denen es so schien, als könnten sie kein Wässerchen trüben, besonders Frauen wie die rein und unschuldig scheinende Genovefa waren die schlimmsten von allen. War da nicht vor seinem Abschied ein Liebesakt mit ihr geschehen, in dem sie sich als eine brünftige und zutiefst verdorbene Buhle entpuppt hatte?

Und Sygifrid wusste nichts von Golos Perfidie und Hochverrat, sondern er glaubte dem Freund, der einst sein Leben gerettet hatte, vorbehaltlos, wie die Vergangenheit gezeigt hatte. Der Dämon, der Sygifrids Herz beherrschte, würde ihm befehlen, eins und eins zusammenzuzählen. Golo würde dafür sorgen, dass das ganze Heerlager in Confluentes über kein anderes Thema sprach als über den gehörnten Pfalzgrafen und den Bastard des Küchengehilfen, und wenn dann Sygifrid sich mitleidig belächelt sehen würde wegen des ungeheuerlichen Ausmaßes seiner Entehrung, dann würde sein Dämon ihm kein Hintertürchen offen lassen:

Dann musste er Genovefa verdammen und ihr Schicksal Golos Händen überantworten.
Instinktiv wusste Genovefa, dass es genauso kommen würde. Von dieser Seite war keine Hilfe zu erwarten.
Ihre Grübeleien wurden durch die scharfen Stiefeltritte draußen vor der verriegelten Türe ihres Gefängnisses abrupt beendet. Mit pochendem Herzen drückte sie Schmerzensreich an die Brust, als der Riegel fortgeschoben wurde.
Die drei Männer – sie waren der Gräfin bis auf einen unbekannt – hatten steinerne Gesichter. Keiner schaute sie an. Der jüngste der Männer war noch ein Milchbart. Er hatte stechende, blaue Augen. Sicherlich gehörten die drei zu den Schlägern Golos. Der setzte sie ein, wenn die Hörigen aufrührerisch wurden oder wenn es Grenzstreitigkeiten mit unliebsamen Nachbarn gab. Es waren keine richtigen Krieger, vielmehr Knechte. Aber in Zeiten, in denen die meisten Ritter auf Heeresfahrt waren, hatten sie das Heft in der Hand und führten das große Wort. Diese Männer waren roh und sittenlos, und die Landbevölkerung zitterte vor ihnen mehr als vor den Herren.
»Ihr kommt jetzt mit«, sagte der Mann, den die Gräfin kannte. Es war Grimo, die rechte Hand Golos. Er war der Anführer des kleinen Trupps. Das Auffallendste an ihm war sein rötliches, aufgedunsenes Gesicht, und immer hatte er Schweißperlen auf der Stirn; so auch jetzt. Grimo wagte zuerst nicht, sich der Gräfin auf mehr als Armeslänge zu nähern. Zu groß war wohl noch immer der Respekt vor dieser Frau, die bis jetzt seine Herrin gewesen war. Seine Bewegungen wirkten unsicher und fahrig; sein Auftrag schien ihm nicht geheuer zu sein. Anscheinend hatte er sich schon Mut angetrunken.
Genovefa lächelte. Sie wunderte sich selbst darüber, dass ihr dies gelang. Das Lächeln verunsicherte die Schergen noch mehr.
»Wohin soll ich mitkommen?«
Grimo zuckte mit den Schultern. Er machte einen Schritt auf die Herrin zu, packte sie beim Arm, aber dann verließ ihn doch der Mut. Er ließ los und senkte verschämt den Blick.
Der milchgesichtige Blonde kicherte.
»Wenn du glaubst, dass du es besser kannst, Baldwin, dann kannst du gerne das Kommando von mir haben«, raunzte der rotgesich-

tige Grimo. »Ich bin nicht scharf drauf, dass es später heißt, Grimo hatte das Kommando, als die Gräfin ...«
Er schwieg vielsagend.
»Willst du gleich die ganze Burg aufwecken?«, gab der angesprochene Baldwin flüsternd zurück, während Grimo sich mit dem Handrücken den Schweiß von der Stirn wischte.
»Meinst du denn, mir macht diese Sache Spaß?«, erwiderte Grimo ärgerlich.
»Lasst es uns doch endlich hinter uns bringen!«, sagte der dritte Mann leise. Er war ziemlich groß gewachsen, der älteste der drei. Sein schwarzes Haupthaar lichtete sich schon stark. Er war der nervöseste von allen, schaute sich ständig um, als werde er von unsichtbaren Geistern geplagt. Ganz offenbar fürchtete er sich wegen des Frevels, den er begehen sollte, weil Golo es so befohlen hatte. Er schien nicht zu bemerken, dass er seine Hände ineinander wand und von einem Bein auf das andere stieg. Ständig leckte er sich die Lippen, und aus seiner Nase floss Rotz, ohne dass er ihn abwischte. Genovefa fiel das schlechte Gebiss des Mannes auf, eine lückenhafte Reihe brauner Stümpfe. Der Mann wurde sicherlich von fürchterlichen Zahnschmerzen gequält; die Gräfin hatte den Eindruck, dass diese Qual in seinem Gesicht schon Spuren hinterlassen hatte.
Genovefa wunderte sich, dass ihr diese Einzelheiten auffielen, obwohl die Männer doch gekommen waren, um ihr Schicksal und das Schicksal ihres Kindes zu besiegeln. Die ergebene Ruhe, mit der sie diesem Schicksal jetzt entgegensah, machte ihr selbst fast Angst.
»Also, was nun?«, fragte Baldwin ungeduldig. Er war der einzige, der nicht nur Furcht, sondern offenbar auch Lust empfand bei der Erledigung von Golos Auftrag. Seine blauen Augen leuchteten verräterisch.
Genovefa hatte unvermittelt den Gedanken, dass es ihr nun erging wie vielen der Hörigen zuvor, die Golos Schlägertrupps gepeinigt hatten, und sie hasste sich selbst dafür, dass dies alles im Namen des Grafen, und damit auch in ihrem eigenen Namen geschehen war.
»Es ist schon so eine Sache, wenn man sich an einer Frau vergreifen soll«, murmelte der Mann mit den schlechten Zähnen mißmutig. »Aber das Kind?«

Baldwin spuckte aus. »Jetzt wirst du auf deine alten Tage doch wirklich gefühlsduselig, Waldar«, lachte er. »Also, es gibt genug Frauen, an die ich mich erinnern kann, da hat es dir nichts ausgemacht, kräftig hinzulangen.« Er machte eine obszöne Geste und lachte.

»Jetzt streitet euch nicht!«, sagte Grimo. »Wir können nicht hier stehenbleiben und ewig disputieren.«

»Ich kann mir jedenfalls nicht vorstellen, dass einer von uns Lust hat, zu Golo zu gehen und zu sagen: Es ist eine Frau und es ist ein Kind, also kriegen wir das nicht fertig«, warf Baldwin ein.

»Wir vollstrecken nur das Urteil«, stellte Grimo schließlich förmlich fest. »Golo hat das Blutgericht in der Grafschaft, und wir sind seine Gerichtsdiener. Gott will es so.«

»Seid ihr sicher, dass Gott es so will? Oder ist es Golo? Ist Golo euer Gott?«

Die Männer hatten nicht erwartet, dass Genovefa – die bisher so schicksalsergeben gewirkt hatte – sich in einem so scharfen und aggressiven Tonfall zu Wort meldete. Sie zogen den Kopf ein, so als komme ein Unwetter über sie.

»Das Blutgericht kommt von Gott«, erwiderte schließlich Grimo.

»Und so glaubt ihr wirklich, dass Gott mich und dieses unschuldige Kind bestrafen will?«, deutete die Gräfin auf das Neugeborene, das auf der Pritsche lag, wo Bertrada gestorben war. »Gott ist gerecht«, sagte Genovefa leise, und es klang fast wie eine Drohung. »Was seid ihr? Seid ihr Hunde, die nach einem Knochen schnappen? Für die ist gerecht, was ihren Hunger stillt. Oder seid ihr Kinder unseres Herrn?«

»Ihr solltet jetzt den Mund halten«, sagte Grimo gereizt. »Was wollt Ihr damit erreichen, dass Ihr uns beleidigt?«

»Ihr alle beleidigt Gott, indem ihr behauptet, Gerechtigkeit zu üben, während doch jeder weiß, was für ein grausames Spiel euer Golo mit mir und meinem Kind treibt.« Genovefa senkte die Stimme. »Habt ihr denn schon einmal darüber nachgedacht, was unser Herr Sygifrid sagen wird, wenn er heimkommt und erfährt, wie sich alles tatsächlich zugetragen hat? Wisst ihr denn nicht, wie sehr Sygifrid sich einen Sohn und Erben gewünscht hat?« Sie ballte die Faust. »Und ihr wollt diesen Sohn jetzt töten!

Wenn ihr schon nicht fürchtet, dass Gott euch straft – wie steht es mit der Furcht vor der Strafe des Grafen?«
Grimo und seine Männer waren seltsam unbeeindruckt von Genovefas Drohungen.
»Von unserem Herrn Grafen haben wir zu allerletzt Strafe zu erwarten«, sagte Grimo schließlich mit Häme in der Stimme. »Denn es ist nicht Golos, sondern Sygifrids Befehl, dass Ihr und Euer Kind mit dem Tode bestraft werden sollt. Graf Sygifrid selbst hat den Herrn Golo angewiesen, so zu verfahren.«
»Woher willst du das wissen, Grimo?«, fragte Genovefa. In ihre Stimme kehrte die schicksalsergebene Resignation zurück.
»Weil ich dabei war, als Golo den Befehl erhielt«, sagte Grimo. »Ich bin mit Golo geritten und ich bin sein Zeuge.«

Die kleine Gruppe durchquerte wenig später das Burgtor, Grimo voraus. Sie nahmen nicht den Burgweg, sondern den rechter Hand abzweigenden Saumpfad, der sich zwischen Haselnusssträuchern und wilden Rosen hinabschlängelte in Richtung der sumpfigen Niederungen des Nyt, die sich östlich von Magus in einem engen Tal ausbreiteten.
Schmerzensreich wimmerte kläglich. Manchmal fluchte einer der Männer, wenn ihm ein Dornenzweig durchs Gesicht fuhr.
Es war kühl an diesem Morgen. Die Sonne verbarg sich noch hinter dem Frühdunst, der vom Nytbach aufstieg. Manchmal war der Pfad kaum erkennbar; manchmal war er so steil, dass Genovefa befürchtete, mit ihrer Last auszugleiten. Aber keiner der Männer half ihr. Stattdessen blickten sie sich schuldbewusst um. Obwohl kaum zu erwarten war, dass sie auf dem einsamen Pfad irgendjemandem begegnen würden, schienen sie zu befürchten, jemand könne sie bei ihrer schändlichen Tat beobachten.
Genovefa war weiterhin erfüllt von ihrer stillen Gleichgültigkeit und Resignation. Das Bild der Muttergottes leuchtete ihr voran auf diesem Todesmarsch, ein Bild, das ihr Herz voll und ganz einnahm. Selbst wenn es zum Schlimmsten kommen sollte – und nichts gab ihr Hoffnung auf das Gegenteil – würde sie heimkehren zur Heiligen Maria, zurückkehren in ihren Schoß, und sie würde das Kind dabei an der Hand halten, das unschuldige Kind, dem im Himmel alle Pforten weit geöffnet waren.

Diese trübe Welt aus Verrat, Rohheit, Dummheit und Schmerz hinter sich zu lassen, erschien ihr mit einem Male als gar nicht mehr so schrecklich. Was verlor sie schon? Einen Gemahl, der sie dem Tode verstieß, ohne ihr die geringste Möglichkeit zu lassen, ihre Unschuld zu beweisen; eine Heimat, in der sie niemals wirklich willkommen gewesen war; ein Leben, dessen schönste Zeit längst vorbei und vergessen war. Das einzige, das sie wirklich liebte – ihren Sohn Schmerzensreich – würde sie mitnehmen in die Ewigkeit.

Vorne schimmerte die Wasserfläche des Sumpfloches zwischen den Baumstämmen im fahlen Morgenlicht.

»Es ist jetzt gleich soweit«, sagte Grimo unsicher. Den Männern wäre es sicherlich lieber gewesen, wenn sie um sich geschlagen, sich gewehrt und geschrieen hätte – das hätte es ihnen leichter gemacht, den Auftrag Golos und den Befehl Sygifrids auszuführen. Genovefas stille Resignation erfüllte sie stattdessen mit zunehmender Unsicherheit.

Gab es da etwas, das sie nicht wussten? Welchen Trumpf hatte die Gräfin noch im Ärmel? Die Beschränktheit ihres Horizontes machte die Männer anfällig für böse, verworrene Ahnungen, und dass sie nicht wagten, miteinander zu sprechen aus Angst davor, was die eigenen Worte ausdrücken würden, ließ bei jedem einzelnen von ihnen die Giftsuppe seiner Ängste hochkochen. War diese Gräfin aus Brabant mit irgendwelchen Geistern oder Dämonen im Bunde?

Grimo, Baldwin und Waldar fühlten sich plötzlich wie Schachfiguren oder Stockpuppen, dumme Statisten in einem großen Spiel, das sie nicht durchschauten, Handlanger und Bauernopfer, und je näher die Vollendung der Tat kam – von der sie wussten oder zumindest ahnten, dass sie bitteres Unrecht war –, desto höher kroch die Angst in ihrer Kehle. Zwar hatte Graf Sygifrid das Todesurteil höchstselbst gefällt – aber was war, wenn der Graf das Lügengespinst des Golo irgendwann einmal durchschauen würde? War denn diese Frau, die schöne Gräfin, die sie zum Tode führten, wirklich schuldig?

Alle drei zuckten zusammen wie von der Tarantel gestochen, als plötzlich inmitten des Weges, wie aus der Hölle ausgespuckt, ein großer schwarzer Hund stand und ihnen mit scheinbar riesigen, unbeweglichen Augen entgegenstarrte.

»Der Höllenhund!«, stieß Waldar hervor, der ängstlichste der Männer.
»Halt's Maul!«, herrschte Grimo ihn an. »Mach dir nicht in die Hose! Der Köter gehört bestimmt zu den Torfstechern, was sonst?«
»Siehst du nicht seine Augen?« Waldar ging ein paar Schritte zurück, stand jetzt nahe bei Genovefa. »Es sind Augen wie von einem Menschen.«
Grimo lachte rauh. »Augen wie von deiner Roswit!«
Jetzt lachte auch Baldwin, aber das Lachen klang künstlich.
Grimo machte einen Schritt nach vorn. »Verschwinde!«, raunzte er den schwarzen Hund an. Gleichzeitig zog er sein Messer. »Verschwinde, oder ...«
Der Hund machte keinerlei Anstalten, aus dem Wege zu gehen. Sein Blick haftete auf der Gräfin, so schien es jedenfalls. Waldar schaute verstohlen zwischen dem Hund und Genovefa hin und her, so als könne er auf diese Weise irgendeine geheime Verbindung zwischen beiden finden.
Unvermittelt fletschte der Hund die Zähne. Es waren große, furchteinflößende Hauer. Das Tier ließ ein bedrohliches Knurren vernehmen.
Genovefa war mit dem Kind im Arm ein Stück zurückgeblieben und beobachtete die Szene wie eine Unbeteiligte.
Vom Osten her durchbrach gleißendes Morgenlicht für ein paar kurze Augenblicke die Nebelschleier über dem Sumpfloch des Nyt. Dann aber senkte sich in einem unheimlich anmutenden Wechselspiel der Gegensätze in Windeseile ein Nebel herab und erfüllte den Platz, wo sie angekommen waren. Schwer und nass war der Brodem, und er schien binnen kurzer Zeit dichter und dichter zu werden.
Die Bäume rundum waren alt und verrunzelt wie einst die greise Doraswinth. Als grausige Bärte hingen grünliche und graue Flechten von den Ästen herab. Alles war feucht, und am Boden faulte das Laub des vergangenen Jahres. Es roch nach trübem, stehendem Wasser, modrig und faul.
Nach dem kurzen Lichteinfall von zuvor erschien die Trübnis des Nebels um so unheilvoller. Die Furcht, der sich die Gräfin bislang entgegengestemmt hatte, kroch jetzt mit kalten Fingern an ihrem Rückgrat herauf. Sie drückte Schmerzensreich an sich. Das Kind schlief.

»Wo ist er hin?«, fragte Baldwin unsicher.
Jetzt sah auch Genovefa, dass der Hund ganz plötzlich verschwunden war, wie vom Erdboden verschluckt.
»Eben war er noch da, und jetzt ist er weg.« Waldar schaute sich ängstlich um. »Das geht doch nicht mit rechten Dingen zu.«
Grimo verdrehte die Augen. »Wenn ich gewusst hätte, dass du ein solcher Angsthase bist, dann hätte ich dich nicht mitgenommen.«
»Mir gefällt das Ganze genauso wenig wie Waldar«, flüsterte Baldwin. »Von diesem Sumpfloch hat man schließlich nichts Gutes gehört.«
»Du auch noch?«, beklagte sich Grimo.
Baldwin zuckte mit den Schultern: »Die Hexe Amalaswintha … wohnt sie nicht ganz in der Nähe?«, fragte er und versuchte, dabei nicht ängstlich zu klingen.
»Wie dem auch sei«, sagte Grimo trotzig. »Wir sind hier, weil wir eine Aufgabe zu erfüllen haben«, deutete er auf die nahe, trügerisch glatte Oberfläche des Tümpels, den der Nyt hier bildete und der im Herzen des berüchtigten Sumpfloches lag. »Der Herr hat befohlen, dass wir es dort vollenden, weil es der Platz ist, an dem schon in alter Zeit die Ehebrecherinnen ihr verdientes Schicksal …«
»Spar' dir deine Luft!«, versetzte Baldwin. »Du brauchst uns jetzt keine Vorträge zu halten. Wir alle wissen, was wir tun.«
Grimo nickte, spuckte aus und steckte sein Messer zurück in die Scheide. »Also gut, bringen wir es endlich hinter uns!«

Wenig später erreichten sie den Rand des Sumpfloches. Das Wasser schillerte trüb im grauen Morgenlicht. Am dicht bewachsenen Ufer trieben bräunliche Flocken. Wasserläufer bevölkerten den Tümpel in großer Zahl. Linker Hand sah Genovefa ein verwittertes Steinkreuz, in das ein rundes Relief eingemeißelt war. Das Kreuz sah alt, uralt aus. Sicher stammte es aus der Zeit der Römer, als der Christenglauben noch im Verborgenen wirkte, an Plätzen wie diesem.
Das Kreuz ließ Genovefas Mut ein wenig steigen. Sie hatte unvermittelt das Gefühl, dass die Seelen der Gläubigen, die dereinst zur Verehrung des Herrn hier zusammengekommen waren, ihr zur Seite stehen und helfen würden. Sie küsste ihr Kind auf die

Stirn, wollte es auf diese Weise teilhaben lassen an ihrer kleinen Hoffnung.
Ein kühler Luftzug fuhr in diesem Augenblick über den Tümpel, die Gräfin und die Männer hinweg, kräuselte die Wasseroberfläche.
Grimo räusperte sich. Dann kramte er in der Ledertasche, die er über der Schulter hängen hatte. Schließlich zog er einen geschälten, fingerdicken und eine Elle langen Buchenstab hervor.
»Ich breche den Stab über dich, Gräfin Genovefa von Magus«, sagte er förmlich, so wie es das alte Grafschaftsrecht verlangte.
Die beiden anderen Männer machten das Kreuzzeichen. Grimo zerbrach den Stab über dem Knie, ein hässliches Geräusch, und hielt beide Enden in die Höhe. »Und so wie über dich«, fuhr Grimo fort, »so breche ich den Stab auch über die schändliche Frucht deines Leibes, das ungetaufte, ehebrecherische Balg.«
Die Kälte, die der Luftzug eben über den Tümpel gefegt hatte, schien sich jetzt festzusetzen. Waldar schlug den Kragen seines Mantels hoch. Der Himmel verdüsterte sich. Der nächste Windstoß riss erneut hunderte gelblich und braun verfärbte Blätter von den Bäumen und trieb sie über das Wasser.
»Ihr seid mir eine wirkliche Hilfe«, beschwerte Grimo sich. »Wir drei – wir müssen es zusammen tun. Da hilft nichts. Ihr wisst doch, was unser Herr erwartet: Wir sollen ihm die Augen und die Zunge bringen, zum Zeichen, dass wir getan haben, was er verlangt hat.«
»Wie sehr er sie hassen muss«, flüsterte Waldar.
Im gleichen Augenblick war der schwarze Hund wieder da. Kaum einen Steinwurf entfernt tauchte er im Rücken der Gräfin unter den düsteren Bäumen auf, und mit großen Sätzen, zielstrebig und bösartig, kam er geradewegs auf Genovefa zu. Die bemerkte nichts davon, dass das Tier in wenigen Augenblicken seine gefletschten Zähne in ihren Hals senken würde.
Baldwin und Waldar sahen das Untier und standen wie erstarrt. Die Eiseskälte über dem Sumpfloch war plötzlich wie mit Händen zu greifen. Eine seltsame Stille lag über dem verwunschenen Platz. In der Ferne war jetzt das Läuten von St. Stephanus zu hören.
Allein Grimo war nicht gelähmt beim Anblick des angreifenden Ungetüms, das jetzt schon die halbe Wegstrecke bis zu Genovefa zurückgelegt hatte.

Viel behänder, als man es bei seiner plumpen Gestalt erwartet hätte, legte er die paar Schritte bis zur Gräfin zurück. Diese riss die Augen auf, starrte dem Schergen Golos entgegen, so als wäre dieser der Angreifer. Einen Schrei auf den Lippen, sah sie, dass Grimo sein Jagdmesser aus der Scheide riss und über den Kopf schwang.

Instinktiv duckte sie sich mit dem Kind unter der vermeintlichen Attacke weg, stolperte zur Seite, als der schwarze Hund zum Sprung gegen sie ansetzte.

Mit einem markerschütternden Schrei warf sich Grimo dem Ungetüm entgegen. Er überlegte nicht, was er tat, seine Bewegungen waren die des geübten und erfahrenen Kämpfers, zielgerichtet und genau.

Er ging dem Tier nicht frontal entgegen, brachte sich vielmehr in eine seitliche Position, genau in dem Augenblick, als das Untier absprang und Genovefa die wirkliche Gefahr bemerkte.

Die Gräfin war unfähig auszuweichen. Es gab keine Möglichkeit mehr für eine Abwehr. Es war nicht einmal mehr Zeit für einen Schrei des Entsetzens. Ihr Schicksal schien besiegelt, wenn auch anders, als sie es erwartet hatte.

Im letzten Moment, bevor die riesenhafte Bestie sie erreichte und ihr die gewaltigen Reißzähne ins Fleisch rammen konnte, sah sie in die Augen des mysteriösen Hundes, und dieser kalte, berechnende, fast menschlich böse Blick brannte sich unlöschbar in ihre Seele.

Sie konnte nur noch auf den Schmerz warten.

Aber so kam es nicht.

Stattdessen jaulte der Hund schmerzerfüllt.

Genovefa riss die Augen auf.

Grimo hatte dem Untier die Klinge seines langen Jagdmesser im Sprung in die Seite gerammt. Allein durch die vehemente Kraft der eigenen Bewegung war dem schwarzen Hund die Flanke fast auf Armeslänge aufgeschlitzt.

Unmittelbar vor Genovefa fiel das Tier zu Boden, wild mit den Läufen um sich schlagend. Grimo, der von der Wucht des Sprunges mitgerissen worden war, fiel neben den Hund, einen Triumphschrei auf den Lippen. Eine Fontäne Blut spritzte hoch, überschüttete Grimo, die Gräfin und ihr Kind, eine warme Bluttaufe, die diese drei auf eine geheimnisvolle Weise miteinander verband.

Dann war wieder nur die Stille über dem Sumpfloch. Die letzten Zuckungen des Untieres hörten auf. Wieder war nur die ferne Glocke von St. Stephanus zu hören.
So ging es für eine kurze Weile, in der die Zeit stillstand, und Vergangenheit, Gegenwart und Zukunft keinen festen Platz mehr in der natürlichen Ordnung der Dinge zu haben schienen.
Schließlich begann dreierlei gleichzeitig: Ein unbändiges Schluchzen der Gräfin, Angstgeschrei des Kindes und das Triumphgebrüll der Männer, das aber schnell wieder verstummte. Betreten schwiegen die drei schließlich, schauten einander an, schienen einen gemeinsamen Gedanken zu haben.
Genovefa verharrte in sich zusammengesunken, geschüttelt von ihrem Schluchzen, gebeugt über das Kind, dessen Geschrei aus Atemnot jetzt hin und wieder aussetzte.
Der gemeinsame Gedanke der drei Männer machte sich Luft, indem Grimo, sein Messer wegsteckend, sagte: »Gerettet hab ich sie zum Tode.«
Es klang wehmütig, beinahe so als wäre er gekränkt worden.
Genovefa begann, noch immer zu Tränen aufgelöst, mit herumliegendem Laub die Blutspritzer von Schmerzensreichs Gesicht zu wischen. Das erinnerte Grimo, dass auch er selbst über und über besudelt war. Er ging hinunter zum Ufer des Nyt-Tümpels, zu einer Stelle, die einigermaßen trittsicher war, und begann sich zu waschen.
Baldwin trat derweil neben das getötete Untier. Mit dem Fuß wollte er es zur Seite rollen, um sich die Wunde anzusehen, aber der Kadaver war viel zu schwer. So ging er um den Leichnam herum. Als er am Kopf angelangt war, winkte er Waldar herbei. Die Gräfin hatte sich, während sie das Neugeborene reinigte, einigermaßen beruhigt, zitterte aber noch immer heftig.
»Schau dir diese Augen an«, deutete Baldwin auf das Gesicht des Hundes. »Sehen sie nicht genauso aus wie bei einem Mensch?«
Waldar kam herbei und nickte zustimmend. »Grüne Augen«, legte er verwundert den Zeigefinger an den Mundwinkel. »Kann mich nicht erinnern, jemals solche Augen bei einem Hund gesehen zu haben.«
»Es ist nichts als ein gewöhnlicher streunender Köter, der Hunger gehabt hat«, kam Grimo vom Wasser zurück, trocknete sich das Gesicht mit den Ärmeln seines Mantels ab. »Irgendeine seltsame

Mischung, ein Bastard, eine Mißgeburt.« Er spuckte aus. »Grüne Augen, hast du gesagt?«
Waldar und Baldwin nickten gemeinsam.
»Tatsächlich«, kniete Grimo vor dem Tier nieder, nahm dessen Kopf zwischen die Hände. »Grüne Augen wie … ja, genau wie die Gräfin.«
Alle drei schauten zu Genovefa hinüber, und alle drei hatten noch einmal den gleichen Gedanken; aber noch sprach ihn keiner aus.
»Wischt Euch ab«, entbot Grimo der Gräfin ein Tuch, das er aus einer der zahllosen Taschen seines Wamses zog. Genovefa nahm das Tuch entgegen, nickte dem Mann dankend zu. Weder sie noch Golos Schergen hatten bemerkt, dass Grimo jetzt wieder die ehrerbietige Anrede benutzt hatte.
»Ich wünschte, ich könnte dir danken«, wischte sich Genovefa das Blut aus dem Gesicht und von den Armen. »Aber welchen Dank soll ich für eine Rettung entbieten, die mich dem Ersäufen rettet?«
Betreten schaute Grimo zu Boden.
»Verdammt, Ihr habt recht!«, fluchte er schließlich. »Das ist als müsste man das Haus einreißen, dessen Dachstuhl man eben gesetzt hat.«
»Und warum ausgerechnet wir?«, pflichtete ihm Baldwin bei. Er war offenbar froh, dass er seinem Widerwillen endlich Luft machen konnte. »Wir sollen uns die Finger schmutzig machen? Ich sage euch«, senkte er die Stimme: »Irgendwann wird man fragen: Wer hat das getan?«
»Und dann zeigt man mit Fingern auf uns: Die da waren es«, nickte Waldar.
»Mir ist egal, wenn man mit Fingern auf uns zeigt«, erwiderte Grimo trotzig. »Aber es gibt einen anderen, vor dessen Thron wir irgendwann einmal treten müssen, und auch der wird uns fragen: Wer hat das getan? Und dann gibt es keine Ausrede.« Er deutete auf das steinerne Kreuz.
Gespannt verfolgte Genovefa das Gespräch der drei Männer, die jetzt unschlüssig herumstanden, von einem Bein auf das andere traten.
»Andererseits«, nahm Grimo den Faden wieder auf: »Wir wissen alle, was Golo mit Männern macht, die seinem Befehl nicht

bedingungslos gehorchen. Er hat schon welche aus nichtigeren Gründen aufhängen lassen.«
Ein leiser Nieselregen begann, der die letzten Nebelschwaden fortspülte. Die Glocke von St. Stephanus war verstummt.
Plötzlich zog Grimo sein Messer noch einmal und beugte sich über den Kopf des unheimlichen Kadavers. Baldwin, Waldar und die Gräfin schauten ihm gebannt zu.
Mit ein paar kräftigen Schnitten legte er die Augäpfel des verendeten Tieres frei. Vorsichtig löste er sie aus den Augenhöhlen, trennte die Sehnerven durch, wog für einen Augenblick, als er fertig war, die beiden blutigen Klumpen in der Hand, ging dann hinunter zum Wasser und spülte sie dort sauber. Mit einem zufriedenen Lächeln kehrte er zurück. Er nahm ein großes Blatt von einem wilden Rhabarberstrauch, riss es ab und legte die gesäuberten Augäpfel vorsichtig darauf. Dann schnitt er die Zungenspitze aus dem Maul des Schwarzen Hundes, reinigte auch sie und legte sie neben die Augen.
»Was meint ihr?«, fragte er seine Kumpane.
»Es ist erstaunlich«, rieb Baldwin das Kinn. »Wenn ich es nicht anders wüsste …«
Waldar nickte: »Wie von einem Menschen. Geradezu unheimlich.«
»Das alles ist kein Zufall«, stellte Grimo fest. »So wie es gekommen ist.«
»Du meinst?« Baldwin schaute zum Himmel hinauf.
»Ach, was weiß ich.« Grimo zuckte mit den Schultern und wandte sich der Gräfin zu. »Wir sind nur ein paar einfache Männer. Wir verstehen nicht viel von dem, was in der Welt geschieht«, sagte er leise, beinahe wie entschuldigend. »Aber manchmal liegen die Dinge offen vor einem wie ein aufgeschlagenes Buch.« Er lächelte. »Keiner von uns kann lesen, Herrin. Aber solche Zeichen – die können wir verstehen.«
Genovefa richtete sich auf. Allmählich wich die Furcht aus ihrem Gesicht, und auch Schmerzensreich hatte sich beruhigt. »Du hast gesagt, manchmal werden Gebete erhört.«
Grimo nickte.
»Ich werde für eure Seelen beten.«
Die drei Männer lachten: »Wenn das noch hilft!«

»Also müssen mein Kind und ich für die Welt tot sein, um leben zu können?«, flüsterte die Gräfin.
»Es sieht so aus«, bestätigte Grimo. »Wenn wir dies tun, dann nicht aus Mitleid, glaubt das nur nicht! Aber hier sind höhere Mächte im Spiel. Das liegt nicht mehr in unserer Hand. Außerdem ... wir können nicht Entscheidungen treffen, mit denen wir nichts zu tun haben. Woher sollen wir wissen, ob wir richtig entscheiden? Golo macht es sich zu einfach!«
»So darf ich also gehen?«
Grimo nickte. »Aber nur unter einer Bedingung, Gräfin. Auch wir hängen an unserem Leben. Wir werden Golo diese Augen und diese Zunge zeigen und ihm sagen, dass es Eure sind und dass wir Euch ersäuft haben, so wie er es befohlen hat. Und wie ich ihn kenne, wird er uns glauben, weil er uns glauben will. Ihr aber müsst schwören ... schwören beim Leben Eures Kindes, dass Ihr auf Nimmerwiedersehen verschwindet. Ihr seid tot, versteht Ihr? Euer Leichnam und der Eures Kindes – sie liegen am Grunde dieses Tümpels.« Er deutete auf das Sumpfloch. »Schwört Ihr mir?«
Genovefa nickte und legte den Schwur auf das Leben ihres Kindes wie gefordert ab.
Grimo befahl den beiden anderen, den Kadaver des Hundes im Sumpfloch verschwinden zu lassen. Als dies geschehen war, nahm er das Rhabarberblatt mit den Augen und der Zunge, verstaute alles sorgfältig in einer der Taschen seines Wamses. Verstohlen zog er ein kleines Messer aus seinem Gürtel und reichte es der Gräfin, die es an sich nahm. »Ihr werdet es brauchen«, sagte Grimo verlegen. Dann nickte er der Gräfin noch einmal zu und verschwand dann mit seinen beiden Helfern auf dem Weg, den sie gekommen waren, ohne Genovefa noch einmal eines Blickes zu würdigen.

XV

Sie trat vor die Höhle und wurde umkränzt vom gleißend hellen Strahlenglanz der Sonne eines herrlichen Spätherbstmorgens.
Sie breitete die Arme aus. Vor ihr eröffnete sich der bunte Flickenteppich des Hochstein-Waldes. Der frische Morgenwind spielte in den gewaltigen Bäumen, die die Höhle umgaben. Die Blätter rauschten sanft, ein melancholisches Klingen, das zugleich von einem Ende und von einem Neubeginn kündete.
Genovefa wusste zwar, dass mit dem Winter eine unendlich harte Bewährungsprobe bevorstand, aber sie war jetzt fest entschlossen, diesen Neubeginn zu wagen. Dass ihr Leben weiterging, war dabei nicht so wichtig. Aber dass sie ihrem Kind das Geschenk einer Zukunft machen konnte – war diese auch noch so ungewiss – verlieh ihr die Kraft, nach vorne zu schauen.
In der Höhle blieb alles ruhig. Das Kind schlief noch dort neben den Scherben der alten Krüge, die sie am Abend gefunden hatte. Ein einziger Krug in der Höhle war heil geblieben. Er war alt, sehr alt, und sicherlich nicht von Dämonen oder Geistern hergestellt, sondern von Menschen, die irgendwann vor langer Zeit – genauso wie sie selbst – an diesem Platz Zuflucht gesucht und gefunden hatten. Genovefa war sicher, dass sie den Krug gut gebrauchen konnte, und sie dankte ihren unbekannten Vorgängern für dieses Geschenk, das sie über die Zeit hinweg gemacht hatten.
Genovefa schaute an dem bizarren Felsen entlang, der sich über dem schmalen Höhleneingang wölbte. Tatsächlich wirkte er wie ein in der Bewegung eingefrorenes Untier von urgewaltigen Ausmaßen, und sie konnte sich schon vorstellen, warum die Menschen den Gipfel des Hochsteins mieden und sich fürchteten, hierher zu kommen.
Die Gräfin – die für alle anderen Menschen auf der Welt nur noch die tote Gräfin war – kletterte behände am Rande des großen Felsens in die Höhe. Hier hatte der Zufall so etwas wie eine natürliche Treppe entstehen lassen, mit riesigen Stufen. Bald schon hatte Genovefa die Felsenspitze über ihrer Höhle erreicht.
Von hier aus ging der Blick weit über das Land. Nördlich sah sie das Glitzern des Morgenlichtes auf dem Lagossee, und südlich deutete sich in der Ferne, vom Dunst fast verhüllt, der Talkessel von Magus an, aus dem sie gekommen war. Dünne Rauchwol-

ken kräuselten sich dort in den Himmel. Aber sonst war ringsum nichts als Wald, ihre neue Heimat.
Sie wusste nicht mehr, wie sie hierher gekommen war. Ziellos irrte sie durch das Land, als die Schergen Golos sie hatten laufen lassen. Ihrem Schwur folgend, vermied sie es, dass irgendjemand sie sah. Drei Tage und drei Nächte hatte ihre Odyssee gedauert. Sie säugte das Kind, pflückte Beeren und grub nach Wurzeln, wie sie es dereinst in Brabant von Bertrada gelernt hatte. Damals war es das kindliche Abenteuer gewesen, wie es wäre, als ein neuer Äneas an die Küste eines unbekannten, menschenleeren Landes geworfen zu sein, und sich ohne Hilfe durchschlagen zu müssen. Was damals ein Spiel gewesen war, war jetzt bitterer Ernst.
Bertrada – ob sie aus dem Himmel beobachtete, wie es ihrem Schützling auf Erden erging? Hatte ihre Rettung und die ihres Kindes vielleicht damit zu tun, dass die Seele Bertradas schützend ihre weißen Schwingen über die beiden ausgebreitet hielt?
Irgendetwas oder irgendjemand jedenfalls leitete Genovefa und Schmerzensreich zum Hochstein, und eine innere Stimme sagte ihr, dass es der Platz war, an dem sie bleiben würde, denn sie durfte nur dort sein, wo sonst keine Menschen waren.
Nachdenklich schaute Genovefa vom Felsenbuckel hinab zum Höhleneingang, der ein Klafter tiefer im Morgenschatten lag.
Heute würde sie die Gegend erkunden, nach Wasser, nach Essbarem, nach Brennholz suchen, und vielleicht konnte sie sogar wiederholen, was sie als Kind unter Anleitung des dicken Aithulf aus der Nachbarburg schon einmal geschafft hatte: Durch schnelles Drehen eines Holzstabes zwischen den Handflächen einen anderen Holzstab zum Glühen zu bringen, und an dieser Glut ein Feuer zu entzünden.
Sie war zuversichtlich, dass ihr das gelingen würde.
Dann würde sie sich hinsetzen und ganz genau nachdenken, was alles zu tun war, damit sie wenigstens den Hauch einer Chance hatte, den harten Winter hier oben im Eifelgebirge zu überleben. Aber auch in dieser Frage überwog jetzt die Zuversicht ihre Furcht.
Leise begann Schmerzensreich zu schreien. Mit großen Sätzen sprang Genovefa die Stufen der natürlichen Treppe hinab. Unten atemlos angekommen hielt sie für einen Augenblick inne.
»Nein, nein – so geht das nicht«, schimpfte sie mit sich selbst, wunderte sich über den hellen und fröhlichen Klang ihrer Stim-

me. »Du musst vorsichtig sein, schon wegen des Kindes. Keine solchen Sprünge mehr! Wenn du dir hier das Bein brichst, dann ist es das Ende für uns beide!«
In der Dunkelheit der Höhle nahm sie Schmerzensreich, den sie in ein Nest aus Blättern gebettet hatte, auf den Arm und holte ihn ans Licht. Lachend hielt sie das Kind der Sonne entgegen. Sie setzte sich dann auf einen dick bemoosten, großen und flachen Stein genau gegenüber dem Eingang der Höhle, die jetzt ihr Zuhause war. Sie entblößte ihren Oberkörper und hielt dem Kind ihre Brust hin. Begierig begann der Winzling zu saugen. Schmerzensreichs Augen strahlten, wenn er sie manchmal öffnete. Er gluckste und schmatzte, während er die Muttermilch trank.
Auch Genovefa selbst hatte jetzt Durst. Sie schaute sich um. Der Waldboden war feucht und dunkel. In der Nähe der Höhle begann ein Taleinschnitt, der schnell steil nach Westen abfiel. Irgendwo dort hoffte sie, einen Quell oder mindestens Pfützen mit Wasser oder einen kleinen Tümpel zu finden.
Mitten in ihre Gedanken platzte das leise Knacken eines zerbrechenden Astes. Sie fuhr herum. In wenigen Schritt Entfernung stand, wie aus dem Waldboden gewachsen, eine große Hirschkuh und beäugte die Menschenmutter neugierig.
»Du hast mich aber erschreckt!«
Die Hirschkuh hatte keine Angst. Hier oben wagte niemand zu jagen. Nicht nur das einfache Volk fürchtete den Hochstein, sondern auch die Ritter. Wahrscheinlich hatte das Tier deswegen keine Scheu vor den Menschen.
Genovefa lachte, als sie sich von ihrem ersten Schrecken erholt hatte. »Sei gegrüßt«, sagte sie fröhlich. »Kommst du, um deine neue Nachbarschaft Willkommen zu heißen?«

DRITTER TEIL

XVI

Amala hatte ihren Heiltrunk aus sieben mal sieben Kräutern und anderen namenlosen Ingredienzien gebraut. Trotzdem kehrte Genovefas Albtraum fortwährend zurück. Selbst am hellichten Nachmittag, an dem sie für ein paar Augenblicke eingenickt war.

Alle Beschwörungsformeln und Segenssprüche und auch das Amulett – ein heilkräftiger Stein – halfen nichts.

Die Gräfin schrak hoch ins Licht der Sonne, das von den Baumkronen am Hochstein schwarz zersplittert wurde. Das Lachen von Schmerzensreich war zwischen den Bäumen.

»Er ist wie ein kleiner Fuchs«, sagte Amala und kaute mit ihren vier Zahnstümpfen auf einem Stück der süßlich schmeckenden Rinde herum.

»Der Wald ist seine Welt«, verdrängte die Gräfin den Halbschlaf und ihren düsteren Tagtraum. Sie rieb sich die Augen und gähnte.

»Ich bin genauso müde«, murmelte die Alte. »Aber hier oben kann man es aushalten«, lupfte sie ihr löchriges Kleid, so dass es über der Brust auseinanderfiel und die lederne, braune Haut hervorlugen ließ, die dürren Hautsäcke, die von ihren Brüsten übriggeblieben waren. »Weißt du, in meiner Hütte am Sumpfloch ist es jetzt viel zu heiß. Da fällt jeder Atemzug schwer. Und dann die Mücken. Glaubst du die Geschichte, dass jede Mücke ein böser Gedanke ist?«

Amala kicherte.

»Dann gäbe es in diesem Sommer mehr böse Gedanken als in allen Sommern zuvor, an die ich mich erinnern kann.«

Ein dunkler Schatten huschte durch Genovefas Gedanken. Sie schüttelte den Kopf, wischte den Schweiß von der Stirn und rückte die alte Decke zurecht, die sie über den blanken Fels gebreitet hatten.

»Das Licht glitzert auf dem See, als würden auf den Wellen die kleinen Elfen tanzen«, lenkte sie sich selbst ab.

Amala richtete ihren Oberkörper halb auf. »Du hast eine blühende Phantasie. Ich sehe den See vor lauter Bäumen kaum.«

Sie nahm den irdenen Becher mit dem giftgelben Zeug, das sie aus ihrer Hütte mitgebracht hatte. Es schmeckte scheußlich, mit

einem leichten Beigeschmack von Schwefel, und Amala verriet nichts von den Ingredienzien.
»Wir haben da so einen Schwur«, pflegte sie bei entsprechenden Fragen zu antworten, und betonte dieses Wir auf ganz geheimnisvolle Weise, ohne sich jemals genauer darüber auszulassen, wen sie damit eigentlich meinte: »Es gibt nun einmal Dinge zwischen Himmel und Erde, die wir nicht an Außenstehende weitergeben dürfen, auch wenn wir sie so lieben, wie ich dich und dein Kind liebgewonnen habe.«
Der Gräfin waren die Liebesbeteuerungen der Alten auch nach all der Zeit noch immer ein wenig unheimlich. Aber sie war sich sicher, dass sie ihr fehlen würden, wenn Amalaswintha eines Tages nicht mehr da wäre.
Amala und Schmerzensreich, das war alles, was ihr an menschlicher Gesellschaft geblieben war; und dann waren da noch die Erinnerungen, in denen sie zurückkehrte nach Brabant, in die Zeit, bevor sie Pfalzgraf Sygifrid kennen- und liebengelernt hatte, diese warmen, heiteren Traumgespinste, so ganz anders als der Albtraum, aus dem sie vor ein paar Augenblicken hochgeschreckt war.
»Trink' nicht soviel davon«, mahnte die Gräfin. »Denk daran, dass wir auf dem Hochstein sind! Ich glaube, manchmal vergisst du, dass es gleich hinter deinem Rücken ein Klafter in die Tiefe geht.«
Amala holte aus und spukte über die Schulter hinab, lachte. »Du hast ein verdammtes Glück gehabt mit deiner Höhle. Im Winter warm, im Sommer kühl, und gleich darüber dieser Hochsitz, auf dem immer ein angenehmes Lüftchen weht.«
Sie reichte der Gräfin den Becher.
»Obwohl: Bei dieser Höhle von Glück zu sprechen vielleicht ein bisschen übertrieben ist.«
Genovefa nippte nur kurz, fragte sich, warum sie immer das Gefühl hatte, dass hinter allem, was ihre seltsame Freundin von sich gab, noch irgendetwas anderes steckte, eine tiefere Bedeutung, ein Geheimnis, das niemals gelüftet werden durfte, ohne dass etwas Schreckliches geschehen würde. Nicht umsonst munkelte man in Magus, dass sie eine machtvolle Hexe war.
»Du weißt«, sagte Genovefa, »dass ich Angst habe vor den Träumen, die dieses Zeug hervorruft«, gab sie der Freundin das Ge-

fäß zurück. »Es bringt alles zurück … alles zurück, was Vergangenheit ist, und Vergangenheit bleiben soll. Weißt du noch beim ersten Mal? Es war an dem Tag, als du mich vor den Wölfen gerettet hast. Du bist mit mir durch die bitterkalte Nacht zur Höhle zurückgegangen, und dann hast du gesagt, es hilft gegen die Erfrierungen. Ich habe deinen ganzen Bocksbeutel leergetrunken, und …«

»Und du hast mir dein Herz ausgeschüttet, eine ganze Nacht lang. War das ein Traum? Glaubst du, das ist verkehrt gewesen?«

Genovefa zuckte mit den Schultern. »Es ist eine Pein, sich zu erinnern. Gerade die schönsten Erinnerungen sind die größte Pein.«

Aber Amala war es offenbar nicht nach schwermütigen Gesprächen an diesem heiteren Spätsommernachmittag, da die Spinnen den Altweibersommer durch die Lüfte woben und zwischen den knorrigen Stämmen des einsamen Hochwaldes sponnen. »Für mich ist es eine Pein, dass kein Mann mehr nach meinen trockenen Brüsten giert. Und dann schau dich an, du Klageweib! Jung bist du noch, und deine Brüste sind straff, wie die Männer sie mögen. Weißt du …«

Genovefa winkte ab. »Immer wenn du das gelbe Zeug trinkst, bekommst du lüsterne Gedanken. Heilige Mutter Gottes! Schämst du dich nicht, in deinem Alter!«

Beide Frauen lachten, und die Gräfin dachte, dass sie noch vor ein paar Jahren, in ihrem anderen Leben, vor Entsetzen in Ohnmacht gesunken wäre bei solchen Worten, mindestens jedoch die Heilige Jungfrau angerufen hätte. Auch jetzt war die Muttergottes nah, und wenn sich die Gräfin ein wenig vorgebeugt hätte, dann hätte sie unten vor dem Höhleneingang den kleinen, blumengeschmückten Marienaltar sehen können, den sie im ersten Jahr ihres Waldexiles errichtet hatte. Aber inzwischen wusste sie, dass die Muttergottes über solcherlei menschliche Schwäche, wie Amala sie hin und wieder offenbarte, allenfalls lächelte. Böse war sie wegen solcher Worte gewiss nicht.

Trotzdem sagte sie: »Weißt du denn, ob nicht Schmerzensreich dort hinter den Felsen hockt und seine Ohren riesig aufgespannt hat? Wie soll jemals ein guter Christ aus ihm werden, wenn er solche Vorbilder hat?«

Amalaswintha machte eine wegwerfende Handbewegung. »Ein guter Christ wie sein Vater? Oder all die guten, gottesfürchtigen Männer in Magus? Sei froh, dass er nicht solche Vorbilder hat!«
Eine fette Wolke schob sich vor die Sonne, die zwischen den Baumwipfeln am Hochstein stand und sich dem Westen neigte.
»Ich werde nachsehen, was Schmerzensreich treibt«, erhob sich die Gräfin. »Bleibst du über Nacht?«
Amala nickte. »Vielleicht können wir Geschichten erzählen. Ich hoffe, du hast nichts dagegen, wenn ich dabei noch ein wenig Gelbwasser trinke.«
Genovefa sagte nichts und stieg den Felsen hinab, der sich über ihrer Höhle türmte. Linker Hand senkte sich das Gelände beängstigend schroff bis zu Genovefas Höhle, auf der gegenüberliegenden Seite erhob sich der Hochwald. Er stand in dunkler Spätsommerpracht.
Das Tal, das an ihrer Höhle begann, war schattig und verträumt. An seiner Sonnenseite wuchsen Güldensterne und mannshohe Mitternachtsfarne. An der Schattenseite sprossen die kleinblättrigen, bläulichen Pflanzen, die im Frühling wie kleine Lichtlein blühten und über Nacht vergingen. Das waren geheimnisvolle Blumen, die nur hier an dieser Stelle zu finden waren. Niemand, nicht einmal Amalaswintha, wusste, welcher Name ihnen von Gott gegeben worden war.
Genovefa kam am Fuße des Felsens an. Rechts hinüber standen die dickleibigen Eiben und die silberstämmigen Hainbuchen, Bäume, von denen sie jeden einzelnen kannte und zwischen denen Genovefa jetzt die rosafarbene Haut des nackten Kindes sah, das in seiner Unschuld den Wald durchstreifte, der seine Heimat war.
Schmerzensreich kam näher, kehrte von seinem Streifzug zurück. Die Gräfin sah das schöne Gesicht, das sie noch immer schmerzlich an Graf Sygifrid erinnerte, auch wenn diese Erinnerung inzwischen schon unendlich fern schien. Sie sah die wunderbaren, fast schwarzen Augen des Kindes, die es von seinem Vater geerbt hatte und die nun so vertrauensvoll heraufschauten zur Mutter. In deren Herz gab es einen schmerzlichen Stich, der aber schnell abklang und einem tiefen Wohlgefühl Platz machte, das ihr sagte, die Liebe zwischen Mutter und Kind würde allen Widrigkeiten trotzen, was immer auch geschehen würde.

»Komm her, Junge«, rief Genovefa. »Tante Amala bleibt heute Abend bei uns.« Sie sank auf die Knie und breitete die Arme aus, während Schmerzensreich die leichte Steigung heraufgelaufen kam und dabei lachte, sein glockenhelles Lachen. »Freust du dich? Wir wollen Geschichten erzählen und eine Suppe kochen und wenn es dunkel ist, dann wollen wir dem Nachtgebet des Waldes lauschen.«

»Tante Amala, ja!«, rief Schmerzensreich freudig, stolperte, fiel ins alte Laub am Waldboden, rappelte sich wieder auf. »Tante Amala soll von den Wölfen erzählen«, schnaufte das Kind, lief die letzten Schritte bis zur Mutter, die es mit ihren Armen umfing, an die Brust drückte.

»Ich liebe dich so sehr, mein kleiner Prinz«, küsste Genovefa den Jungen. »Du bist der König dieses Waldes, so wie Theuderich der König der Franken ist.« Sie streichelte sein Haar. »Und wer weiß ... vielleicht wirst du eines Tages ja doch im Heer des Königs stehen und gegen die Sarazenen kämpfen, so wie es dein Vater getan hat.«

»Du und deine Träume«, sagte Amala, die sich unbemerkt dem Idyll von Mutter und Sohn genähert hatte. »Es ist etwas kühl geworden oben«, deutete sie über die Schulter auf die Felsenspitze des Hochsteines. »Und außerdem habe ich Hunger.«

Die Gräfin nahm Schmerzensreich auf den Arm. »Lass mir doch meine Träume. Sie sind das einzige, was mir außer meinem Sohn geblieben ist«, fügte sie wehmütig hinzu.

Sie schloss die Augen.

»Wie oft habe ich an das byzantinische Kleid gedacht, das der schönen Judith gehört hat.«

»Schön ist sie noch immer.«

Die Gräfin schüttelte unwillig den Kopf. »Ich will nichts davon hören.«

»Ich habe geglaubt, dass du längst mit alldem abgeschlossen hast«, legte Amala den Arm um die Freundin. »Ich wollte dir nicht weh tun.«

»Ach, lass es gut sein. Ich bin tot, hast du das vergessen? Was geht es mich an, wer jetzt bei Sygifrid schläft. Du siehst doch, welches Kleid ich jetzt trage«, zupfte sie verächtlich an dem von tausend Flicken übersäten Lappen, der einst das Kleid gewesen war, mit dem sie am Hochstein angekommen war.

»Wenigstens hat Judith das Kleid aus Byzanz niemals anziehen dürfen. Ich hätte davon gehört«, versuchte Amala die Gräfin zu trösten. »So wie du es beschrieben hast, muss es wunderbar gewesen sein.«
»Es war wirklich ein Traum. Ein Traum aus Gold und dunklem Azur.« In Genovefas Augen waren Tränen. »Mein Traum von Schönheit. Mich hat einmal ein Kind gefragt, ob die Engel das Kleid gewoben haben.«
Jetzt war auch Amala den Tränen nahe. »Wie gerne hätte ich dich darin bewundert«, flüsterte sie sehnsüchtig.
»Ich bin so oft mit meinem Herzen in Byzanz gewesen, wo dieses Kleid gemacht worden ist. Was muss das für eine Stadt sein, in der solche Träume Wirklichkeit werden.«
»Ich habe mich immer schon gefragt, ob es diese sagenhafte Stadt wirklich gibt.«
Sie stiegen langsam zum Höhleneingang hinab.
»Und ob es sie wirklich gibt! Der lange Arm des byzantinischen Kaisers reicht bis hierher zu uns.«
Amala schüttelte sich, so als ob von Geistern oder Dämonen die Rede wäre, nicht von Menschen aus Fleisch und Blut.
»Ich habe oft darüber nachgedacht, wo ich geboren sein möchte, wenn ich noch einmal zur Welt käme«, erinnerte sich Genovefa.
»Ich weiß schon, wie deine Antwort ist«, erwiderte Amala unbehaglich. »Ich bin sicher, dass ich eine ganz andere Antwort geben würde.«
»Du würdest das Schlaraffenland wählen«, lachte die Gräfin. »Aber ich wäre mit Byzanz zufrieden. Ich wünschte mir in einer Stadt zu leben, in der Engel die Kleider machen.«
»Und ich muss achtgeben, dass ich den richtigen Tritt finde«, deutete Amalaswintha auf den Fels, der fast wie ein Treppe bis vor Genovefas Grotte hinabführte. Die Treppe wurde überwölbt von einer Handvoll Haselsträucher, die im Herbst fetthaltige Nüsse spendeten und damit halfen, gesund über den strengen Winter im Hochwald zu kommen.
»Mutter, warum hat Tante Amala so wenig Zähne und so viele Falten im Gesicht?«, fragte Schmerzensreich während des Abstiegs.
Amala lachte gallig, strich sich in einer vergeblichen Geste übers Haar.

»Wir Menschen sehen so aus, wenn wir einmal alt sind«, erreichte die Gräfin den schmalen Platz vor dem Höhleneingang, der solcherart von Felswerk überwölbt war, dass hier wohl ein gutes Dutzend Menschen bequem Schutz gefunden hätte vor Regen oder anderen Unbilden des launischen Wetters hier im Eifelgebirge.
Genovefa setzte den fast siebenjährigen Jungen ab, während Amala recht mühsam, mit unsicherem Schritt und in der Standsicherheit beeinträchtigt durch ihr magisches Gelbwasser den letzten, felsigen Treppenabsatz mehr herabstolperte als herabging. Der Junge schaute der Alten neugierig entgegen; die Gräfin nahm das Jäckchen, das sie aus dem Leder eines alten Hirschen gegerbt hatte, der im vorangegangenen Sommer ein paar Steinwürfe unterhalb der Höhle verendet war. Jedesmal wenn sie es dem Kleinen überstreifte, erinnerte sie sich der Mühe, eine brauchbare Lohe herzustellen, was ihr schließlich mehr schlecht als recht gelungen war.
Nun, sie war eine brabantische Grafentochter, und keine Bauernmagd auf irgendeinem der Herrenhöfe von Pfalzgraf Sygifrid.
»Mama, werden alle Menschen denn so alt wie Tante Amala?«, fragte Schmerzensreich weiter. »Auch du und ich?« Genovefa spürte die Unsicherheit, mit der der Junge das Wort Menschen benutzte, kannte er doch nur die Freundin und die Mutter, und sonst niemanden auf der Welt.
»Wenn sie alt genug werden, dann verlieren alle Menschen ihre Zähne. Das ist bei den Tieren hier im Wald auch nicht anders.« Genovefa hockte sich vor den Jungen.
Amala nahm den Holzstock und stocherte in der Feuerstelle, legte etwas Holz nach. »Du hast gut reden«, sagte sie ein wenig verbittert. »Dein Haar ist wie Gold, es fließt über deine Schultern wie ein Wasserfall, und deine Haut ist glatt und rosig. Weißt du nicht mehr, wie sie dich in Magus als brabantische Schönheit begrüßt haben?« Amala schnaufte und schaute prüfend nach dem Sonnenstand.
Der Abend war nahe, die Tage im Spätsommer wurden kürzer und kürzer, und die Nächte waren inzwischen manchmal schon empfindlich kalt, auch wenn es tags meistens noch wunderbar mild und warm war. »Und deine Bewegungen sind noch immer so anmutig, als wärest du gerade eben aus deiner Kemenate gekommen.«

»Doch auch ich werde alt«, lächelte die Gräfin. »Und was hat mein goldenes Haar mir geholfen? Hat es mir nicht eher Unglück gebracht?«, fragte sie nachdenklich. »Wie dem auch sei. Jeder Mensch ist anders. Jeder wird für sich alt«, fuhr die Gräfin fort, hatte in ihrem Sohn einen aufmerksamen Zuhörer. »Ich habe dir doch erklärt, dass es dort draußen viele andere Menschen gibt«, deutete sie vage in die Richtung, wo Magus lag. »Kinder wie du, Erwachsene wie ich und dein Vater, und alte Leute wie Amala; manche sind sogar noch viel älter als sie.«
»Noch älter als ich? Das kann ich kaum glauben. So wie meine Knochen knacken, meint man fast, dass sie aus dem Reliquienschrein des Heiligen Vitus stammen«, ließ die Freundin aus dem Hintergrund ihre Stimme vernehmen. »Gut dass es gleich nur Suppe und nichts Festes gibt«, deutete die Alte auf den eisernen Topf, den wertvollsten Besitz der Gräfin, das Geschenk Amalas, mit dem sie Genovefa im Frühjahr so viel Freude bereitet hatte – aber nur, weil sie nichts davon ahnte, dass Amala das Kochgefäß nachts zuvor in Bischof Hydulfs Schmiede gestohlen hatte.
»Ich weiß, du willst jetzt wissen, was Reliquien sind, und wer der heilige Vitus war«, lachte Genovefa und streichelte dem Jungen über den rötlich-braunen Lockenschopf, den er von seinem Vater geerbt hatte, »aber um dir das zu erklären, bist du noch ein bisschen jung. Erst musst du begreifen, was es mit Gott Vater, Gott Sohn und Gott Heiligem Geist auf sich hat, dann erst kann ich dir das andere erklären, was unser christlicher Glaube bedeutet.«
Amala gähnte auffällig. »Ich sag's dir: Du überforderst das Kind. Irgendwann demnächst fängst du an, und willst ihm Lateinisch beibringen.«
Genovefa winkte ab. »Soll ich ihn hier fern von Gott groß werden lassen, nur weil die Launen des Schicksals uns diese Prüfung auferlegt haben? Soll ich ihm die Erlösung seiner Seele vorenthalten? Willst du, dass er niemals das Himmlische Jerusalem sieht? Die Muttergottes zeigt mir den Weg, Amala! Ich werde nicht in meinem Glauben wanken, und ich werde meinen Sohn zu einem gläubigen Christen erziehen, auch an diesem Ort. Auch nach allem, was mit uns geschehen ist. Denk doch an Hiob, und was er alles erleiden musste. Hiob ist niemals schwankend gewesen in seinem Glauben, also bin ich es auch nicht, denn der Glaube ist mein Trost.«

»Ich weiß, ich weiß«, beschwichtigte Amala die Freundin. »Dein Gott, das ist Liebe und Wärme und Zuversicht. Mein Gott, der straft und ist kalt und unnahbar und die andere Hälfte des Teufels.«

»Mama, wer ist der Teufel?«, fragte darauf Schmerzensreich und schaute die zwei ungleichen Frauen dabei so unschuldig mit seinen großen Augen an – die er von seinem Vater geerbt hatte –, dass die beiden gemeinsam loslachen mussten.

»Der Teufel, der steckt in uns allen«, entgegnete Genovefa schließlich. »So wie auch Gott in uns allen steckt.« Dann sah sie den tadelnden Blick Amalas. »Aber jetzt lass uns gemütlich hinsetzen und von etwas anderem reden. Amala, erzähl', was gibt es Neues in der großen, weiten Welt?«

Die Alte zog ein nachdenkliches Gesicht. Sie hockte sich neben den gusseisernen Topf, in dem die Suppe brutzelte und blickte von Genovefa zu Schmerzensreich, der ihr erwartungsvoll in die Augen schaute. Währenddessen rührte sie gedankenverloren mit dem hölzernen Löffel um, den sie für Genovefa besorgt hatte, deutete dann mit der Schulter gen Westen.

»Dort wo die Sonne jetzt untergeht hat König Karl die letzten Sarazenen aus dem Land gejagt.«

Genovefa seufzte. »All die Schlachten …«, sagte sie gedankenverloren. »Sygifrid war in der großen Schlacht, als Schmerzensreich noch nicht geboren war, und ich habe in der Burg von Magus gesessen und Tag für Tag darauf gewartet, dass er zurückkehrt, damit der Albtraum mit Golo endlich vorbeigeht.« Genovefa schüttelte den Kopf, so als wollte sie die lästigen Erinnerungen wie Schmeißfliegen verscheuchen. »Und außerdem ist Karl nicht König, sondern Majordomus.«

»Ach, was weiß ich. Du weißt, ich bin nur eine einfache Frau.« Amala machte eine wegwerfende Handbewegung. »Und außerdem … wenn du alles besser weißt, warum fragst du mich dann?« Amala zog eine Schnute. »Du hast manchmal noch immer das herrische Wesen an dir, das alle hochgestellten Leute haben. Ihr wisst alles besser, ihr könnt alles besser, und ihr seid sowieso die besseren Menschen, auch wenn der Herrgott Christus für uns alle ohne Unterschied den Kreuzestod erlitten hat.«

Genovefa lachte und nahm Schmerzensreich auf den Schoß. »Es tut mir leid. Ich wollte dich nicht beleidigen. Ich wollte nur wissen, ob man sich in Magus Neuigkeiten erzählt ...«
Die Alte zuckte mit den Schultern und rührte weiter. »Seit Monaten sind kaum noch Händler in Magus aufgetaucht«, beklagte sie. »Die Wege nach Antunacum und Confluentes und hinauf nach Treveris, sie sind alle unsicher, sagt man. König Karl – entschuldige, der Majordomus Karl natürlich – er ist jetzt im Süden und will auch dort zusammen mit deinem byzantinischen Löwenkaiser die Sarazenen vertreiben ...«
»Du meinst Leon?«
»Was? Ich verstehe dich nicht!«
Schmerzensreich gähnte und kuschelte sich an die Brust der Mutter. Die Dämmerung senkte sich über Genovefas Grotte. »Ich meine den Kaiser. In Byzanz. Er heißt Leon.«
Amala nickte eifrig. »Ja, Heito hat davon gepredigt. Mein Gott, du hättest sehen sollen, wie betrunken er dabei gewesen ist! Auch wenn du immer von Byzanz schwärmst und am liebsten dort leben würdest, kann ich eines nicht verstehen: Sie wollen, dass wir alle Bilder aus der Kirche entfernen, und dass wir sie verbrennen.« Amala spuckte verächtlich aus. »Warum wollen sie das? Was haben unsere Heiligen ihnen getan, dass sie so freventlich mit ihnen umspringen wollen? Sollen sie doch die Bilder von ihren eigenen Heiligen verbrennen.«
»Das sind doch nur Äußerlichkeiten«, wandte Genovefa sanft ein. Die ferne Erinnerung an einen bronzehäutigen Mann flatterte wie ein Schmetterling durch ihre Gedanken.
Amala schmeckte die Suppe ab, nickte. »Ist gleich gut. Wir können es uns gemütlich machen«, deutete sie mit dem Kopf auf die beiden klobigen hölzernen Schalen, die Genovefa selbst aus dem Holz einer vom Wind gefällten Eibe geschnitzt hatte – mit dem Messer, das ihr einst von ihrem Henker zugesteckt worden war, bevor der sie allein zurückgelassen hatte.
»Weißt du ... wenn sie so etwas wollen, dann sind sie keinen Solidus besser als die Heiden, die Karl der Hammer im heiligen Tours besiegt hat, Sankt Martin sei uns gnädig!«
»Nennt man ihn jetzt der Hammer?«
»Ja. Martell. Karl Martell. So sagen sie wohl dort im Süden für Hammer. Klingt gut, oder? Karl Martell. Die welschen Leute

behaupten, er hat die Christenheit vor großer Schande bewahrt, wenn nicht vor noch viel Schlimmerem, und dass der heilige Petrus herabgestiegen ist aus seiner Himmelsburg, um Karl das Schwert gegen die Sarazenen zu führen und um ihm beizustehen gegen die mächtigen Zauberer der Heiden.«

Wie zu einer Bestätigung erklang von ferne ein tiefes, gefährlich anmutendes Grollen, ein Unwetter, das aus dem welschen Land heraufzog, ein rollender Donner, der wie eine Warnung oder ein Vorzeichen klang, wie das Knurren eines unheimlichen Drachen inmitten der Erdklüfte.

Amala zog ein ängstliches Gesicht und schüttelte sich.

Genovefa und der Junge starrten sie an. »Geht es dir nicht gut?«, fragte die Gräfin. »Du siehst aus, als hättest du ein Gespenst gesehen!«

Die Alte versuchte zu lächeln, was ihr ziemlich misslang. »Nein, es ist nichts, nur …« Sie schwieg. Einen Moment lang kämpfte sie, warum um Gottes Willen auch immer, mit den Tränen, war unfähig etwas zu sagen. »Ich habe an den Tod gedacht. Ich denk jetzt öfter daran«, flüsterte Amala schließlich. »Das muss das Alter sein.«

Genovefa seufzte. »Ja, er hat oft vor meiner Höhle gestanden und gewartet. Vielleicht hat er sich die Armut und die Erbärmlichkeit meines Schicksals angesehen. Das ist Genovefa, die Frau des Sarazenenkämpfers Sygifrid, verstoßen ohne jede Schuld.«

Amala legte den Arm um die Gräfin. Sie kannte genauso wie Schmerzensreich diese plötzlichen melancholischen Anwandlungen der Freundin.

»Aber Gott hat mich noch nicht aufgefordert, den Wegzoll für mein Leben zu entrichten«, murmelte Genovefa.

Der Junge legte seinen Kopf an ihre Schulter und umarmte die schlanke Mutter fest; auch er schien zu spüren, dass etwas Kaltes und Unheimliches zu ihnen gekommen war.

Obwohl es erst der sechste Sommer war, den Schmerzensreich erlebte, und obwohl er außer der Mutter und seiner Tante Amala keine andere Menschenseele kannte, so war Genovefa längst klar, dass der Sohn von ihr das feine Gespür für die Stimmungen anderer geerbt hatte. Aber sie wollte nicht, dass der Junge Angst hatte.

»Was lasst ihr euch durch das bisschen Donner ins Bockshorn jagen?«, versuchte sie ein Lachen, das sogar gelang, und das mit seiner Reinheit, seiner Helligkeit die dunklen Gedanken wenn nicht vertrieb, so doch in Schach halten konnte. »Wie weit ist die Suppe?«

Jetzt lachte auch Amala, und Schmerzensreich lockerte die Umklammerung der Mutter. Die stille Heiterkeit des Nachmittages, die Unschuld dieser sonnendurchfluteten Stunden auf dem Felsen des Hochsteins, die Schönheit dieser vergänglichen Augenblicke – das war jedoch endgültig vorbei.

»Sieben Jahre sind vergangen, und die Sarazenen haben noch immer keine Ruhe gegeben«, nahm Amala den Faden wieder auf, kam aber nicht weit, denn ein erneutes Donnern rollte über das Eifeler Bergland, und es war näher jetzt und lauter, und schon verdunkelte sich der Himmel zusehends, nicht nur wegen der anbrechenden Dämmerung, sondern auch weil die dunklen Wolkenberge jetzt den Hochstein erreicht hatten.

»Mit der Sommerherrlichkeit ist es vorbei«, stellte Amala fest. »Es ist der siebente Winter, der auf dich zukommt, liebe Freundin, und auch wenn du jetzt nicht mehr so allein bist wie in den ersten Jahren … ich habe trotzdem Angst um dich!«

Genovefa kam herüber zu Amala, hockte sich neben die Alte auf den länglichen Felsen, der ihnen als Bank diente, und umarmte sie.

»Du ahnst ja gar nicht, wie schön es für mich ist, dass du bei mir bist«, flüsterte sie. »Ich weiß nicht, ob ich die Einsamkeit noch viel länger ertragen hätte.« Sie wischte sich die Tränen aus den Augen. »Du bist mein Trost und meine Zuversicht, und ich bete jeden Abend zum Heiland, dass er seine schützenden Hände über dich hält.«

*

Der Regen begann ganz sanft. Eigentlich hatten die beiden Frauen erwartet, dass er mit heftiger Gewalt niederkommen würde, so stark blitzte und donnerte es in der beginnenden Nacht; außerdem war es kalt geworden, so dass sie sich gegenseitig wärmten.

»Es ist noch zu früh im Jahr, um das Feuer den ganzen Abend brennen zu lassen«, befand Genovefa. Das Holz wurde im späten Herbst und im Winter weit dringender benötigt. Die Gräfin wusste es aus den bitteren Erfahrungen der ersten Jahre, als die Wege

nach den ersten Schneefällen immer weiter und beschwerlicher geworden waren, wo doch alles Feuerholz in der Umgebung der Höhle von ihr im Frühherbst verbraucht worden war.
Schmerzliche Erfahrungen, die Bußen für Leichtfertigkeit. Aber wenigstens hatte sie jetzt Feuersteine und Feuerwolle, die Amala ihr mitgebracht hatte, und musste nicht mehr die mühsame Methode anwenden, die sie anfangs mehr als einmal hatte fluchen und wegen des vielfachen Mißerfolges hatte frieren lassen.
Genovefa holte die alte Decke Amalas aus der Höhle. Die beiden Frauen nahmen Schmerzensreich in die Mitte, als es erneut blitzte und donnerte, und hängten die Decke über die Schultern. Die Decke hatte einstmals die Belagerung Trojas gezeigt, aber davon war nach sieben Jahren kaum noch etwas zu erkennen, doch sie hatte in all der Zeit gute Dienste getan.
Sie schwiegen und starrten in die vergehende Glut, die hin und wieder von einem Windstoß zu einem letzten Aufglühen gebracht wurde. Sie belauschten das sanfte Trommeln des Regens auf den Blättern. Die Kühle der Nacht kroch an die Haut. Genovefa dachte an den Grafen, wie so oft in den vergangenen Jahren, und sie spürte, dass sie ihm nicht mehr böse war.
Verzeihen – das war etwas anderes.
Aber böse war sie ihm wirklich nicht mehr. Sie konnte seine Beweggründe verstehen, wenigstens ein bisschen, auch wenn sie diese Beweggründe nicht akzeptierte. Trotz allem, was er ihr angetan hatte, verachtete sie ihren Gemahl nicht. Aber im Laufe der Zeit hatte sie sich doch immer öfter gewundert: Wie konnte ein Mann, der einen großen Gau regierte und für das Wohl von so vielen Menschen verantwortlich war, so sehr verstrickt und gefangen sein im Käfig seines Denkens?
Genovefa war sich ziemlich sicher (und Amala bestätigte es), dass fast jeder Mann und fast jede Frau in Magus wusste, dass ihr ein schreiendes Unrecht geschehen war. Vielleicht wusste es Sygifrid inzwischen sogar selbst, mutmaßte Genovefa manchmal. Aber er konnte nicht aus seiner Haut. Graf Sygifrid war gewiss ein glorreicher Sarazenenkämpfer, hochgeschätzt von Karl, den man jetzt Martell nannte – aber über seinen Schatten springen, das konnte er genauso gewiss nicht. Genovefa war sich längst sicher, dass er seinen Schatten nicht einmal gewahr wurde.

»Ich muss noch oft an Falba denken«, sagte Amala müde. Der Regen wurde jetzt stärker, auch wenn das Gewitter scheinbar in Richtung Rhein abzog.
»Wie kommst du auf Falba?«, fragte die Gräfin abwesend. Sie merkte, dass Schmerzensreich eingeschlafen war und dachte, dass es gut so war.
»Na, dein Gesicht.« Amala lachte.
»Ich habe Falba seit Wochen nicht gesehen«, versetzte Genovefa nachdenklich. »Ich glaube manchmal, dass ich sie niemals wiedersehen werde.«
Amala streichelte Schmerzensreich über die Wangen. »Wie friedlich er schläft. Man könnte meinen, sein Gesicht leuchtet aus sich heraus.« Sie deutete hinaus in die Dunkelheit des Waldes, wo höchstens noch Unterschiede waren zwischen Schwarz und Tiefschwarz. Ohne die Restglut des Feuers hätten die Frauen die Hand vor den Augen nicht erkennen können, und nur die fernen Blitze entrissen der Finsternis für ein paar Augenblicke Konturen: Die Felsen, die Klamm, die Bäume, unwirklich in diesem aschfahlen Gewitterlicht. Bilder wie aus einem unangenehmen Traum, der die gewohnte Umgebung unversehens zu einem Pandämonium zerfließen lässt.
»Ohne Falba wäre er nicht am Leben geblieben«, wog Genovefa den Jungen sanft in ihren Armen. »Und dass er inzwischen so groß und kräftig geworden ist, hat er allein ihrer Milch zu verdanken.«
»Weißt du, ich habe Rotz und Wasser geheult, als du mir zum ersten Mal von der Hirschkuh erzählt hast«, erinnerte sich Amala. »Und ich sage dir, es gibt wenig, das mich zum Heulen bringt … außer vielleicht der Gedanke an meine drei Männer – Gott habe sie selig.«
Ihr krächzendes Lachen hörte sich an wie der Schrei eines Nachtvogels, und hätte die Gräfin ihre seltsame Freundin inzwischen nicht so gut kennen und lieben gelernt, hätte sie vielleicht eine ähnliche Angst gespürt wie an jenem Abend, als Amala sie vor den Wölfen gerettet und in ihre Höhle mitgenommen hatte.
Tiefe Dankbarkeit durchströmte die Gräfin, Dankbarkeit gegenüber einer Frau, die sie zu anderen Zeiten, in ihrem früheren Leben, nur am Rande wahrgenommen hatte – wenn überhaupt.

»Warum hast du das alles für mich getan?«, fragte Genovefa nachdenklich. »Warum hast du mein Leben gerettet, und das Leben von Schmerzensreich?«
Amala schloss die Augen. Plötzlich schossen Tränen in ihre Augen. Sie schüttelte den Kopf. Wie immer, wenn Genovefa diese Frage stellte, ging eine seltsame Veränderung mit ihrer Freundin vor. Die Gräfin spürte, dass es da ein Geheimnis gab, aber sie ahnte nicht, welches. Amala wirkte irgendwie – schuldbewusst.
Aber warum?
»Du weißt ... ich kann es dir nicht sagen. Es stimmt. Ich habe über dich gewacht.«
Genovefa spürte, dass Amala nahe daran war, ihr Geheimnis preiszugeben. Aber schon oft hatte die Gräfin geglaubt, Amala werde endlich reden, und niemals war es geschehen. Höchstens vage Andeutungen. Genovefas Dankbarkeit verbot es ihr, tiefer zu bohren. Amala war da. Ohne Amala hätte sie wahrscheinlich auch noch den erbärmlichen Rest Leben, der ihr geblieben war, verloren. Aber vor allem das Überleben von Schmerzensreich wog alles andere auf, ganz gleich, was es war, das die Freundin nicht offenbaren wollte oder konnte. Genovefa vermutete, dass es irgendetwas mit Golo zu tun hatte.
»Du musst mir eines glauben«, sagte Amala schließlich. »Ich habe mich geändert. Frag' nicht, was das bedeutet. Ich liebe dich, das musst du mir glauben. Ich liebe dich und dein Kind. Ich will eure Liebe nicht verlieren.«
Genovefa küsste die runzlige Wange der Alten. »Das wird niemals geschehen! Wir wollen lieber nicht weiter davon reden.«
Sie umarmten einander, das Kind zwischen sich, und spendeten sich den Trost der Nähe.

XVI

»Wohin ist Tante Amala gegangen?«
Schmerzensreich nahm die Hand seiner Mutter. Gemütlich schlenderten sie den Taleinschnitt hinab, der hinunter zur Quelle führte, wo sie ihr Trinkwasser holten und sich wuschen.
»Tante Amala kehrt heim zu ihrer Hütte am Sumpfloch«, erwiderte Genovefa. »Das weißt du doch. Das Haus, in dem sie wohnt, so wie wir in unserer Höhle wohnen.«
Sie gingen ein paar Schritte weiter, Mutter und Sohn, deren nackte Füße durch das Herbstlaub am Waldboden pflügten, die Mutter im Flickenkleid, der Sohn nur mit dem hirschledernen Lendenschurz bekleidet.
»Mutter, warum besucht immer nur Tante Amala uns, und wir besuchen niemals Tante Amala?«
»Vielleicht werden wir sie ja irgendwann einmal besuchen«, erwiderte Genovefa ausweichend. »Aber im Augenblick geht das noch nicht.«
»Aber warum nicht? Und ich würde so gerne auch mal sehen, wo die anderen Leute wohnen, von denen ihr immer redet.«
Über Genovefas Gesicht huschte ein Schatten des Missmutes. Sie wusste, dass Schmerzensreich immer öfter diese und ähnliche Fragen stellen würde, und sie hatte Angst vor den Antworten und noch mehr davor, was geschehen würde, wenn sie keine Antworten geben konnte.
Die Zukunft – sie hatte bisher nie weiter als bis zum nächsten Tag, bis zum nächsten Monat, bis zum nächsten Winter gedacht. Vielleicht, weil sie nicht wirklich damit gerechnet hatte, dass es eine Zukunft geben würde. Es galt zu überleben, und sonst nichts.
Aber die Zeiten änderten sich, selbst hier im Wald, wo sie zuerst unveränderlich erschienen waren, stets gleichbleibend, im Guten wie im Schlechten.
»Ich will versuchen, es dir zu erklären«, nahm Genovefa den Gesprächsfaden wieder auf. »Erinnerst du dich noch, als du den alten Krug zerbrochen hast?«
Schmerzensreich senkte den Blick. Natürlich erinnerte er sich! Er nickte schuldbewusst.
»Dann weißt du doch bestimmt auch noch, wie böse ich auf dich gewesen bin?«

»Bist du denn immer noch böse mit mir?«, druckste das Kind herum.
Genovefa lachte, beugte sich hinab und küsste ihren Sohn auf die Stirn. »Nein, natürlich nicht, du brauchst keine Angst zu haben. Ich bin dir nicht mehr böse. Aber ich sehe, wie gut du dich daran erinnerst.«
»Das war nicht schön, Mama«, nickte Schmerzensreich. »Ich will nicht, dass du böse bist.«
»Es ist nur ein Beispiel, Junge. Böse sein, das gibt es nämlich nicht nur zwischen dir und mir. Oft sind die Leute dort draußen böse miteinander.« Sie deutete hinaus aus dem Wald in Richtung Magus. »Und so war es auch mit mir. Ein paar Leute waren furchtbar böse mit mir, und dann haben sie gesagt, ich darf ihnen niemals wieder unter die Augen kommen. Zu dieser Zeit warst du ganz klein, gerade erst geboren. Und weil ich Angst hatte, dass sie mir und dir wehtun, bin ich weggegangen. Und weil ich nicht wusste, wohin ich gehen sollte, habe ich unsere Höhle ausgesucht.«
Schmerzensreich war den Worten seiner Mutter aufmerksam gefolgt. Aber an seiner Miene sah Genovefa deutlich, dass er mit ihren Erklärungen nicht recht zufrieden war.
»War mein Vater auch böse mit dir?«, fragte er schließlich.
Genovefa nickte traurig. Die Fragen nach dem Vater – immer häufiger kamen sie jetzt, und sie überlegte, ob es richtig gewesen war, Sygifrid überhaupt zu erwähnen. Doch hätte Schmerzensreichs Leben von vornherein auf einer Lüge aufbauen sollen? Der Junge musste vorbereitet sein auf das Leben dort draußen, denn irgendwann würde er hinausgehen, so viel stand fest. Irgendwann würde er sein Erbe einfordern …
»Ich hasse meinen Vater«, flüsterte Schmerzensreich schließlich.
Noch wenige Schritte, und sie hatten die Quelle erreicht. Da hielt Genovefa instinktiv inne. Irgendetwas stimmte nicht.
»Was ist, Mama?«
»Psst!«, legte die Gräfin den Finger auf den Mund. Sie lauschte. Eigentlich war nichts Auffälliges zu hören. Aber dennoch war es nicht so, wie es immer war. Genovefa wusste zuerst nicht recht, was sie hatte stutzig werden lassen.
»Es ist so still«, flüsterte Schmerzensreich plötzlich. »Warum ist es so still?«

Tatsächlich schwiegen die Vögel, schien sogar das Rauschen der Blätter aufgehört zu haben.
»Lass uns schnell heimgehen!«, fasste Genovefa ihren Sohn bei der Hand. »Wir können später Wasser schöpfen.«
Sie machten kehrt, gingen eilig den Berg hinauf zurück in Richtung Höhle.
»Mama, mach doch langsamer!«, keuchte der Junge, so schnell schritt Genovefa aus.
»Oh … es tut mir leid«, hielt sie inne und hockte sich vor dem Jungen nieder. »Ich weiß auch nicht so recht, was mit mir los ist. Es ist … ich habe …«
Plötzlich war fernes Hundegebell zu hören. Genovefas Haare sträubten sich. Das war ein Geräusch, das man an diesem Ort in all den langen Jahren, seit sie hier angekommen waren, nicht vernommen hatte. Instinktiv duckte die Gräfin sich, obwohl das Gebell noch unendlich fern war, kaum hörbar, schnell wieder verblasste und dann endgültig verstummte.
Der Junge zitterte. »Was war das?«
»Hab keine Angst«, streichelte Genovefa sein Gesicht. »Du weißt doch, dass die Engel im Himmel auf uns achtgeben.«
Genovefa spürte, dass Schmerzensreichs Zittern nicht nur mit Angst zu tun hatte. Es war auch eine Art fiebriger Erregung: Da war etwas Neues in seine ach so beschränkte Welt getreten, das große Unbekannte, von der Außenwelt herkommend, die bis jetzt für den Jungen nur aus Worten und Tante Amala bestanden hatte. Diese Illusion erlebte jetzt unvermittelt in dem fernen Gebell eine ganz unerwartete, leibhaftige Manifestation. Die Außenwelt rückte näher heran, war zum Greifen nahe, und das erregte Schmerzensreich mehr, als dass es ihn ängstigte.
In seinem Gesicht machte sich Enttäuschung breit.
»Ist er weg?«, fragte er.
Genovefa zog den Jungen zu sich in den Schoß. Zum ersten Mal spürte sie eine Spur von Widerwillen, ein Sträuben.
»Das waren Hunde«, erklärte sie. »Es sind Tiere, die den Rittern beim Jagen helfen.«
»Jagen? Ritter?« Schmerzensreich war jetzt ganz aufgeregt. »Wenn das Ritter sind, vielleicht ist dann mein Vater bei ihnen?«
In Genovefas Gesicht malte sich eine Spur Ärger ab. Hatte sie den Sohn vor dem Todesurteil des eigenen Vaters gerettet und all die

Jahre lang großgezogen trotz aller Widrigkeiten, nur damit das Kind jetzt bewundernd nach dem Vater fragte?

»Lass uns jetzt weiter gehen«, sagte Genovefa ungehaltener, als sie es eigentlich vorgehabt hatte. Im gleichen Moment gewahrte sie im Augenwinkel, unter den Bäumen südlich oben auf der Böschung eine Bewegung von etwas Schwarzem, Großem.

Ein Pferd wieherte, und irgendjemand rief etwas, das sie auf die Entfernung nicht verstehen konnte. Aber es war die erste menschliche Stimme außer der Amalas seit sieben Jahren, und für Schmerzensreich die erste seines Lebens.

Genovefa begann zu laufen, Schmerzensreich an der Hand. Das Kind stolperte jammernd hinter ihr her. Sie war in Panik. Nach all diesen Jahren wieder Menschen!

Sie hatte geglaubt, dass es nichts mehr gab auf der Welt, das sie erschüttern konnte, mit Ausnahme des Schicksals von Schmerzensreich.

Jetzt wusste sie, dass es anders war. Ihre kopflose Flucht endete damit, dass ihre Füße sich in einer Luftwurzel verfingen, und sie der Länge nach auf den Waldboden schlug. Schmerzensreich purzelte über sie hinweg.

Das Getrappel der Pferdehufe näherte sich. Genovefa presste ihr Gesicht auf den Boden. Der erdige Geruch des alten Laubes stieg in ihre Nase. Sie war wieder Kind, das die Augen bedeckt und glaubt, wenn es nicht sieht, wird es selbst nicht gesehen.

»Herr, kommt her! Schaut, was ich gefunden habe!«, rief eine jugendliche Stimme amüsiert. »Eine Wildkatze mit ihrem Jungen«, lachte der Mann.

Genovefa hörte, wie er aus dem Sattel sprang. Gleichzeitig nahte ein zweites Pferd.

»Wen haben wir denn da?«

Schmerzensreich, der sich bisher an der Mutter wie gelähmt festgeklammert hatte, wurde von ihr fortgezogen.

Genovefa warf sich herum. Über ihr war das breit lachende Gesicht eines sonnengegerbten und dunkeläugigen Mannes, das von einem fein gestutzten, schwarzen Bart umrahmt war. Es war offenkundig: Der Jüngling lachte sie aus. Schmerzensreich hatte er am Arm gepackt, zappelnd stand das Kind neben ihm, aber warum auch immer biss es die Zähne zusammen und jammerte nicht.

Die Sonne stand genau hinter dem Kopf des Mannes. Als der Wind das Geäst der nahen Bäume bewegte, fiel das Licht genau in Genovefas Augen. Sie blinzelte geblendet, sah von dem zweiten Mann, den der erste Herr genannt hatte und der in der Nähe in stolzer Haltung auf dem Rücken seines Pferdes saß, nur einen Schattenriss.
»Mein Vater hat mir niemals davon erzählt, welch seltsames Wild es in Euren Wäldern zu jagen gibt«, nahm der kräftige, junge Mann Genovefas Sohn schwungvoll auf den Arm. Schmerzensreich wehrte sich nicht.
Genovefa versuchte sich aufzurichten. Der junge Krieger streckte ihr seinen freien Arm entgegen, aber die Gräfin schlug die Hilfe aus, kam aus eigener Kraft auf die Beine.
»Dein Vater Hiltibald war niemals mit mir auf der Jagd«, erwiderte der zuletzt Angesprochene.
Genovefa erkannte seine Stimme sofort, und in dem Augenblick als ihr klar wurde, wer der Reiter war, verließen sie schlagartig alle Sinne.

*

Während sie ihr das kalte Quellwasser ins Gesicht spritzten, lachten die Männer rauh. Genovefas Sinne kehrten in dieses Lachen hinein zurück, und hinein in die Kälte des Wassers, das ihr vorkam wie ein paar schallende Ohrfeigen.
Gedanken explodierten. Sie riss die Augen auf. Um sie herum Bewegung, Gestalten, Licht, Bäume.
Aber nicht nur das.
Die schrille Furcht zuerst, was mit Schmerzensreich war. Aber da hörte sie schon sein Geheule, kein Angst- oder Schmerzgebrüll, vielmehr sein Geschrei, wenn ihm etwas zuwider war. Verschwommen sah sie im Augenwinkel, dass einer ihn festhielt, und er wie wild strampelte.
Und dann kehrte mit Macht die Erkenntnis zurück, dass die Stimme, die sie vor ihrer Ohmacht vernommen hatte, zu Sygifrid gehörte, unzweifelhaft.
Die Vorstellungen schossen ihr durch den Kopf, wie sie sich ausgemalt hatte, ihren Mann wiederzusehen, aber nichts davon stimmte. Weder Hass und Wut, noch das Wiederaufflackern einer

verloren geglaubten Liebe und Leidenschaft. Vielmehr war es, als ob er ein Fremder wäre.

Ein halbes Dutzend Männer umgaben die Gräfin in lockerem Kreis. Einer packte sie jetzt an den Haaren, der nächste versuchte an ihrem Flickwerk von Kleidern zu reißen. »Runter damit!«, schrie einer der anderen. »Wir wollen endlich sehen, was du unter deinem Fell trägst!«

Das Kleid riss ein. Ihre Schultern und Brüste wurden entblößt, und das alles ging so schnell, war so verwirrend und unwirklich, dass es kaum bis zu ihrem Bewusstsein gelangte, was geschah.

»Jetzt ist Schluss damit!«, donnerte Sygifrids Stimme. »Hört auf, und haltet euch fern von ihr!«

Die Männer murrten, ließen aber von Genovefa ab. Jetzt war der Jüngling mit dem schwarzen Bart wieder in Genovefas Blickfeld. Das ironische Lächeln war aus seinem Gesicht verschwunden, war offenkundiger Wollust gewichen, die allmählich von enttäuschter Erwartung ersetzt wurde. »Aber sie ist doch Freiwild, Herr«, protestierte der Jüngling schwach.

»In meinem Wald gibt es kein Freiwild«, versetzte der Graf. Er saß etwas abseits auf seinem Pferd Aldebaran, während die übrigen Männer weiter unschlüssig um Genovefa herumstanden und sie anstarrten.

»Spielverderber«, sagte einer, aber so leise, dass es Sygifrid nicht hören konnte. »Der will sie für sich«, murmelte ein anderer ebenso leise. Genovefa zitterte, teils vor Kälte, teils vor Scham. Sie sah, dass Schmerzensreich herüberstarrte.

»Ihr sollt nicht denken, dass ich euch euren Spaß nicht gönne«, sagte der Jagdherr und sprang aus dem Sattel. In seiner Stimme war ein Vibrieren, das Genovefa sofort wiedererkannte: Es rührte vom Widerspruch des Jünglings her. Aber noch hatte er sich im Zaum, kam zu Hiltibalds Sohn herüber, legte ihm seinen Arm um die Schultern. »Du hast nicht nur den Namen deines Vaters geerbt, junger Hiltibald. Du löckst genauso gerne gegen den Stachel wie er, glaube ich.« Beide Männer lachten. Trotzdem kamen sie Genovefa vor wie zwei Kampfhähne, jeder auf eine Schwäche des anderen lauernd. »Wie oft habe ich mit deinem Vater in den Haaren gelegen, und erst seit er alt ist, hat er eingesehen, dass es keinen Sinn macht, sich gegen das Unvermeidliche aufzulehnen.«

Zu einem der Umstehenden sagte er: »Bring mir deine Satteldecke«, und als dies geschehen war, legte er sie Genovefa um die Schultern: »Es ist besser, den Körper dieses Weibes zu bedecken«, sagte er kalt.

»Was ist nicht in Ordnung damit, außer dass ihre Haut schmutzig und ihr Haar struppig ist?«, fragte der junge Hiltibald trotz der vorangegangenen Zurechtweisung in ziemlich keckem Tonfall, der klar besagte, dass er nicht so einfach alles hinnahm.

Die anderen Männer der Jagdgesellschaft kicherten.

»Ich will es dir nicht übel nehmen, dass du nicht verstehst, was ich tue und warum ich es tue«, versetzte Sygifrid herablassend. »Sicher weißt du nicht, wo wir uns hier befinden?«

Der Graf deutete in die Runde.

»Ich sehe nichts Besonderes«, zuckte Hiltibald mit den Schultern. »Nichts als Wald, Wald, Wald.«

Sygifrid lachte. »Das scheint nur so. Du und deine Männer, ihr seid hier heraufgeritten, wo keiner von uns so einfach hingehen würde.«

»Was ist falsch an diesem Wald?«, fragte Hiltibald, jetzt aber schon unsicherer. Auch seine Männer schauten sich verstohlen um. Genovefa bemerkte, wie der Ausdruck der Augen, die sie anstarrten, sich änderte. Die Wollust wich Skepsis, und ein Gran Furcht machte sich breit.

Schmerzensreich, der jetzt unbeobachtet war, nutzte die Gelegenheit und rannte zu seiner Mutter herüber, die ihn in die Arme schloss.

»Seit ewiger Zeit meidet das Volk von Magus den Hochstein«, deutete der Graf zur Bergspitze hinauf. »Jeder von uns weiß, dass es hier Geister und Dämonen und was sonst noch gibt. Mit denen lässt sich nicht spaßen.«

Die Männer machten instinktiv einen Schritt von Genovefa weg. Sie musterten sie jetzt wie ein wirkliches Gespenst.

»Ich selbst würde niemals aus eigenem Antrieb hier heraufkommen«, fuhr Sygifrid wichtig fort. »Und ich glaube, niemand kann von mir behaupten, dass ich feige bin. Ich bin nur hier, weil ich euch als meinen Jagdgästen gefolgt bin.«

»Wir wussten ja nicht …«, stotterte der junge Hiltibald.

»Wisst ihr jetzt, warum ich euch sage, dass ihr besser die Finger von diesem Weib lasst?«, deutete er auf Genovefa.

Alle nickten.
»Ich denke«, fuhr Sygifrid fort, »es wird das Beste sein, wir legen die beiden in Fesseln und schicken sie zu Golo. Der soll sich um sie kümmern.«
Der Name Golo ließ die Lähmung von Genovefa abfallen.
»Wir sind genausowenig Geister oder Dämonen wie ihr.«
Die Männer wichen erschrocken noch weiter zurück, als sie zum ersten Mal die Stimme der fremden Frau hörten, die sie inmitten dieses verwunschenen Waldes gefunden hatten. Ein paar von ihnen machten das Kreuzzeichen. Genovefa fragte sich, ob sie ihre wahre Identität preisgeben sollte, aber sie war sicher, dass Sygifrid ihr kein Wort glauben würde; zu sehr hatten die sieben Jahre in der Wildnis sie verändert, und eigentlich war nichts übriggeblieben von der blondgelockten, schönen Gräfin, die sie dereinst gewesen war.
Trotzdem ... beim Klang ihrer Stimme hatte Sygifrid aufgehorcht. Genovefa sah an seiner Miene, dass ihre Stimme eine längst vergessene Erinnerung wachgerufen hatte. Aber offenbar wusste der Graf nicht, was dieser leise Ruf aus der Ferne einer dunklen Vergangenheit zu bedeuten hatte.
»Wer bist du, wenn du kein Dämon bist?«, fragte er schließlich. »Und wer ist dieses Kind?«
Genovefa drückte ihren Sohn fest an sich. »Schmerzensreich ist der Name dieses Kindes, und das nicht ohne Grund. Verstoßen sind wir beide, verdammt dazu, an diesem menschenleeren und gottverlassenen Platz zu hausen. Nichts Böses haben wir getan, und dennoch ereilte uns die Strafe dieser Verdammnis.«
Sygifrid schüttelte den Kopf. Seine Erinnerungen wurden stärker. Zugleich kämpfte eine andere Kraft in seinem Herzen, die verhindern wollte, dass er die Wahrheit sah. Genovefa war sicher, dass diese Kraft am Ende die Oberhand gewinnen würde.
Unauffällig musterte sie den Mann, der vor Gott noch immer ihr Gemahl war. Die sieben Jahre waren keineswegs spurlos an ihm vorübergegangen, im Gegenteil. Sein Haar wirkte ungepflegt und war mit grauen Strähnen durchzogen, tiefe Furchen des Misstrauens und des Missmutes hatten sich in sein Gesicht gegraben. Die alte Narbe aus den Sarazenenkriegen kleidete ihn nicht mehr, sie wirkte jetzt nur noch hässlich und entstellend. Seine Hand zitterte

leicht. Sein Blick war abgestumpft, auch wenn hin und wieder der alte Stolz und die alte Selbstgewissheit aufblitzten.
Genovefa sprach ein stummes Gebet zur Muttergottes, ihr das Gefühl zu geben, dass dieser Mann noch immer ihr Gemahl sei, den Gott ihr an die Seite gestellt hatte. Aber trotz des Gebetes blieb dieser Sygifrid ein Fremder. Das änderte sich auch nicht, als sie sich klarmachte, dass der Mann der Vater ihres Kindes war.
»Gott straft nicht ohne Grund«, sagte Sygifrid schließlich, während die anderen Männer den Kreis um die Szene wieder enger schlossen, die sich anders entwickelte, als sie es zuerst erwartet hatten. »Wenn ihr verdammt seid, hier zu leben, dann müsst ihr Schuld auf euch geladen haben.«
Genovefa lachte abschätzig. »Wenn es eine Schuld gibt, treu zu sein, dann bin ich schuldig. Wenn es eine Schuld gibt zu vertrauen, dann bin ich schuldig. Wenn es eine Schuld gibt, der Versuchung zu widerstehen, auch dann bin ich schuldig. Und wenn es eine Schuld gibt, einfach nur auf dieser Welt zu sein, einfach nur zu leben, dann ist auch dieses Kind hier schuldig.«
»Sind wir uns schon einmal begegnet?«, fragte Sygifrid unsicher. »Die Art, wie du redest, die Art, wie du die Worte betonst … es kommt mir so bekannt, so vertraut vor. Sag mir die Wahrheit!«, machte er eine hilflose Geste. »Du warst doch nicht schon immer im Wald! Wo warst du vorher? Wie ist dein Name?«
Statt einer Antwort nahm Genovefa Schmerzensreich bei der Hand. Keiner hinderte sie daran, als sie mit dem Kind zu der Quelle ging, in der sie sich sieben Jahre lang gewaschen und aus der sie sieben Jahre lang Wasser geschöpft hatten. »Hock dich hin«, sagte sie dem Kind. Schmerzensreich gehorchte. Genovefa schöpfte aus der Quelle in die hohle Hand und wusch das Gesicht des Kindes ab. Voll von Schmutz und Staub war dieses Gesicht gewesen, aber jetzt kam die glänzend weiße Haut hervor, Stück für Stück, die Wangen, die Stirn, das Kinn.
Als Schmerzensreichs Gesicht gesäubert war, führte Genovefa das Kind zurück zu seinem Vater.
Ganz sicher war sie jetzt in dem, was sie tat, und es gab keine Angst mehr, die sie umfing. Ein überlegenes Lächeln umspielte ihren Mund.
»Ihr Männer redet viel«, sagte sie spöttisch und schaute dabei Sygifrid tief in die Augen. »Vor allem redet ihr gerne über die

Macht des Blutes«, fuhr die Gräfin fort. »Für euch sind das Bande, die Gott geknüpft hat. Es gibt kein Band auf der Welt, das so fest ist, wie das Band des Blutes. Sagt ihr nicht so? Ihr alle glaubt doch, dass es so ist!«
Sie schaute in die Runde.
»Und dann findet ihr uns beide. Zwei Jammergestalten. Über und über in ein Kleid aus Schmutz gehüllt. Dämonen!, ruft ihr.« Sie lachte. »Aber jetzt, Graf Sygifrid, schau dir dieses Gesicht an!« Sie nahm Schmerzensreichs Gesicht zwischen die Hände und drehte es dem Grafen zu. Das Kind wehrte sich nicht. Instinktiv hatte es die Bedeutung dieser Begegnung verstanden, und bei aller Verwirrung, die durch die ungewohnte Situation des ersten Zusammentreffens mit fremden Menschen hervorgerufen war, ahnte Schmerzensreich doch die große Bedeutung dieses Augenblickes für sein ganzes Leben.
»Nun, Sygifrid, was ist jetzt mit der Sprache des Blutes? Spricht sie nicht zu dir?«
»Ich ... du ... was meinst du damit?«, stotterte der Graf.
Genovefa machte eine wegwerfende Handbewegung. »Es ist unwichtig, was ich meine. Es ist auch unwichtig, was ich sage. Wenn du es nicht selber merkst, so hat es keine Bedeutung.«
»Herr, ich verstehe kein Wort von all dem, was hier geschieht«, meldete sich jetzt der junge Hiltibald wieder zu Wort. »Und ich verstehe auch nicht, was diese Frau sagt. Aber eines ist ganz offenkundig und unübersehbar: Schaut Euch diesen Jungen an! Er ist Euch wie aus dem Gesicht geschnitten! Diese Ähnlichkeit! Wie um Himmels Willen ist das möglich?«
Jetzt scharten sich auch die anderen Männer um Sygifrid, Genovefa und Schmerzensreich, der zwischen den beiden stand und von der Mutter zum Vater und zurück starrte, mit glänzenden, leuchtenden Augen, ein Kind, dessen größter Traum, der unwahrscheinlichste, fernste, niemals ausgesprochene Traum ohne jede Vorwarnung an einem ganz gewöhnlichen Herbstnachmittag in Erfüllung geht, an einem Tag, wie viele ihm vorangegangen waren, und wie viele ihm hätten folgen sollen in der gleichförmigen Aneinanderreihung von Tagen, die Schmerzensreichs Leben war. Das Kind starrte den Vater an, mit Augen, die sich in Sygifrids Gesicht widerspiegelten. Die Blicke verschmolzen einander, die Worte taten ihre Wirkung. Sygifrid erkannte, dass Hiltitbald recht hatte, und indem er dies

erkannte, wusste er zugleich auch, wer die wildfremde Frau, und dass dies Kind sein eigenes Fleisch und Blut war. Er wusste es in einem kosmischen Augenblick, der sein ganzes Leben umfasste, einem Augenblick, der von Gott gegeben war, und der nicht den allergeringsten Zweifel übrigließ.

Die Männer sanken angesichts des Wunders auf die Knie. Selbst die unruhigen Jagdhunde erstarrten.

Genovefa begann haltlos zu schluchzen, überwältigt von ihren Gefühlen.

Sygifrid riss Schmerzensreich gleichsam an seine Brust, schüttelte immer wieder den Kopf. »Du bist wirklich mein Sohn«, stammelte er. »Ich weiß nicht, was hier geschehen ist und wie es geschehen ist, aber du bist wirklich mein Sohn.«

Graf Sygifrid küsste Schmerzensreich, nahm ihn auf den Arm und tat mit dieser alten Geste kund, dass er das Kind als seinen Sohn annahm.

Dann schaute er zu Genovefa herüber. Lange Zeit schwieg er, suchte nach Worten. Schließlich sagte er: »Es gibt keine Worte in unserer Sprache, die erklären könnten, wie mein Herz jetzt fühlt.« Sein Gesicht hatte sich verwandelt: Niemals zuvor hatte Genovefa die Züge ihres Gemahles so weich und verletzlich gesehen, niemals zuvor war er so sehr Mensch, und nur Mensch gewesen.

»Herr, könnt Ihr uns das alles erklären?«, meldete sich Hiltitbald noch einmal zu Wort. »Es hat den Anschein eines Wunders, wie man es sonst nur aus den alten Legenden kennt. Dämonen und Geister sind die beiden nicht, die wir hier gefunden haben. Kann es denn wirklich wahr sein, dass dieser junge Bursche hier Euer leibhaftiger Sohn ist?«

Aber bevor Sygifrid die Frage beantworten konnte, war erneut das Klopfen von Pferdehufen auf dem Waldboden zu hören. Einen Augenblick später durchbrach der zweite Jagdtrupp das Unterholz am Rand der kleinen Lichtung, in deren Mitte die Quelle sprudelte. An der Spitze dieses Trupps ritt Golo, der ganz ahnungslos war, welche schicksalhafte Begegnung sich vor wenigen Augenblicken zugetragen hatte.

Er sprang aus dem Sattel. »Was bedeutet das?«, rief er atemlos und deutete auf das Kind in Sygifrids Arm. Flüchtig streifte sein Blick Genovefa. Ihm war anzusehen, dass die Erkenntnis dessen, wer die beiden Waldbewohner waren, ganz nah war. Aber er ging den Schritt der Erkenntnis nicht, wollte ihn nicht gehen.

»Mein lieber, treuer Freund«, begrüßte Sygifrid seinen Gefolgsmann mit offenkundig gespielter Freundlichkeit. Die Luft war zum Schneiden, jedenfalls kam es allen Zeugen so vor. Jeder von ihnen kannte die Geschichte von Genovefa, dem Bastard des Küchengehilfen Martinus und der Hinrichtung von Mutter und Kind an der alten Richtstätte im Sumpfloch. Und die meisten von ihnen hatten auch die hinter vorgehaltener Hand getuschelten Gerüchte vernommen, die in Magus und weit darüber hinaus im Umlauf waren: Dass Genovefa in Wahrheit unschuldig und einem bösen Ränkespiel zum Opfer gefallen war.

»Es ist etwas Erstaunliches geschehen«, sagte der Graf leise. Er hielt Golo das Kind entgegen. »Hier, fass den Jungen an, ja, am Arm, und hier am Bein! Na los, mach schon! Was fühlst du?«

Golo war vollkommen verunsichert. »Nichts, Herr, ich fühle ... was willst du? Es ist ein normales Bein. Ein ganz gewöhnlicher Arm.«

»So? Aber das kann gar nicht sein«, lachte Sygifrid bitter. »Es ist unmöglich. Denn das Kind muss eine Geistererscheinung sein, genauso wie seine Mutter. Du hast mir selber ihre Augen und ihre Zunge gezeigt. Erinnerst du dich?«

Wie vom Donner gerührt stand Golo jetzt da, als ihn die Wahrheit, die schon so nah gewesen war, unerbittlich einholte.

»Hast du damals nicht einen Eid auf dein eigenes Leben und den Heiland geschworen, dass es der Sohn des Küchengehilfen Martinus ist, den Genovefa empfangen hat? Jetzt wird mir klar, warum du den einzigen Zeugen so vorschnell hast pfählen lassen!«

Golo zitterte plötzlich am ganzen Leib. Er schaute Genovefa – und nur Genovefa, nicht deren Sohn – an, als wäre sie wirklich ein Gespenst, ein Dämon aus der Unterwelt, der gekommen war, um ihn zu holen. Er verdrehte die Augen wie einer, bei dem ein Tobsuchtsanfall beginnt, und aus seinem Mundwinkel tropfte Speichel. Er hatte sein Gesicht nicht mehr unter Kontrolle.

Hiltibalds Hand zuckte zum Knauf seines Schwertes.

Golos Träume, die ihn all die langen Jahre verfolgt hatten – jetzt hatten sie ihn eingeholt. Seine bösesten Ahnungen waren kalte Wirklichkeit geworden. Ganz nah unter der trügerisch glatten

Oberfläche des Tümpels aus schwarzem Wasser, der sein Geist war, hatten die Schimären dieses Augenblicks schon immer gelauert. Jetzt war der Augenblick gekommen. Ganz tief in seinem Herzen gab es sogar so etwas wie ein Gefühl der Erlösung.

»Ich habe immer daran geglaubt, dass du mir die Wahrheit gesagt hast. Ich habe geglaubt, du bist mein treuester Gefolgsmann und Freund. Ich habe dir geglaubt, weil allein schon die Ahnung unerträglich war, was es bedeuten würde, wenn ich dir nicht mehr glaube. Ich musste dir glauben, sonst wäre ich verrückt geworden.«

Plötzlich setzte Sygifrid seinen Sohn ab, der die Szene mit riesigen, ungläubigen Augen verfolgt hatte. Dann kniete er vor Genovefa nieder und senkte den Kopf. Die Männer ringsum hielten die Luft an.

»Ich will mich nicht entschuldigen, meine Gräfin, denn ich weiß, dass man nicht entschuldigen kann, was ich getan habe. Ich kam aus einem Krieg mit tausend und tausend Toten, meine Seele war nur noch rohes Fleisch, und du warst fast ein ganzes Jahr lang so weit weg von mir, eine halbe Ewigkeit. Verzeih mir, wie leicht es war, mich zu täuschen! Verzeih mir, dass zu dieser Zeit die einzige Sprache, die ich verstand, Blutvergießen war! Verzeih ...«

Genovefa legte die Hand auf Sygifrids Kopf wie zu einer Segnung. Augenblicklich verstummte der Graf. Das Kind trat herbei, zögerlich zuerst, schaute vom Vater zur Mutter, legte dann in einem Augenblick des Begreifens seine kleine Hand auf die Schulter des Grafen, die andere auf den Arm der Mutter. So verharrten die drei für einen Augenblick.

»Ich habe dir schon vor langer Zeit verziehen«, flüsterte Genovefa schließlich mit tränenerstickter Stimme. »Auch wenn ich nicht vergessen kann, was geschehen ist, so kann ich dir doch verzeihen.« Sie fasste Sygifrid unter den Arm und zog ihn hoch. Ihre Gesichter waren jetzt einander gegenüber, aber Sygifrid wagte es nicht, der Gräfin in die Augen zu schauen.

Stattdessen wandte er sich abrupt zu den Männern der Jagdgesellschaft um. »Ich will, dass die Gräfin Genovefa in allen Ehren zurückgeführt wird in unser Haus. Und ich erkenne vor Gott und der Welt diesen meinen Sohn als Erben meines Namens an«, legte er den Arm um die Schultern Schmerzensreichs. »Wir werden ein Fest feiern, sieben Tage lang. Die Toten sind wiederauferstanden. Gott hat ein Wunder geschehen lassen!«

Dann wandte er sich langsam und bedrohlich zu Golo hin: »Und zu dir habe ich nur noch eines zu sagen: Du hast einen heiligen Eid auf dein Leben geleistet, und diesen Preis werde ich einfordern, so wahr ich Sygifrid, Graf von Magus bin.«

XVII

Am dritten Tag durfte auch das Volk mitfeiern, und es gab für die Menschen in Magus ein Ereignis, das – neben dem Gesprächsstoff für Jahre, den die Rückkehr der Gräfin lieferte – einschneidend und gleichzeitig erfreulich war: Die Hinrichtung des Golo.
Es regnete in Strömen, aber das hinderte niemanden dabeizusein. Musikanten waren auf der Straße, genauso wie Sygifrid es befohlen hatte.
Wie schnell sich herumgesprochen hatte, welches Wunder im Eifel-Gau geschehen war!
Das Volk war trotz des schlechten Wetters in solchen Mengen herbeigeströmt, wie Magus es niemals zuvor gesehen hatte. Fliegende Händler nutzten die Gelegenheit, allerlei Nützliches und Unnützes an den Mann oder die Frau zu bringen. Eine Kirchweih war nichts gegen dieses Fest, das schon zwei Tage zuvor mit einem Gelage auf Burg Magus begonnen hatte, bei dem alle Herren der Gegend zugegen waren. Gaukler bevölkerten seitdem den Ort, fremdländisch anmutende Burschen mit Ohrringen und schwarz gekraustem Haar, Taschenspieler, Stelzenläufer und Jongleure, und unschicklich knapp bekleidete junge Frauen mit glühenden Augen, die den jungen Männern der Gegend mit einem einzigen Blick den Kopf verdrehen konnten.
Bischof Hydulf, der eigens aus Treveris gekommen war, zeigte sich trotz des Regens bestens gelaunt, als er zusammen mit dem Grafenpaar und dem Erben Schmerzensreich kurz vor der Mittagsstunde im gräflichen Kastenwagen (demselben, mit dem Sygifrid dereinst seine Braut in Brabant abgeholt hatte) von Burg Magus hinab in den Ort fuhr. Die Fenster des Wagens waren geöffnet. Sygifrid, Schmerzensreich, der Bischof und Genovefa winkten den Menschen am Wegrand zu, die begeistert zurückwinkten. Sygifrids Gesicht strahlte vor Zufriedenheit. Er glaubte offenbar, dass

alles wieder in Ordnung war. Die langen grauen Jahre schienen endlich der Vergangenheit anzugehören.
Aber Genovefa hatte Angst. Die vielen Menschen machten sie unsicher, wie sie in Hochrufe ausbrachen, wie sie gafften. Die Gräfin sehnte sich zurück in die Ruhe des Waldes, und sie fürchtete sich vor dem, was am Mittag geschehen würde.
Hydulf machte seine senilen Späßchen. Der Graf lachte lauthals über alles, viel zu laut. Er war für Genovefa noch immer so fremd wie in jenen ersten Augenblicken im Wald. Am liebsten hätte sie sich in irgendeiner dunklen Kammer der Burg verkrochen, um endlich Zeit zum Nachdenken zu haben, Zeit, das Geschehene zu rekapitulieren, sich darauf einzustellen, dass jetzt plötzlich ihr ganzes Leben erneut auf den Kopf gestellt war, so als hätte es die sieben Jahre im Wald niemals gegeben. Diese Ruhe war ihr nicht vergönnt gewesen, seit Sygifrid sie am Hochstein gefunden hatte.
»Meine teure Gräfin«, sagte der greise Bischof charmant, »als ich hörte, was hier in Magus vorgefallen ist, habe ich es zuerst nicht geglaubt.« Der Alte strich sich mit seinen beringten Fingern über die Wange. Der schwere Stoff seines Bischofsumhangs raschelte vernehmlich. »Ihr seid eine überaus starke Frau«, fuhr Hydulf fort. »Wie macht Ihr es bloß, nach all diesen Strapazen noch immer so blendend schön zu sein?«, schmeichelte er.
Genovefa aber hatte keine Kraft zu antworten. Sie nickte und blickte dann wieder hinaus, hörte die Hochrufe des Volkes auf den Erben des Grafenstuhles, sah im Augenwinkel Schmerzensreichs strahlendes Lächeln. Sie spürte von Neuem, dass sie ihren Sohn an den Vater verloren hatte.
Sie überquerten die alte Römerbrücke und kamen in den Ort. Die Menge des Volkes folgte dem Wagen. Genovefa versuchte zu lächeln, denn all diese Menschen waren gekommen, um das Glück ihrer Rückkehr aus dem Reich der Toten zu feiern, aber ihr gelang nur ein bitteres, verkrampftes Verziehen des Gesichtes. »Ihr seid so tapfer«, meinte der Erzbischof huldvoll. Genovefa hätte ihm am liebsten mitten ins Gesicht geschlagen.
Sygifrid legte den Arm um ihre Schultern. Er roch nach Wein. »Du bist noch immer die schönste von allen«, sagte er, als sie das Haus des Protagius erreichten.

Der alte Kaufmann stand mit seinen Leuten am Eingang und verbeugte sich artig. Er hatte sich in den Jahren, seit Genovefa ihn zuletzt gesehen hatte, nur wenig verändert. Noch immer war er ganz in Schwarz gekleidet. Judith war nirgendwo zu sehen, aber Genovefa vermied es, aus dieser Tatsache irgendwelche Rückschlüsse zu ziehen, wohl auch deswegen, um nicht erkennen zu müssen, wie gleichgültig sie war, was Judith und ihr Verhältnis zu Sygifrid betraf.

An der Richtstätte jenseits des Nyt-Baches, ein wenig außerhalb von Magus, hatte man für das Grafenpaar eine überdachte Loge aus Holz und rotem Stoff errichtet. Ein kleiner Thron in der Mitte war für Schmerzensreich aufgebaut, den Erben des Grafenstuhls. Den meisten Menschen auf dem Richtplatz stand der Wunsch, Golo sterben zu sehen, ins Gesicht geschrieben.

Gewiss gab es für alle diese Menschen ein schönes Bild ab, als die wiedervereinigte Grafenfamilie – ergänzt um den prächtigen Erzbischof Hydulf – dem Wagen entstieg und auf der Tribüne Platz nahm. Das war doch der richtige Rahmen für das bevorstehende Spektakel!

»Es ist so, als hätten sie es herbeigesehnt«, deutete Sygifrid über die Menschenmenge.

»Der Wunsch nach Harmonie wohnt dem Menschen inne«, pflichtete der alte Bischof bei. »Was glaubt Ihr, warum sie den Lauf der Sterne betrachten? Warum lieben sie die Musik? Wegen der Harmonie! Das Bild, das sie hier sehen, der Graf und die Gräfin und das Kind, so unerwartet wie der Blitz aus heiterem Himmel – das ist wie Musik für sie. Eine sphärische Musik, die klingt, als habe Gott sie erdichtet«, erfreute der Alte sich an seinen eigenen Worten.

Genovefa spürte die besagte Harmonie nicht. Stattdessen wunderte sie sich über das schlechte Gedächtnis der Menschen. Hatten alle diejenigen, die jetzt herüberwinkten und lachten und fröhlich waren denn vergessen, dass derselbe Graf Sygifrid, der sie jetzt zur Göttin erhob, sie dereinst schuldlos dem Tode überantwortet hatte? Genovefa konnte das trotz allen Jubels nicht vergessen.

Schmerzensreich ging in seiner neuen Rolle als Erbe des Grafenstuhles wirklich auf. Es war so, als wäre er dafür geschaffen. Er hing an den Lippen seines Vaters, hatte in dem Dutzend von Tagen seit seiner Ankunft auf Burg Magus schon ganz dessen stolze Hal-

tung übernommen. Nichts erinnerte mehr daran, dass er in der Wildnis eines verwunschenen Waldes aufgewachsen war.
So schön das für Genovefa war, und so sehr sie sich freute, dass Schmerzensreich seinen Vater wiedergefunden und seine wahre Rolle im Leben eingenommen hatte, so sehr verletzte es sie, dass der Sohn sie selbst bei alldem mit kaum einem Blick bedachte; vielmehr schien er die Mutter mit den Jahren im Wald zu identifizieren, die eine unwürdige Vergangenheit waren, ein Zwischen- oder Vorspiel für die Zeit des wirklichen Lebens, das erst seit der Begegnung mit dem Vater begonnen hatte. Genovefa fühlte sich – und nicht erst in diesem Augenblick – ausgegrenzt, missachtet, beinahe erniedrigt von einem undankbaren Jungen, der alles vergaß, was sie für ihn getan hatte, und dass er ihr das Leben verdankte.
Die Ankunft des Henkers auf dem Richtplatz wurde mit lautem Jubel begrüßt. Der Regen ließ etwas nach. Der Mann, der von Treveris nach Magus heraufgekommen war, stellte sich mit seinem Richtschwert breitbeinig neben den Richtklotz aus Holz und zog die blutrote Kapuze zurecht, die sein Gesicht bedeckte. Trotz ihrer Grübeleien ließ sich Genovefa schließlich von der blutrünstigen Spannung anstecken, die der Hinrichtung Golos voranging.
»Ich versichere Euch, Graf Sygifrid, er ist ein guter Mann«, deutete Bischof Hydulf auf seinen Henker. »Ein einziger Schlag mit seinem Beil, und – zack!« Der greise Bischof fuhr mit dem Zeigefinger über seinen Hals. »Ihr müsst wissen, mir ist diese Zappelei wirklich zuwider, wenn der Kopf nicht richtig abgetrennt ist und der Henker drei- oder viermal zuschlagen muss. Das ist doch unwürdig!«
Hydulf und Sygifrid lachten lauthals, und der junge Graf Schmerzensreich stimmte in das Lachen der Männer ein, obwohl er kaum wissen konnte, worum es ging. Während sich der Henker des Bischofs nach allen Seiten zeigte und verneigte, jubelte das Volk ihm zu.
Noch lauter aber wurde der Jubel, als endlich Golo, an Beinen und Armen gefesselt, über die alte Römerbrücke auf den Richtplatz geführt wurde. Der junge Hiltibald hatte es sich nicht nehmen lassen, das Kommando des Hinrichtungstrupps zu übernehmen. Genovefa sah, dass auch Grimo und Baldwin zu diesem Trupp gehörten.

Golo war eine armselige Gestalt, ein gebrochener Mann.
Auf ein Zeichen des Erzbischofs hin wurden die sieben Richtfeuer aufgedeckt und entzündet, die bald danach in einem Kreis um die Hinrichtungsstätte brannten. Die sieben Feuer symbolisierten die Zeichen der Apokalypse. Durch jedes einzelne der Feuer, so hieß es, wurde die Seele des Verurteilten eine Stufe tiefer hinab in die Hölle getragen, um – beim siebten Feuer angekommen – in der tiefsten Hölle die größten, niemals endenden Qualen zu erleiden. Auf diese Weise wurde nicht nur der vergängliche Körper des Übeltäters, sondern auch seine unsterbliche Seele der gerechten Strafe unterzogen.
Vom welschen Land her kam jetzt ein starker Wind auf. Er entfachte die sieben Feuer der Apokalypse zu heftiger Glut. Es schien allen Zeugen so, als wolle die Hölle die Feuer zu größerer Hitze entflammen, um die Qualen für die entleibte Seele Golos zu vervielfachen.
Genovefa bemerkte eine kleine, gebückte Gestalt, die über die Römerbrücke zum Richtplatz heraufkam: Amalaswintha, die Freundin aus Waldtagen, mit der sie vor nicht viel mehr als einer Handvoll Tagen auf dem Hochstein zusammengewesen war.
Wie unendlich weit weg diese Zeit schon war! Fast wie ausgelöscht war diese Zeit durch die tausend Wohltaten, die Sygifrid ihr angedeihen ließ, die duftenden Bäder, die schönen Kleider, die übertriebene Fürsorge, die Knechte und Mägde, die sie umgaben und die ihr jeden Wunsch von den Lippen ablasen. Aber obwohl die Waldtage unwirklich erschienen, verspürte Genovefa doch eine unbestimmte und nicht greifbare Sehnsucht nach dieser Zeit.
Genovefa beobachtete Amalaswintha. Sie dachte an die Stunden, die sie mit der Alten geteilt hatte. Die mischte sich unter das Volk, das jetzt Golo mit Schmährufen, mit geballten Fäusten empfing. Angesichts Amalas erkannte Genovefa mit einem Schlag den Grund für die seltsame Beklommenheit, die sie trotz aller Fürsorge des Grafen seit ihrer Rückkehr empfunden hatte: Es war das Fehlen der Freiheit, unter dem Dach aus Himmel und Bäumen genau das tun zu können, was der Augenblick wollte, und genau das lassen zu können, was sie selbst nicht wollte.
Die Beklommenheit hatte sich gleich am ersten Tag wie mit eisernen Klammern um ihre Brust gelegt, zuerst noch übertüncht und verdrängt von dem riesigen Empfang, den man ihr in der Burg

und später dann im Ort bereitete, und den Wohltaten, mit denen man sie verwöhnte. Graf Sygifrid war beflissen wie einer, der in der Schlacht mit Mann und Maus untergegangen war und der dann in einem unerwarteten Gnadenerweis alle seine Ehren behält. Genovefa hatte das Gefühl, er hätte ihr die Füße geküsst, wenn sie es ihm nur befohlen hätte. Und dennoch wurde die Beklommenheit von Tag zu Tag größer, ohne dass die Gräfin wusste, was das wirklich zu bedeuten hatte.
Jetzt als sie Amala sah, ahnte sie es wenigstens.
Vom Horizont rollte Donner heran. Das Volk schrie begeistert, als Golo den Richtblock erreichte. Der Henker prüfte mit dem Daumen die Schärfe seines Beiles.
Golos Blick suchte Genovefa. In diesem Blick war etwas Verlorenes, eine unerfüllte Sehnsucht, Bitterkeit vielleicht, aber keine Angst. Dieser Mann fürchtete den bevorstehenden Tod nicht, er sehnte ihn geradezu herbei. Als er sah, dass Genovefa seinen Blick für einen kurzen Augenblick erwiderte, lächelte er. Das Volk kreischte wütend, denn es sah in Golos Lächeln eine Verachtung seines gerechten Zornes, mit dem es den ehemaligen Verwalter und Peiniger überschüttete. Plötzlich flog ein Stein, traf Golo aber nicht. Die Wachen des Grafen machten einen Schritt in Richtung der Zuschauer, zur Warnung nur, ohne einzugreifen.
Der Henker sagte etwas zu Golo, worauf dieser sich ohne weiteres Sträuben vor den Richtklotz kniete. Unvermittelt war es völlig still auf dem Richtplatz, so dass nur noch das Pfeifen des Windes, das Knattern der Banner, hin und wieder das Wiehern eines Pferdes oder das Bellen eines Hundes, und ab und zu das Donnern am fernen Horizont zu hören waren.
Langsam, aber ohne Zögern legte Golo den Kopf auf den Richtblock. Der Henker schaute zu Sygifrid herüber, den Herrn über das Blutgericht im Magus-Gau. Genovefa bemerkte, dass ihr Gemahl für einen Augenblick zögerte. Immerhin war dieser Totgeweihte viele lange Jahre sein Weggefährte gewesen, und hatte ihm in der Schlacht das Leben gerettet.
Das Volk hielt den Atem an. Dann nickte der Graf. Der Henker hob sein Beil.
Golo versuchte, im Augenblick des Todes zu Genovefa herüberzublicken, aber das gelang ihm nicht mehr, denn schon sauste das Henkersbeil hinab.

Der Henker traf gut und sauber. Golos Kopf war mit einem Hieb vom Körper getrennt. Ein Aufschrei ging durch die Menge. Eine Fontäne Blut spritzte hoch. Golos Gliedmaßen zappelten ein paarmal. Der Kopf rollte vom Richtblock, fiel in den bereitgestellten Weidenkorb und verschwand dort.

Dann war alles vorbei.

Schmerzensreich starrte auf den leblosen Körper des Delinquenten, der ihm ein Fremder war und von dem er dennoch wusste, dass er mit seinem Schicksal so eng verwoben war. Genovefa spürte Sygifrids Hand auf der ihren. Sie wünschte sich diese Berührung jetzt nicht, tat aber nichts, um sich ihrer zu erwehren. Sie spürte keine Genugtuung über Golos Tod.

Irgendwo ertönte ein schriller Schrei. Alle schauten sich um, aber keiner sah, woher der Schrei gekommen war. Ein paar Zuschauer machten das Kreuzzeichen.

Später hieß es, dass es der Schrei gewesen war, mit dem Golos Seele durch die Hitze der sieben Feuer in den Abgrund des Höllenschlundes hinabgefahren war.

XVIII

Sie ritten gemächlich die alte Römerstraße in Richtung Treveris entlang. Auf dem klapprigen Fuhrwerk, das ihnen entgegenkam, saß ein runzeliger Alter, der ihnen zahnlos entgegenlächelte, sich verbeugte und irgendetwas brabbelte, während sie zu dritt vorbeiritten.

Der Wind war empfindlich kalt. Sicher würde es bald den ersten Schnee in den Eifelbergen geben. Die Bäume am Wegrand hatten sich fast vollständig ihrer Blätterlast entledigt. Stellenweise waren die Steine der Römerstraße dicht unter dem herabgefallenen Herbstlaub verborgen.

Schmerzensreich hustete.

»Hast du dich erkältet, mein Liebling?«, fragte Genovefa besorgt und lenkte ihr Reitpferd neben das Pony des jungen Grafen.

»Du sollst mich nicht immer Liebling nennen, Mutter«, erwiderte der Junge trotzig.

Sygifrid lachte, Genovefa zuckte mit den Schultern.

Am Heidenberg bogen sie in den Saumpfad ein, der hinaufführte zur Kapelle von Sankt Johannes, die umgeben von riesigen, uralten Bäumen auf einer Anhöhe an einem Platz gebaut war, von dem aus man einen herrlichen, weiten Blick über das Tal, den Ort und die Burg Magus genießen konnte. Diesen Platz wollte Sygifrid seinem Sohn zeigen, wollte ihm sein Land von diesem erhöhten Standpunkt aus zeigen, wollte dem Kind seinen Stolz vermitteln, dass alles Land hier ihm untertan war und später dem jungen Grafen untertan sein würde.
Genovefa hatte aus einem ganz anderen Grund eingewilligt, an diesem Ausritt teilzunehmen. Sie wollte hinaus aus der Burg, befreit sein von den Knechten und Mägden, die ständig – von morgens bis in die Nacht – um sie herum waren und ihr jede Arbeit abnahmen, so dass am Ende nur das verhasste Stricken übrig blieb. Vor allem aber wollte sie versuchen, mit Sygifrid und Schmerzensreich zu sprechen. Sie wollte das Schweigen durchbrechen, das über der Vergangenheit lag, auch wenn sie wusste, dass es schwer sein würde, dem Grafen über die Geschehnisse vor sieben Jahren auch nur ein einziges Wort zu entlocken. Und nicht zuletzt wollte sie noch einmal eine längere Zeit mit Schmerzensreich zusammen sein, den sie jetzt nur noch selten sah, und den sie besonders in den Nächten, wenn sie allein in der Kemenate schlief, schmerzlich vermisste.
Der Saumpfad stieg nun steil an. Für die Pferde war es schwierig, denn die Hufe rutschten auf dem glitschigen, laubbedeckten Boden leicht ab. Genovefa fand den Anstieg nicht ungefährlich, wagte aber wegen der patzigen Antwort, die Schmerzensreich ihr eben gegeben hatte, nicht, den Jungen zur Vorsicht zu gemahnen.
»Geht es noch, mein Sohn?«, wandte sich der vorausreitende Sygifrid auf halber Wegstrecke um.
Schmerzensreich nickte tapfer. »Ja, Vater. Mach dir keine Sorgen!«
Genovefa blieb unbeachtet. Es schmerzte sie, wie schnell der kleine Schmerzensreich älter geworden war seit ihrer Rückkehr aus dem Wald, und wie sehr er seine Offenheit und Unbefangenheit verloren und gegen eine Altklugheit und ein viel zu verfrühtes Erwachsensein eingetauscht hatte. Das ist so schnell gegangen, sagte sich die Gräfin, das hat als das Erbgut seines Vaters tief in ihm geschlummert und hat nur auf den Augenblick gewartet,

dass es hervorkommen kann. Schmerzensreich wurde immer mehr zu einem kleinen Abbild des Vaters, und je stärker dies sich entwickelte, um so weiter entfernte er sich von seiner Mutter, die bis vor ein paar Monaten noch sein Ein und Alles, ja seine ganze Welt gewesen war. In Schmerzensreich spiegelte sich, da war sich Genovefa sicher, jetzt schon die Untreue und Gefühlskälte der Männer wider, und es erfüllte sie mit Bitterkeit, dass all ihr Trachten danach, den Sohn auf einen anderen Weg zu führen, keinerlei Früchte getragen hatte. Im Gegenteil. Es war so, als hätte es den Wald niemals gegeben, und als hätte auch die Wärme und Nähe zwischen Mutter und Sohn niemals existiert.

»Wenn du Durst hast«, fuhr Sygifrid fort, »dann können wir anhalten, und ich gebe dir einen Schluck aus meinem Bocksbeutel.«

Schmerzensreich schüttelte den Kopf. »Es ist schon gut«, sagte er mit der gleichen verkniffenen Tapferkeit, wie Genovefa sie bei den meisten Männern kennengelernt hatte. »Wir können ja trinken, wenn wir an unserem Ziel angekommen sind.«

»Gut gesprochen, mein Sohn«, erwiderte Sygifrid mit unverhohlenem Stolz in der Stimme. »Du bist aus dem rechten Holz geschnitzt.«

»Wenn man durstig ist, soll man trinken«, erwiderte Genovefa von hinten her. Ihre Stimme klang fast gehässig. Weder ihr Gemahl noch ihr Sohn gingen auf sie ein.

Kurze Zeit später erreichten die drei die alte Johanneskapelle und sprangen von den Pferden. Genovefa hielt sich ein wenig abseits, während Vater und Sohn auf den nahen Felsvorsprung stiegen, von dem aus die Sicht hinab ins Tal am besten war.

Die Gräfin erinnerte sich der alten Geschichten, die sich um diesen Felsen rankten, der jählings und fast lotrecht viele Mannslängen ins Tal abfiel. In einer Johannisnacht zur Zeit des letzten römischen Kaisers, als das Eifeler Land noch von Heiden bevölkert war, hatte ein ungläubiger Pöbel das kleine Häuflein von aufrechten Menschen, die sich schon damals zum Heiland bekannten, von eben jenem Felsen in die Tiefe gestürzt. Es hieß, der gefallene Erzengel Luzifer selbst hatte dabei seine Hände im Spiel. Alle starben bis auf einen Knaben. Den trugen die Engel sanft hinab ins Tal, und später wurde er ein berühmter Erzbischof in Treveris, einer der Vorgänger von Hydulf.

An diese alte Geschichte dachte die Gräfin, während sie ihren beiden Männern zuschaute, wie sie ins Tal hinabblickten; der ältere der beiden mit weit ausholenden Armbewegungen den Stolz seiner Besitzungen umschreibend; den jüngeren seinem Vater andachtsvoll lauschend. Sie hatten vergessen, dass die Mutter und Gemahlin bei ihnen war.
Genovefa wusste, dass sie eigentlich stolz sein sollte auf dieses wiedergewonnene Familienglück. Jeder erwartete das. Sie fragte sich, warum sie stattdessen in ihrem Herzen nur diese große Leere entdeckte. Die beiden Grafen, Vater und Sohn, waren ihrem Herzen nicht nah, wie es eigentlich sein sollte, sondern erschienen ihr wie Fremde, die sie zufällig für eine gewisse Zeit auf der Wegstrecke ihres Lebens begleitet hatten. Sie suchte in sich verzweifelt nach der Liebe zu ihnen, die irgendwo in ihrem Herzen doch sein musste, aber sie fand nichts.
Gewiss gab es da noch die unabänderliche und eingeborene Mutterliebe, die von Gott gegeben war und die man nicht auslöschen konnte. Aber diese Liebe war gleichsam mechanisch, so wie Hunger oder Durst. Das große Gefühl, mit dem sie jede Bewegung des kleinen Schmerzensreich beobachtet hatte, wenn dieser frohgemut und frei durch den Wald lief, lachte, sich für die Blätter, die Bäume, die Steine, für alles interessierte – dieses große Gefühl hatte Genovefa im Wald zurückgelassen.
Der Wind strich kühl über ihr Gesicht. Sie hasste sich für ihre Gefühllosigkeit, sowohl dem Mann, als auch dem Kind gegenüber, und hätte ihre rechte Hand dafür gegeben, mit einem Zauber alles so werden zu lassen, wie es richtig und sittsam war. Aber für sie war nichts mehr richtig und sittsam. Nichts auf der Burg, nichts im Umgang mit den Menschen. Genovefa stellte alles in Frage, und nahm nichts mehr als gottgegeben hin.
Das Schlimmste war, dass alle diese unsteten Gedanken durch ihren Kopf wirbelten und fluteten, durch- und übereinander, kaum greifbar, und schon gar nicht wie ein Buch, in dem man liest, in vernünftigen, aufeinander folgenden Sätzen zu fassen. Ein wenig erinnerte es sie an die Zeit, als sie vom Mädchen zur Frau wurde. Die Welt, die sie damals entdeckte und mit vollkommen anderen Augen sah, war genauso wenig erklärbar und in klare Gedanken zu fassen. Vielmehr war damals ihr Leben, das zuvor in Kindertagen so einfach und wohlgeordnet erschien, plötzlich ein wildes

Chaos, ein dichter Nebel ohne jede Kontur. Die mannigfachen, ganz neuen und erschreckenden Gefühle, die das Frausein mit sich brachten, waren so verwirrend und betäubend anders als alles, das sie bis dahin kannte, dass sie manchmal schon an ihrem Verstand gezweifelt hatte.
Aber jetzt nicht. Dort an der Johanneskapelle war sie bei klarem Verstand, auch wenn sie verwirrt war. Das Neue in ihren Gedanken, das sie nicht fassen konnte, machte ihr nicht nur Angst, sondern es faszinierte sie zugleich und machte sie neugierig. Irgendwann hatte sie damals, als sie zur Frau wurde, die Welt neu erfasst und ihr Denken in eine neue, passende Ordnung gebracht. Sie wusste, dass sie auch jetzt auf dem Weg dorthin war.
Es gab eine Person, die ihr fehlte. Bei Amalaswintha fühlte sie den Verlust. Die alte Freundin aus dem Wald hatte Genovefa seit jenem Augenblick auf der Richtstätte Golos nicht mehr gesehen. Als Gräfin konnte sie unmöglich hinunter ins Sumpfloch gehen, und sie wusste auch nur ungefähr, wo Amalas Hütte zu finden war. Zudem hatte sie Angst davor, drunten im Sumpfloch noch einmal dem Platz zu begegnen, wo Sygifrid sie hatte hinrichten lassen wollen.
Amala fehlte ihr wirklich sehr. Kurz nach ihrer Rückkehr hatte sie es als selbstverständlich angenommen, dass sie ihre Freundin auf die Burg würde nachholen können. Als Kräuterfrau und Expertin in allen Krankheiten war sie ohnehin – wenn auch verschämt und heimlich – eine ständige Besucherin auf Burg Magus, wenn auch keine gern gesehene. Das ging nun schon viele Jahre so. Was also sollte dagegen sprechen, dass sie irgendeine Kammer der Burg bezog, und als Gesellschafterin der Gräfin fungierte?
Genovefa schrak aus ihren Gedanken hoch, als Graf Sygifrid seinem Sohn endlich lange genug die künftigen Besitztümer gezeigt hatte. Genovefa sah, dass Schmerzensreich zutiefst beeindruckt war. Sygifrid machte ein zufriedenes Gesicht.
Die Gräfin aber spürte nur diesen unbestimmten Widerwillen stärker werden, ohne dass sie irgendetwas daran tun konnte.
Der Wind wurde schwächer, aber dafür begann nun ein kalter Nieselregen, der über kurz oder lang alle Kleider durchnässt haben würde. Es wurde richtig ungemütlich, so dass sich das Grafenpaar und Schmerzensreich in der Kapelle unterstellten. Hier war es kalt und dunkel und es roch nach alten, durchfeuchteten Stei-

nen. Am Boden lag Laub, das der Wind durch den türlosen Eingang hereingeweht hatte. Die Kapelle war fensterlos, ihre Dachbalken waren morsch. Es regnete herein. In der im Halbdunkel liegenden Apsis der Kapelle war ein hölzernes, grob gezimmertes Kreuz angebracht.

Das Schweigen der drei wurde, je länger es dauerte, um so lastender. Genovefa fühlte sich wie ein Fremdkörper zwischen den beiden, Vater und Sohn.

»Vater ... willst du es Mutter nicht jetzt sagen?«, sagte Schmerzensreich in die Stille. Durch das vorangegangene Schweigen klang es wie eine unheilvolle Ankündigung. Die Gräfin spürte, dass sich auf ihren Armen eine Gänsehaut bildete. Ihr Mund fühlte sich plötzlich trocken an.

»Du hast recht«, erwiderte Sygifrid. Genovefa verstand nicht, warum so etwas wie Genugtuung in seiner Stimme mitschwang. »Unser Sohn wird den Namen seines Großvaters erhalten. Schmerzensreich – das ist kein Name für einen Grafen des Magus-Gaus. Sigibert wird er heißen, und Heito wird ihn noch einmal taufen. So ist es beschlossen.«

Genovefa antwortete nicht.

»Du wirst doch einsehen, dass es so besser ist«, sagte der Graf.

»Du nimmst mir mein Kind fort«, flüsterte Genovefa. »Du hast mir alles genommen, und jetzt nimmst du mir auch noch mein Kind.«

Sygifrid lachte bitter. »Du bist wirklich undankbar«, sagte er. »Ich habe dir dein Leben wiedergegeben, und deinem Kind gebe ich die Zukunft, die ihm gebührt. Oder wäre es dir lieber gewesen, dein Sohn haust im Wald wie ein Tier? Und du selbst? Weißt du denn nicht mehr, in welchem Zustand ich dich gefunden habe? Zerlumpt, verdreckt, kaum noch ein Mensch! Und was bist du jetzt? Du bist die Herrin, der es an nichts fehlt und der jeder Wunsch von den Augen abgelesen wird.«

Abrupt drehte sich Genovefa nach Sygifrid um. Mit kalt abschätzendem Blick musterte sie ihn. »Hast du denn wirklich vergessen, dass du es warst, der mich erst in diese Lage gebracht hat, in der ich war? Du hast mich verdammt, und jetzt gebärdest du dich wie mein Retter! Du hast mich in den Abgrund gestoßen, und jetzt bildest du dir auch noch etwas darauf ein, dass ich nicht

zerschmettert worden bin, weil es einen Engel gegeben hat, der mich heruntertrug!«
»Es ist jetzt wirklich genug!«, schnaubte der Graf. »Einen solchen Streit vor dem Kind! Glaubst du denn, nur weil ich einmal einen Fehler gemacht habe, stehe ich ewig in deiner Schuld? Mäßige dich! Du hast alles, was du brauchst. Dir geht es gut, besser als allen anderen in Magus. Du bist die Herrin. Was willst du mehr?«
Wortlos drängte sich Genovefa an Sygifrid und Schmerzensreich vorbei ins Freie. Im Gesicht des Kindes war vollkommenes Unverständnis, denn er war viel zu jung um zu begreifen, was seine Mutter wollte und meinte. Und er war schon so weit fort von ihr!
»Wir sollten zurückreiten«, ergriff Genovefa den Zügel ihres Pferdes. Dann aber wandte sie sich zu Sygifrid um. »Du hast gefragt, was ich eigentlich will? Ich will Amalaswintha in meiner Nähe. Sie war die einzige, die mir geholfen hat! Ich will, dass sie bei mir auf der Burg ist!«
Sygifrid lief sofort rot an. Schon einige Male hatte Genovefa versucht, ihn auf die Freundin anzusprechen, aber entweder war er den Fragen ausgewichen oder er hatte durchblicken lassen, dass er Genovefas Wünschen strikt ablehnend entgegenstand. Seinem Charakter entsprechend konnte er es nur schwer ertragen, wenn er trotz dieser deutlichen Zeichen, die er gegeben hatte, weiterhin mit den Forderungen Genovefas konfrontiert wurde.
»Ich hatte gedacht, dass dieses Thema endgültig vom Tisch ist«, sagte er mit mühsam unterdrücktem Ärger in der Stimme. Er schwang sich in den Sattel seines Ausreitpferdes, eines kräftigen, schwarzen Friesengauls mit langem und zotteligem Haar. Dort oben im Sattel fühlte er sich erhöht, fühlte sich sicherer, konnte die Welt und ihre Fragen und Anforderungen aus der Distanz betrachten, die er als berittener Krieger gewohnt war. Aus dem Thron des Sattels heraus ließen sich auch unangenehme Entscheidungen viel leichter fällen.
»Diese Frau … diese Amalaswintha … ich weiß nicht, warum du sie immer wieder erwähnst«, fuhr der Graf fort. »Es kann ja sein, dass wir manchmal ihrer Künste bedürfen, so wie wir manchmal einen Henker oder einen Abdecker oder einen Geldverleiher brauchen. Aber hole ich mir deswegen den Abdecker oder den Geldjuden ins Haus?«

»Amalaswintha ist meine Freundin«, erwiderte Genovefa knapp und kletterte ebenfalls in den Sattel. Schmerzensreich – oder Sigibert, wie er bald heißen würde – tat es den Eltern nach. Das Kind schaute verlegen in eine unbestimmte Richtung. Wie alle Kinder, deren Eltern sich streiten, war es zutiefst verunsichert.
»Du solltest besser darauf achten, wen du dir als Freundin erwählst«, versetzte Sygifrid barsch.
»Im Wald konnte ich nicht wählen. Sie war die einzige, und ohne sie wäre ich nicht lebend zurückgekommen.«
»Es gibt kaum jemanden in meinem Gau, der einen schlechteren Ruf hat. Sie ist der unschicklichste Umgang, den sich eine Gräfin aussuchen könnte. Warum verbringst du deine Zeit nicht mit Plektrudis oder mit Gomatrud? Sie haben mich schon gefragt, ob du etwas gegen sie hast.«
Genovefa lachte. »Diese beiden …« Sie schnappte nach Luft. »Ich will niemanden beleidigen«, sagte sie dann, klopfte ihrem herumtänzelnden Pferd beruhigend den Hals, »aber glaubst du wirklich, ich habe Lust, tagaus und tagein Deckchen zu sticken oder Ohrwärmer zu stricken?«
»Gomatrud und Plektrudis wissen, was sich für eine Frau von Stand geziemt.« Sygifrids Gesicht war jetzt kalt und abweisend, so wie es auch schon in der Zeit vor seinem Aufbruch in den Sarazenenkrieg oftmals gewesen war. Er war jetzt das genaue Ebenbild von Genovefas Vater. Die eisige Kälte in der Ehe der Eltern, vor der Genovefa dereinst aus der väterlichen Burg geflohen war, hatte längst wieder Einzug in ihr Leben gehalten.
»Mir scheint es so, als ob mein Wunsch und mein Wille bei alldem keinerlei Bedeutung hat«, stellte Genovefa halb resignierend, halb trotzig fest.
Sygifrid gab seinem Friesenrappen die Ferse und lenkte ihn neben das Pferd der Gräfin. Beschwichtigend legte er seine Hand auf ihren Unterarm. »Gott hat uns in diesem Leben an eine Stelle gesetzt, die mit viel Verantwortung und mit vielen Pflichten verbunden ist. Wir können nicht einfach tun und lassen, was wir wollen, denn wir sind der Graf und die Gräfin. Unser Volk schaut auf unser Leben, und was wir tun das ist Gesetz.«
Genovefa entzog ihrem Mann den Arm. »Ich bin aus der Freiheit des Waldes in ein Gefängnis heimgekehrt«, erwiderte sie bitter. »Als ich für alle Welt tot war, war ich lebendiger als jetzt.«

»Du lästerst Gott mit deinem unbedachten Geschwätz«, zischelte Sygifrid ärgerlich und lenkte sein Pferd in Richtung des Saumpfades, der zurückführte nach Magus.
»Lass doch endlich Gott aus dem Spiel«, rief Genovefa. Schmerzensreich wandte sich mit einem gequältem Gesicht zu ihr um, in dem geschrieben stand: Warum will meine Mutter sich nicht in das fügen, was gut und richtig und naturgegeben ist?
»Es ist so wie es ist«, sagte der Graf, und es hörte sich an wie ein Schlusswort oder ein endgültiger Urteilsspruch: »Und du wirst dich wohl oder übel damit abfinden müssen.«

XIX

Der Winter kam mit aller Macht über das Land. Der Schnee fiel, als wollte es kein Ende nehmen. Und als es dann doch endete, plagten eisige Temperaturen und schneidender Wind die Menschen des Eifeler Landes.
So nahte das Fest von der Geburt des Heilands.
Keiner verließ die Burg, wenn es nicht unumgänglich war. Draußen auf dem Hof und auf dem Burgweg türmten sich die Schneemassen. Unten am Fuß der Burg versperrten mannshohe Schneewehen den Durchgang. Tag für Tag beorderte Audoin, der jetzt Golos Aufgaben als Verwalter übernommen hatte (und damit öfter überfordert war) Hörige aus den umliegenden Gehöften herbei, die frierend und murrend den Weg zur Burg freischaufeln mussten.
»Wenn Ihr mich entschuldigt«, sagte die Zofe Sueta an einem dieser gleichförmigen Tage zu Genovefa. »Könnt Ihr mich für eine kurze Zeit in die Küche entlassen?«
Genovefa zuckte mit den Schultern. »Warum in die Küche?«
»Ja, weil ...«, druckste Sueta herum.
»Na, heraus mit der Sprache!«
»Die alte Hexe Amalaswintha ist mit Kräutern da. Es gibt so viele Wehwehchen, gegen die Amalas Kräuter wirken.«
»Amala? Amala ist hier?«, rief Genovefa erfreut.
Sueta, das einfältige und einsilbige, aber treue und gewissenhafte Eifler Mädchen, wand die Hände ineinander. »Wenn es Euch nicht genehm ist, Herrin, dass die Hexe Amalaswintha bei uns ...«

»Nein, nein. Es ist schon gut. Laufe hinüber, und bringe mir Amala hierher!«
Sueta schaute erstaunt, nickte dann aber und verließ die Kemenate, wo das Feuer loderte und der Boden tief mit wärmendem Stroh bedeckt war. Wenig später betrat die alte Kräuterfrau zusammen mit Sueta die Kemenate.
Sie zögerte, wirkte verlegen.
»Sueta, lass mich ein wenig alleine«, schickte die Gräfin ihre Zofe fort.
»Herrin?«, senkte Amalaswintha den Kopf und schälte sich aus tausend Fetzen, die sie zwiebelgleich umhüllten und die schlimme Kälte abhalten sollten.
»Ach, was sollen diese Förmlichkeiten?«, lächelte Genovefa und schloss Amala in die Arme. »Wie lange habe ich auf diesen Augenblick gewartet! Ich hatte Sehnsucht nach dir! Es hat sich nichts geändert zwischen uns.«
Aber Genovefa spürte, dass die Alte ihre herzliche Umarmung nur zögerlich erwiderte. »Was ist los, Amala?«, fragte sie.
»Wir sind nicht mehr im Wald«, erwiderte Amalaswintha im Flüsterton. »Wir können nicht so tun, als hätte sich nichts geändert, Herrin.«
»Ach, komm, setz dich erst einmal zu mir hierher!«, rückte die Gräfin zwei Schemel vor das wohlige Kaminfeuer. »Und sag nicht immer Herrin zu mir!«
Als sich die beiden Frauen gesetzt hatten, schwiegen sie zuerst. Sie wussten offenbar nicht, wie sie beginnen sollten, obwohl es doch so viel zu besprechen und so viel zu erzählen gab.
»Wie geht es Schmerzensreich?«, fragte die Kräuterhexe schließlich. Genovefa spürte den penetranten Geruch in der Nase, den Amala verströmte, sagte aber nichts dazu und fragte sich, wieso sie den Geruch im Wald nicht bemerkt hatte. Hatte sie da etwa selbst so gestunken?
»Schmerzensreich macht sich gut«, erwiderte Genovefa.
»Das hört sich nicht eben begeistert an«, meinte Amala.
»Sygifrid ist begeistert.«
»Und du?«
»Er entfernt sich von mir. Alles was ich ihm beigebracht habe, ist finsterste Vergangenheit. So als hätte es diese Zeit nie gegeben. Und weißt du was? Er heißt jetzt nicht mehr Schmerzensreich,

sondern Sigibert. Der Graf hat es so gewollt. Jetzt gibt es für den Jungen nur noch die Ritter und Karl Martell und König Childerich und das fränkische Reich, und er hängt an den Lippen seines Vaters, als wäre er sein neuer Gott.«
»Hast du denn etwas anderes erwartet?«, fragte Amalaswintha.
Genovefa zuckte mit den Schultern. »Erwartet fragst du? Nichts von all dem, was geschehen ist, habe ich erwartet. Wie hätte ich erwarten können, dass Sygifrid wie Phoenix aus der Asche auftaucht, mich aus dem Wald herausholt und auf die Burg zurückbringt?«, fragte die Gräfin sarkastisch. »Du weißt doch noch, wie wir zusammen auf dem Hochstein gesessen haben …«
»Es ist, als wäre es in einer anderen Zeit gewesen.«
Genovefa nickte: »Genau das meine ich. Ich hatte mich abgefunden. Es war, wie es war. Und so war es gut. Ich habe vom Leben nicht mehr viel gewollt. Aber … weißt du, man kann sich einrichten in einem Zustand wie diesem. Wer nichts mehr will, erlebt auch keine Enttäuschungen.« Sie senkte die Stimme und schaute sich in der Kemenate um, so als befürchte sie, dass jemand das Gespräch belauschen könnte. »Es hat einmal einen Mann gegeben, der mich gefragt hat, was ich mir wünsche, wenn ich mir es aussuchen könnte, und ich habe ihm geantwortet: die Freiheit.«
Amalaswintha lächelte: »Du hast mir davon erzählt. Das kann nur dieser Mann aus Byzanz gewesen sein.« Sie schaute die Gräfin verschwörerisch an: »Weißt du, dass du immer so einen verräterischen Glanz in den Augen bekommen hast, wenn von ihm die Rede war?«
»Ich kann mich gar nicht entsinnen, dass ich ihn so oft erwähnt habe.«
»Das mag sein. Und trotzdem ist es mir in Erinnerung geblieben.«
Genovefa stand auf, trat näher ans Feuer und hielt die Handflächen gegen die Flammen. Der Kamin knisterte gemütlich, während draußen der eisige Wind um die Ecken pfiff. Mehr als einmal hatte die Gräfin sich vorgestellt, wie schlimm es jetzt in ihrer Höhle am Hochstein sein musste, und sie hatte sich gefragt, ob sie diesen strengen Winter überlebt hätte.
»Was ich dir damit sagen wollte«, fuhr Genovefa fort. »Ich sehne mich manchmal nach der Zeit im Wald. Sicher, hier habe ich alles, was ich zum Leben brauche, und mehr. Es fehlt mir an nichts, nur

an einem: Und das ist die Wärme und die Nähe. Du warst mir nahe und Schmerzensreich sowieso, und wie schwer auch alles war, und wie sehr ich manchmal auch verzweifelt war: Eure Liebe und meine Liebe zu euch, das war ein großes warmes Nest, in dem ich mich wohlgefühlt habe.«

Amala lauschte der gräflichen Freundin aufmerksam. Ihr Gesicht war nicht mehr so angespannt wie zuvor, als die Zofe Sueta sie hereingebracht hatte. Ein wenig war das Gemeinschaftsgefühl zurückgekehrt, das sie auf dem Hochstein mit der Gräfin verbunden hatte.

»Und noch etwas«, fuhr Genovefa fort. »Dort oben in meiner Höhle musste ich nach keinem fragen und keinem Rechenschaft ablegen. Der Tag war so wie ich ihn wollte. Wenn nichts dich treibt, wenn du keine Ziele mehr verfolgst, wenn du einfach nur dein Leben lebst und nicht überlegen musst, was morgen ist, und wenn es niemanden gibt, auf den du Rücksicht nehmen musst, ist das dann nicht die wahre Freiheit?«

»Aber hast du die nicht genauso hier auf der Burg?«, wandte die Kräuterhexe ein.

Langsam und bedächtig schüttelte Genovefa den Kopf. »Weißt du, es vergeht kaum ein Tag, an dem ich nicht die Kissen meines Bettes mit Tränen benetze. Ich bin jetzt einsamer als zuvor im Wald. Diese Burg ist für mich wie ein Gefängnis, aus dem es keinen Ausweg gibt.«

»Das hört sich bitter an, Genovefa«, sagte Amala und deutete auf das Bett in der Ecke der Kemenate. »Du schläfst alleine?«

Die Gräfin nickte, packte dann die Haube, die auf ihrem Kopf saß (so wie es sich geziemte), und riss sie herunter. Sie nahm das gute Stück zwischen die Hände und warf es dann achtlos zu Boden.

»Bitter hört sich das an?« Sie lachte kalt. »Eine Gräfin trägt nun einmal eine Haube, und sie weiß genau, wie sie sich zu benehmen hat. Jeder kennt diese ungeschriebenen Gesetze! Sie kann um Himmels Willen nicht einfach hinunter zu den Mägden gehen und mit ihnen Spaß haben und lachen. Wie sie sich dem Volk gegenüber gibt, wie sie Gäste empfängt, wie sie sich anzieht, welche Worte sie sagen darf und welche nicht – alles ist vorgeschrieben.«

»Viele würden jetzt sagen, dass Gott es so eingerichtet hat.«

»Pah!«, schnaubte Genovefa. »Mit Gott wird alles erklärt und alles entschuldigt. Aber ich habe es nun einmal anders kennengelernt

in meiner Höhle. Sieben Jahre lang. Glaubst du, es hat Gott mißfallen, wie ich mich und mein Kind durchgebracht habe?« Genovefas Augen funkelten angriffslustig. »Sie sagen immer, dass alles gottgewollt ist, aber ich kann ihnen nicht mehr glauben. Woher wollen sie wissen, was Gott denkt, was er für richtig und was er für falsch hält? Ist es nicht eine Anmaßung, wenn sie behaupten, sie wissen, was Gott will? Was soll das für ein Gott sein?«
Sie schwieg einen Augenblick lang, überlegte.
»Aber weißt du, was das Schlimmste ist? Über all das kann ich mit keinem Menschen reden. Und zu allerletzt mit Sygifrid. Ich glaube, er würde kein Wort davon verstehen, was ich ihm sagen will.«
Amala erhob sich nun ebenfalls, trat neben Genovefa und legte den Arm freundschaftlich um sie. Genovefa merkte nichts mehr von dem strengen Geruch der Alten; vielmehr war ihre Übereinstimmung ähnlich derjenigen, die sie am Hochstein gefunden hatten. Nicht einmal das Geheimnis, das Amala in sich getragen hatte und das sie nicht preisgeben wollte, spielte jetzt noch eine Rolle. Es schien, als habe es mit dem Tode Golos jede Bedeutung verloren.
»Mein Kind … ich bin alt. Doppelt so alt wie du und mehr«, begann die Kräuterhexe. »Mein Leben war ganz anders als deines. Du bist aus einem hohen Haus, du kennst nicht die Sorgen, die das gemeine Volk bedrücken. Aber lass das einmal dahingestellt sein. Du weißt doch, dass ich drei Männer gehabt habe?« Sie kicherte. »Du sagst von deinem Gemahl, er redet nicht mit dir über die Dinge, die dich bewegen und die dir bedeutsam sind. Ich sage dir: Keiner meiner drei Männer – Gott habe sie alle selig – hat mit mir über die Dinge geredet, die mir wichtig waren.« Amala schaute gen Himmel und bekreuzigte sich. »Es ist nicht ihre Natur, uns Frauen zu verstehen. Nimm tausend von ihnen, und du kannst dich glücklich schätzen, wenn du einen einzigen findest! Diesen einen – ich habe nie das Glück gehabt, dass er mir begegnet ist. Und dein Graf ist es sicherlich ebenfalls nicht.« Sie zögerte. »Aber da ist noch etwas anderes.«
Genovefa spürte, wie sie eins wurde mit der alten Freundin, so wie es dereinst bei ihren nächtlichen Gesprächen in der Höhle gewesen war. Endlich fiel die Beklemmung von ihr ab, die sie seit der Rückkehr zur Burg gespürt hatte. Allerdings war ihr bewusst, dass dieses Gefühl des Losgelöstseins sich auf diesen Augenblick

beschränkte und damit höchst vergänglich war, und dass die Beklemmung viel zu schnell zurückkehren würde.
»Was meinst du damit?«, fragte die Gräfin. »Was ist da noch anderes?«
Amala lächelte. »Das andere, das es gibt, es ist jenseits dieser Wirklichkeit, die wir kennen, und mit der wir uns abgefunden haben. Wir haben eine Vorstellung, einen Wunschtraum: Wir glauben an den Mann, bei dem alles anders ist. Tief in unserem Herzen glauben wir daran. Wir wissen, dass er nicht kommen wird, und trotzdem können wir von diesem Glauben nicht ablassen. Unser Pech ist es, dass wir die Männer, in die wir uns verlieben, so ansehen, als wären gerade sie es, die unseren Traum erfüllen.«
Genovefa nickte zustimmend.
»Niemand könnte uns von unserem Glauben abbringen, obwohl wir insgeheim wissen, dass es immer und immer wieder das gleiche böse Erwachen gibt«, fuhr Amala fort. Genovefa wunderte sich über die tiefen und klugen Gedanken, zu der ihre Freundin fähig war. Das hätte sie ihr nicht zugetraut, obwohl sie um ihre Schläue und große Erfahrenheit wusste. »Irgendwann wird unser Traum zum Alptraum«, stellte Amala ohne Bitterkeit fest. »Wir merken es zuerst nicht einmal. Und wenn wir es bemerkt haben, dann ist es meistens zu spät.«
»Ich kann gut verstehen, was du meinst«, seufzte die Gräfin. »Aber was ändert es schon, wenn man weiß, warum man unglücklich ist, und es doch nicht ändern kann?«
»Du bist also unglücklich?«
Genovefa zögerte. »Ich glaube schon«, sagte sie schließlich vorsichtig. »Es ist dieser Gegensatz zwischen dem, was geschehen ist, und dem ganz normalen Leben.«
Schon wieder schossen Tränen in Genovefas Augen, wie so oft in der letzten Zeit, und meist war es so, dass sie nicht einmal wusste, warum sie diese Tränen vergoss. Das einzige, das sie wusste war, dass sie sich in solchen Augenblicken unendlich alleine fühlte, so wie die einzige Menschenseele auf der riesigen Erdenscheibe. Sygifrid wusste nichts von diesen Tränen, und auch vor Schmerzensreich verbarg sie sie.
»Welchen Gegensatz meinst du?«, fragte Amalaswintha.
»Er hat mich zum Tode verurteilt! Meinst du, ich kann das vergessen? Er hat mich Golo überantwortet, und dieser Unmensch

konnte mit mir tun und lassen, was ihm beliebte. Sygifrid hat mich verstoßen und seinen eigenen Sohn mit mir. Und das alles – es ist jetzt nicht mehr wahr. Kein Mensch redet davon, zu allerletzt der Graf. Diesen Gegensatz meine ich. Unser normales Leben, das wir jetzt wieder führen, als wäre nichts gewesen, und dass er auf der anderen Seite Golo freie Hand gegeben hat, mich wie ein räudiges Stück Vieh zu ersäufen.«
»Und außerdem spukt dir noch immer dein bronzehäutiger Byzantiner im Kopf herum«, sagte Amala und drückte Genovefa besonders herzlich an sich.
»Ich weiß es nicht«, erwiderte Genovefa ausweichend. »Du hast doch selbst gesagt, jede Frau macht sich ein Idealbild. Aber am Ende lösen sich alle Ideale in Rauch auf.«
»Das weiß man aber erst, wenn man es probiert hat.«
»Aber die Geschichte mit Desiderius ist doch so weit weg. Sieben Jahre und ein vermeintlicher Tod sind dazwischen. Ist sie für mein Leben denn noch mehr als ein Stück Erinnerung?«
»So weit es auch weg scheint … es endet nie«, erwiderte Amalaswintha vieldeutig und lächelte.

*

Als Amala sich verabschiedet hatte und gegangen war, nicht ohne den Freundschaftsschwur zu erneuern, ließ sie Genovefa unschlüssig in der Kemenate zurück. Das was sie mit der alten Freundin besprochen hatte, ging ihr durch den Kopf. Sie war unsicher über alles, was ihr Leben betraf, ihre Zukunft, ihr Verständnis von sich selbst. Sie hatte das Gefühl verloren, festen Boden unter den Füßen zu haben.
Erinnerungen strömten wie Rauch durch ihre Gedanken. Zumeist waren es Erinnerungen an die Zeit im Wald, manchmal vermischt mit Bildern der Kindheit und mitunter tauchten die vagen Umrisse eines byzantinischen Mannes zwischen all diesen diffusen Bildern auf.
Kindheit und Waldzeit waren einander in vieler Hinsicht gleich. In beiden spielte die Zeit und ihr Vergehen keine wirkliche Rolle. In beiden hatte sie in einer überschaubaren, begreifbaren, einfachen Welt gelebt, die ein paar wenigen, leicht durchschaubaren Gesetzen gehorchte. Innerhalb dieser Gesetze konnte sie sich frei

bewegen. Sie hatte Luft zum Atmen – die Luft, die ihr jetzt mehr und mehr fehlte.
In beiden Lebenssphären hatte das Geschlecht keine herausragende Rolle gespielt: Als Kind war sie noch keine Frau gewesen, und im Wald fehlte das Gegenstück. Ohne Mann verlor es an Bedeutung, dass sie eine Frau war.
Was zählte im Wald ihr blondes Haar? Was kümmerte den Wind ihre Brüste? Was bedeutete schon der Kälte des Winters ihr wohlgeformter Leib? Was zählte, war ihr Wille zu überleben, ihre Kraft und ihre Umsicht.
Jetzt spürte sie ihr Frausein wie eine Umklammerung, ein bleiernes Gewicht auf ihrer Seele. Jetzt zählten wieder blondes Haar und Brüste und wohlgeformter Leib. Das war sogar alles, was eine Bedeutung besaß, denn jetzt waren es wieder die Augen der Männer, in denen sie sich spiegelte, und dieser Spiegel bildete Wille, Kraft und Umsicht einer Frau nicht ab. Dafür war dieser Spiegel blind.
Ihre Gedanken verwirrten sie, denn sie waren neu. Vor ihrer Zeit im Wald hatte sie so nicht gedacht. Aber vielleicht hatte sie geahnt, dass diese Gedanken in ihr steckten, denn warum sonst hätte sie im Bazar von Konstantinopel ausgerechnet die Freiheit erkaufen wollen?
Freiheit war das Recht eines Mannes, sich einem Befehl nicht beugen zu müssen. Freiheit war etwas, das mit der Waffe verteidigt werden musste. Freiheit war ein uraltes Recht. Sie bedurfte keiner Urkunde und keines Siegels, denn sie war von Gott gegeben und begründete sich aus sich selbst. Freiheit war der Zustand vor dem Sündenfall.
Genovefa spürte, dass diese Gedanken sie fiebern ließen. Sie machten sie geradezu verrückt. Das war wie der Wellenschlag an einem flachen Strand. Die Gedanken rollten heran, zerflossen im Sand, zogen sich zurück, rollten erneut heran. So wie eine Welle waren die Gedanken zwar zu erkennen, aber wenn Genovefa zugreifen wollte, um sie festzuhalten, zerrannen sie ihr zwischen den Fingern. Am schlimmsten war das Gefühl, dass sich daran niemals etwas ändern würde.
Genovefa schüttelte den Kopf. Hastig streifte sie den dicken Pelzmantel über, zog die Handschuhe und die Stiefel an. Sie musste hinaus in die klirrende Kälte. Vielleicht, so hoffte sie, würde die

Kälte ihre Gedanken in der Bewegung einfrieren, und dann wären sie endlich greifbar.
Draußen im Innenhof der Burg war es fast dunkel. Kein Mensch war zu sehen. Der Wind pfiff durch alle Ritzen. In jeder Ecke war Schnee mannshoch angeweht. Die Kälte biss, aber das war gut so. Genovefa sank tief im Schnee ein. Es erinnerte an die Winter im Wald, wo ihr Überleben oft an einem seidenen Faden gehangen hatte.
Sie wusste nicht warum, aber plötzlich begann sie ein lautloses Gebet zur Muttergottes zu sprechen. Maria war eine Frau. Würde sie nicht verstehen, was Genovefa bewegte? Aber schnell brach sie das Gebet wieder ab. Es hatte keine Resonanz. Gott und seine Heiligen und auch die Muttergottes waren so weit weg von der Erdenscheibe, ein fernes Licht, dem man folgen, aber das man nicht erreichen konnte. Genausowenig, wie sie ihr Schicksal noch einmal in die Hand Sygifrids legen würde, der schon einmal damit Schindluder getrieben hatte, genausowenig konnte sie es verwinden, ihr Schicksal in Gottes Hand zu legen.
Es war das erste Mal, dass ihr dies so klar wurde. Und auch dieser Gedanke war neu, verwirrend, ungewöhnlich, irrlichtern und irgendwie – ketzerisch.
Wie sollte sie da die Muttergottes bitten, ihr zu helfen?
Das Schicksal in die eigene Hand zu nehmen, ist der beste Weg, Gott zu dienen, sagte sie trotzig zu sich, während sie planlos durch den Schnee in Richtung des Tränentores stapfte, von dem in der Dämmerung nur ungenaue, schneegerahmte Konturen erkennbar waren.
Das große Burggebäude im Osten war ein dunkler, plumper Klotz mit einer Haube von Schnee, die jetzt dunkelgrau war. Nirgendwo war ein Licht. Sie fragte sich, ob Gottes Licht auch denjenigen leuchtete, deren Gedanken sich auf einsame Wanderschaft und Suche begeben hatten.
War denn die Suche nach dem eigenen Weg tatsächlich schon Ketzerei und Unglaube? Gab es vielleicht böse Geister, die sie anstifteten, vom rechten Weg abzukommen? Lockten diese Irrlichter sie in einen Sumpf, aus dem es kein Entkommen gab, und in dem sie versinken musste?
Sie stand jetzt am Tor der Tränen, als sie eine Bewegung am Burgtor gewahrte. Die tief vermummte Gestalt bewegte sich durch

die Schneemassen auf die Treppe zu, die hinaufführte zum großen Saal. Der Saal war zu dieser Zeit leer, kalt und dunkel. Die Burgbewohner versammelten sich um die Kamine, saßen in der Küche oder im Geschoss darüber, das die Räume der Knechte und Mägde beherbergte.

Die Gestalt erklomm vorsichtig die schneebedeckte Treppe. Die schwere Türe des Saales öffnete sich. Jemand war in dem Saal. Ein schwaches Öllicht war für einen Augenblick zu erkennen. Dann verschwand die Gestalt in der Türe, die sich hinter ihr schloss.

Neugier erfasste die Gräfin. Sie fragte sich, wo Sygifrid war. Sie wollte wissen, was dort oben geschah. Über die Außentreppe konnte sie den Saal nicht betreten, das würde jeder, der sich dort befand, sofort bemerken. Aber es gab noch einen anderen Weg. An der Küche vorbei begann die enge Treppe hinauf zum Saal, über die die Speisen nach oben gebracht wurden.

Genovefa überquerte den Burghof. Vorsichtig öffnete sie die Küchenpforte. Der dunkle Gang lag vor ihr, an dessen linker Seite die Backstube und einige Vorratsräume grenzten; rechter Hand ging es zur Küche.

Die Gräfin hielt inne. Hinter der Türe zur Küche war leises Gemurmel zu hören, aber sie konnte nichts davon verstehen. Jemand lachte. Leise schlich die Gräfin weiter und erreichte die enge Treppe zum Saal. Sie rätselte noch immer, wer dort oben welchen Gast erwartet hatte, als plötzlich die nahe Küchentüre geöffnet wurde. Wie eine ertappte Diebin drückte Genovefa sich in eine finstere Nische neben dem Treppenaufgang. Licht flackerte vom Kamin in der Küche her und erfüllte den Gang mit unregelmäßig schwacher Helligkeit.

Sueta stand an der Türe, warf einen zerrissenen Schatten auf die gegenüberliegende Wand.

»Nein, ich weiß wirklich nicht, was sie von ihr gewollt hat«, sagte die Zofe in ärgerlichem Tonfall zu jemandem, der in der Küche war.

»Als Richildis noch lebte, ist die Alte doch genauso ein- und ausgegangen«, ertönte es aus dem Kücheninneren. Es war die Stimme von Ansfledis. Die Küchenmeisterin war eine der wenigen, die Genovefa auf Magus noch aus früheren Zeiten her kannte.

»Und trotzdem finde ich es merkwürdig«, sagte eine dritte Frauenstimme, die Genovefa nicht richtig zuordnen konnte.

»Könnt ihr sie nicht ganz einfach in Ruhe lassen, nach allem, was sie mitmachen musste?«, erregte sich Sueta. »Ihr bedient euch ihrer Dienste, der Graf tut es schon seit Ewigkeiten, also warum dann nicht die Gräfin? Was ist schon Besonderes daran?«
»Hole den Essig und mach die Türe wieder zu«, rief Ansfledis. »Die Kälte zieht von draußen herein.«
Sueta öffnete die Pforte der Vorratskammer und kam wenig später mit einer schmalen Amphore zurück.
»Ihr wisst doch alle, was geschehen ist«, sagte Sueta in der Türe. »Ich an ihrer Stelle könnte auch ein Kraut gebrauchen, das mir selige Träume des Vergessens gibt.« Mit dem letzten Wort schlug sie die Küchentüre zu. Die Dunkelheit kehrte in den Gang zurück, und es war wie zuvor nur noch gedämpftes, unverständliches Gemurmel zu hören.
»Selige Träume des Vergessens«, widerholte Genovefa flüsternd. »Und sie hat recht damit.«
Aber dann besann sie sich wieder des Grundes, warum sie hierher gekommen war. Mit den Füßen ertastete sie die unterste Stufe der engen Treppe, die zum Festsaal der Burg hinaufführte. Langsam und vorsichtig, ohne ein Geräusch zu verursachen, erklomm sie Stufe um Stufe. Es gab ein paar schmale Fensterschlitze, aber das Dämmerlicht war fast schon zur Nacht erloschen, so dass Genovefa kaum mehr als ein paar vage Flächen sah. Der Wind pfiff durch die Fensterschlitze herein und trieb Schneeflocken vor sich her. Es war bitterkalt auf der Treppe.
Schließlich erreichte Genovefa deren oberes Ende. Jetzt waren es nur noch ein gutes Dutzend Schritte bis zum Durchgang, der in den Saal mündete.
Sie hielt inne.
Sie hörte leise Gesprächsfetzen. Offenbar war die schwere und reichverzierte Türe zum Saal nur angelehnt. Ganz langsam tastete sie sich näher heran. Die Stimme eines Mann und einer Frau waren zu unterscheiden.
Genovefas Herzschlag raste.
Ihr Herz pochte so laut, dass sie schon befürchtete, man könne es in der ganzen Burg hören. Sie versuchte, den Atem flach zu halten, denn auch der kam ihr durchdringend laut vor. So erreichte sie schließlich die angelehnte Tür, und gleichzeitig erkannte sie die Stimme des Mannes: Es war Sygifrid.

Wer aber war die Frau, die so klammheimlich in die Burg gekommen war und so zielstrebig den Saal aufgesucht hatte, so dass die Vermutung nahe lag, dass der Graf sie erwartet hatte?
Genovefa versuchte zu verstehen, was ihr Gemahl und die Unbekannte sprachen. Zuerst war das schwierig; erst als Genovefas Herz und Atem sich beruhigt hatten, konnte sie das Gespräch besser verstehen.
»... Du kannst mich doch nicht so einfach verstoßen«, erhob sich die Frauenstimme. Genovefa hatte diese Stimme schon einmal gehört, irgendwann vor einer Ewigkeit.
»Du solltest dich beruhigen!«, antwortete die Stimme des Grafen.
Es war nicht Genovefas Eifersucht, die hier angestachelt wurde, es war vielmehr Neugier, die sie jetzt so nahe wie möglich an die Saaltüre herantreten ließ. Sie wusste plötzlich, dass der Graf ihr niemals wieder würde Schmerzen beibringen können.
»Wie soll es denn mit uns weitergehen? Weißt du, wann ich dich zuletzt gesehen habe? Seit sie zurück ist, doch höchstens zwei- oder dreimal! Und in den letzten Wochen überhaupt nicht mehr.«
»Wenn du es doch begreifen würdest«, erwiderte der Graf mit gereiztem Unterton. »Wir können nicht so tun, als wäre nichts geschehen, Judith!«
Sie hätte es wissen müssen! Sygifrids Leidenschaft für die schöne Tochter des Kaufmanns hatte über alle diese Jahre Bestand gehabt.
»Ich wollte dich nicht ärgern«, erwiderte die Kaufmannstochter. Sie war bemüht, ihre Stimme ruhig klingen zu lassen. »Aber kannst du mich denn nicht verstehen? Sieben Jahre lang war ich die einzige Frau an deiner Seite, und du hast keine andere angeschaut!«
Es versetzte Genovefa einen Stich ins Herz, auch wenn sie sich selbst eigentlich nur als unbeteiligte Zuhörerin sah. Ihre Ehe mit Sygifrid – dessen wurde sie sich in diesen Augenblicken, als sie das Gespräch zwischen Gemahl und Geliebter verfolgte – war nur eine Erinnerung. Diese Ehe gab es in Wirklichkeit nicht mehr. Wenn Genovefa hätte begründen müssen, warum sie so empfand, dann hätte sie es nicht einmal genau sagen können. Wenn sie es recht besah, dann hatte alles längst vor dem Zeitpunkt angefangen, als Graf Sygifrid in den Krieg gegen die Sarazenen gezogen war. Das Schlimmste, das ihr in der Ehe mit dem Grafen hätte passie-

ren können, dass er nämlich genauso kalt und gefühllos würde wie Genovefas Vater in seiner Ehe mit Asmuth – genau das war eingetreten. Die Jahre im Wald hatten ihr die Augen geöffnet. Sie spürte, dass sie nichts mehr so sah wie zuvor. Ihre Überzeugungen hatten sich geändert. Sie war nicht in der Lage zu definieren, wie weit die Veränderungen gingen, und um was es sich eigentlich genau handelte; aber es war grundlegend. Sie wusste, sie musste dieser grundlegenden Veränderung nachspüren, musste herausfinden, was sie bedeutete. Sie betrat Neuland. Sich in das Schicksal zu fügen, das war das Leben ihrer Mutter gewesen. Darüber hatte Asmuth sich in die Irrungen eines getrübten Sinnes verloren. Einem solchen Schicksal wollte sie sich nicht beugen.

»Sieben Jahre«, sagte Sygifrid. »Es war eine lange Zeit. Aber die Zeiten ändern sich.«

»Das heißt also doch, dass du mich abschiebst.«

»Ich glaube nicht, dass ich mit Genovefa noch einmal glücklich werde. Du kannst mir ruhig glauben, wenn ich dir sage, dass ich sie seit ihrer Rückkehr nicht angerührt habe. Sie will es nicht und ich will es auch nicht.«

»Aber wie soll es denn weitergehen?«, fragte Judith mit flehender Stimme. »Mit mir warst du doch glücklich. Das weiß ich ganz genau. Eine Frau spürt so etwas. Und außerdem hast du es mir oft genug gesagt.« Für eine gewisse Zeit verstummte dann das Gespräch. Genovefa hörte das Geraschel des Strohs auf dem Saalboden und manchmal ein leises metallisches Plinkern, so als wäre Gürtelschnalle gegen Gürtelschnalle gestoßen.

»Also, dann sind wir uns einig«, sagte Judith zärtlich.

»Wir werden uns weiterhin sehen, meine schwarzhaarige Schönheit. Ich könnte mir gar nicht vorstellen, wie das Leben ohne dich wäre. Aber wir können uns nicht mehr so oft sehen, und wir müssen es unauffälliger machen. Das verstehst du doch?«

In diesem Augenblick wünschte sich Genovefa, dass die schöne Judith fluchen, ausholen und ihrem Gemahl eine schallende Ohrfeige versetzen würde.

Plötzlich hörte Genovefa, dass sich unten die Küchentüre wieder öffnete. Gedämpfte Wortfetzen drangen zu ihr herauf. Sie wurde nervös, hatte das Gefühl, ihr Rückzug sei abgeschnitten. Und tatsächlich kamen jetzt Schritte die Saaltreppe herauf, und ganz gleich, wer dort käme, sollte derjenige den Saal aufsuchen wollen, dann musste er Genovefa unweigerlich über die Füße stolpern. Genovefa empfand einen Anflug von Panik. War es auch nicht Eifersucht, so doch ihr weiblicher Stolz, der sie befürchten ließ, vor Judith als spitzelnde, eifersüchtige und ihrem Gemahl nachspionierende Xanthippe dazustehen, genau das Gegenteil der schönen und anmutigen und intelligenten Kaufmannstochter, die einen jeden Mann mit ihren Reizen in den Bann ziehen konnte.

Genovefa machte sich ganz klein, als am Ende des Saalgangs, dort wo die Treppe heraufkam, ein Lichtschein sichtbar wurde. Einen Augenblick später erschien eine Frauengestalt, Ansfledis, die Küchenmeisterin, auf dem Treppenabsatz, hielt dort aber unschlüssig inne, so dass Genovefa vom Licht der Kerze nicht erreicht wurde.

»Herr!«, rief Ansfledis. »Ich will zu Bett gehen, und deswegen nicht länger warten.«

Aus dem Saal kam keine Antwort, aber offenbar wusste die Küchenmeisterin genau, dass ihr Herr sich dort aufhielt.

Genovefa lächelte bitter. Das Spiel ging weiter. Hinter ihrem Rücken geschahen Dinge, die ihren Stolz als Frau zutiefst verletzten, und die Mägde und Knechte – zumindest einige von ihnen – waren in diese Ränke eingeweiht. Das war so, wie es von Anfang an auf Burg Magus gewesen war. Sie spürte plötzlich genau, dass sie diese Wand aus Lügen, Intrigen und Betrügereien niemals würde durchstoßen können.

Wieder drängte sich ihr der Vergleich mit der Mutter auf, die als Fremde gegen eine ähnliche Mauer gerannt war und sich dabei den Kopf blutig gestoßen hatte, schließlich verzweifelt und in Melancholie verfallen war. Dieses Schicksal der Mutter würde sie nicht noch einmal erleiden. Das stand als ein ehernes Gesetz ihres Lebens fest. Dafür war sie aus dem Vaterhaus gegangen, dafür hatte sie sich Sygifrid anfangs ganz und gar hingegeben, dafür wäre sie bereit gewesen, tausend Opfer zu erbringen. Dieses eherne Gesetz galt jetzt mehr denn je. Sie würde den Kopf nicht vor dem Schicksal senken und das Opferlamm spielen, so wie es Asmuth getan hatte.

Lieber wollte sie noch einmal sterben.

»Herr!«, rief Ansfledis nach einiger Zeit erneut, als Sygifrid nicht antwortete. »Ich sollte Euch unbedingt mitteilen, wenn Amalaswintha da war mit dem Kraut gegen Eure Kopfschmerzen, habt Ihr gesagt. Ganz gleich zu welcher Tages- und Nachtzeit.«

»Es ist schon gut«, rief es aus dem Saal. »Ich weiß, was ich gesagt habe. Leg das Kraut auf die Treppe.«

»Gut, Herr«, erwiderte Ansfledis und wandte sich zum Gehen.

Leise und vorsichtig zog auch Genovefa sich wenig später zurück. Sie tastete sich die Treppe hinab, hielt inne, lauschte, aber in der Küche regte sich nichts mehr. Mit dem Fuß stieß sie an das Leinensäckchen mit Amalas Kräutern.

Sie war beherrscht von einem seltsamen Vorgefühl, das diesen Augenblicken eine Bedeutung für ihr ganzes zukünftiges Leben beizumessen schien. Sie konnte sich aber nicht vorstellen, worin genau diese Bedeutung bestand.

So trat sie hinaus in die eisige Winternacht. Die klirrende Kälte reinigte ihren Geist. Sie atmete tief durch. Sie sah vor ihrem geistigen Auge in eigentümlicher Klarheit den verschlungenen Weg ihres Lebens, der sie bis hierher gebracht hatte. Sie hatte das Gefühl, einen Endpunkt erreicht zu haben, obwohl es doch eigentlich so aussah, als würde ihr zukünftiges Leben in den immer gleichen Abläufen des gräflichen Alltags versickern, als würde ihr Schicksal dem der Mutter immer ähnlicher.

Langsam überquerte sie den Burghof in Richtung der Kemenate. Der eisige Wind trieb ihr die Tränen in die Augen. Schneeflocken tupften ihr Gesicht. Sie widerstand dem Wunsch, sich in den tiefen Schnee fallen und den eigenen Körper von der Eiseskälte überwältigen zu lassen, um auf diese Weise ihr Gefühl, dass sie einen Endpunkt erreicht hatte, Wirklichkeit werden und in Erfüllung gehen zu lassen. Das war nicht der Weg, der ihr beschieden war. Sie wusste, sie würde nicht vor dem Leben kapitulieren, so wie ihre Mutter Asmuth es getan hatte. So kehrte sie in die Kemenate zurück, wo ihr einsames Bett auf sie wartete.

Als sie die Kammer betrat, sah sie eine gedrungene Gestalt vor den fast heruntergebrannten Flammen des Kamins stehen: Amalaswintha war noch einmal zurückgekehrt und wandte sich ihr zu. Amalas Gesicht lag im Dunkeln.

»Was hast du vergessen?«, fragte Genovefa, die noch immer unter dem Eindruck des belauschten Gespräches und ihrer Gefühle stand. Sie spürte, dass auch Amalas Rückkehr zu den weit über den Tag hinaus weisenden Vorzeichen zählte.

»Nein ... nicht vergessen«, erwiderte die Kräuterfrau. »Es ist etwas anderes. Ich will eine Last loswerden.«
»Eine Last? Wie meinst du das?«
Genovefa entledigte sich ihres Winterpelzes und warf ihn unachtsam zu Boden in das dichte Stroh, das die kalten Steine bedeckte.
»Ich glaube, es ist an der Zeit«, sagte Amala geheimnisvoll. »Als ich eben auf dem Weg zu meiner Hütte war, habe ich plötzlich gespürt, dass es jetzt sein muss. Frag mich nicht warum.«
»Du machst mich wirklich neugierig, alte Freundin.«
Amala lachte unsicher. »Wer weiß, ob du mich noch deine Freundin nennen willst, wenn ich meine Beichte abgelegt habe.«
»Die Angelegenheit wird ja immer undurchsichtiger«, erwiderte die Gräfin. Sie ging hinüber zum Kamin, legte zwei Scheite nach und hielt ihre Handflächen gegen die auflodernden Flammen. Sie überlegte, ob sie Amalaswintha von dem Gespräch zwischen dem Grafen und Judith berichten sollte.
»Ich wollte es dir schon damals im Wald beichten«, sagte Amala, »aber ich hatte solche Angst, dass ich dich und Schmerzensreich verliere. Aber jetzt ist Golo tot, und du bist wieder die Gräfin und in alle deine alten Rechte eingesetzt. Jetzt ist die Zeit gekommen, um dir die Wahrheit zu sagen.«
»Um Golo geht es?«
Amala nickte: »Es war damals, kurz bevor der Graf aus dem glorreichen Sarazenenkrieg heimkehrte«, begann sie ihre Geschichte. »Magus schwirrte nur so von Gerüchten. Irgendetwas war zwischen dir und Golo geschehen, aber keiner wusste etwas Genaues. Du weißt ja, wie die Menschen sind. Je weniger sie wissen, desto blühender ist ihre Phantasie. Ich habe auf all das nicht viel gegeben. Was ging mich schon die Gräfin von Magus an?«
Aber eines Tages, so berichtete Amalaswintha weiter, habe Golo sie auf die Burg gerufen. Überall in der Stadt habe man zu dieser Zeit gehört, dass Graf Sygifrid bald heimkommen würde, und Golo war ganz aufgelöst, als er sie in seiner Kammer empfing. Er war ratlos. Seine Augen waren geweitet. Schweiß bedeckte sein Gesicht. Er redete wirr, aber schließlich rückte er mit der Wahrheit heraus: Er hatte im Glauben, Sygifrid werde niemals zurückkehren, die Gräfin bedrängt, sich ihm hinzugeben und war in seiner wilden Entschlossenheit so weit gegangen, sie nicht nur auf das

heftigste zu bedrängen, sondern auch mit Gewalt nehmen zu wollen, was nur durch Zufall verhindert wurde. Dann aber hatte sich herausgestellt, dass Genovefa ein Kind erwartete, des Grafen Sohn, und jetzt kam der Graf zurück: »Und wenn er alles, was geschehen ist, aus dem Munde der Gräfin erfährt, dann ist mir das Henkersbeil sicher«, sagte Golo resignierend.

»So stand er dann vor mir wie ein Häuflein Elend«, erzählte Amala mit geschlossenen Augen. Genovefa erschien es so, als erlebte die alte Freundin alles noch einmal. »Er fragte mich in seiner Verzweiflung um Rat; denn ich kann sonst niemanden fragen, sagte er, und du hast mir schon so oft geholfen. Ist das Kind denn wirklich von unserem Herrn Grafen, fragte ich ihn. Er nickte. Ich habe keinen Zweifel daran, sagte er und dann ...«

Genovefa legte den Arm um Amalas Schultern. »Für mich sind das alles alte, so unendlich ferne Geschichten. Ich spüre genau, dass es mich nicht mehr berührt. Golo ist tot. Er hat bezahlt.« Sie gähnte. »Entschuldige ... ich bin müde. Deine Beichte – kannst du sie kurz fassen?«

Amala atmete erleichtert auf. »Ich freue mich, dass du es so siehst. Ich habe immer Angst vor diesem Augenblick gehabt.«

Genovefa lachte. »Ganz gleich, was du getan hast, du hast es getan, bevor wir uns kennengelernt haben.« Sie küsste der Alten die Wange. »Also – ganz kurz, Amala. Wir zwei, wir brauchen doch nicht viele Worte.«

»Also gut. Ich habe ihm tatsächlich einen Rat gegeben. Ich habe eins und eins zusammengezählt. Vier Jahre warst du verheiratet, und es hat kein Kind gegeben. Und dann ist der Graf fort, und neun Monate später steht eine Geburt ins Haus. Ich habe Golo gesagt, er soll sich einen Dummen suchen, irgendeinen Knecht, und ihn zum Vater des Kindes machen. Ich kenne die Männer, habe ich gesagt. Er soll das Saatkorn des Misstrauens aussähen, habe ich ihm geraten. Und du siehst ja, dein Gemahl hat sich genauso verhalten, wie ich es vorausgesehen habe.«

»Und den Rest kenne ich«, sagte Genovefa, offenbar ganz unberührt von Amalas Geständnis.

»Nicht ganz«, versetzte die Kräuterfrau. »Denn es war kein Zufall, dass ich dich später dann vor den Wölfen retten konnte. Irgendwann habe ich Waldar getroffen. Wir haben zusammen getrunken, und dann hat er angedeutet, dass sie dich eben nicht ertränkt haben, wie alle glaubten. Und von dem Tag an habe ich dich gesucht.«

»Warum?«

»Nenne es mein schlechtes Gewissen. Ich habe vorher nie gewusst, dass ich so etwas besitze, aber wahrscheinlich kommt das der Sache am nächsten. Alle haben sich über dich hergemacht, und dann durfte nicht einmal mehr dein Name genannt werden. Golo hat sich ins Fäustchen gelacht. Sagen wir lieber: Die eine Seite von Golo. Die andere Seite hat es niemals verwunden, dass du aus seinem Leben verschwunden bist. Seit dieser Zeit war er ein unglücklicher und gebrochener Mann, und er hat mehr von meinen Kräutern Gebrauch gemacht als jemals zuvor.«

»Und was war mit den Wölfen?«, fragte Genovefa wie nach dem Ende einer spannenden Geschichte, die aber jemand ganz anderes betraf.

Amala lächelte. »Es hat nicht sehr lange gedauert, da wusste ich, wohin es dich verschlagen hatte. Frag mich nicht, woher ich es wusste. Du weißt ja selbst: Manchmal kommt es einem so vor, als flüstert der alte Wald selbst unentwegt seine Geschichten. Von da an war ich immer in der Nähe von dir und deinem Kind, soweit es meine Zeit erlaubt hat. Ich habe auf euch aufgepasst. Oder glaubst du etwa, die alten Schauergeschichten vom Hochstein sind alle erfunden?« Genovefa lief es kalt den Rücken hinab. »Und als dann die Wölfe über dich herfallen wollten, da war ich glücklicherweise in deiner Nähe.«

Während Amala erzählte, hatte Genovefa zwei Becher mit Moselwein gefüllt und reichte jetzt einen davon der alten Freundin. »Ich habe dir mein Leben zu verdanken«, flüsterte sie, den Tränen nahe. »Alle deine alten Geschichten mit Golo interessieren mich nicht mehr. Lass uns auf unsere ewige Freundschaft trinken.«

Sie stießen miteinander an, dann lagen sie sich in den Armen, vergossen heiße Tränen. »Du bist das einzige, das ich auf der Welt noch habe«, schluchzte Genovefa aufgewühlt.

Dann hob sie die rechte Hand. »Siehst du diesen Ring?«, deutete sie auf das auffällige, goldene Schmuckstück mit dem funkelnden, blauen Stein. »Mein Vater hat ihn mir geschenkt, und er lag noch immer in meiner Schatulle, als ich nach den sieben Jahren im Wald zurückgekehrt bin.«

Sie zog den Ring vom Finger und drückte ihn der überraschten und zuerst widerstrebenden Amala in die Hand. »Nimm ihn als Unterpfand unserer Freundschaft. Was auch immer geschieht, unsere Freundschaft soll niemals enden.«

XX

Nachdem Amalaswintha sich verabschiedet hatte, ließ Genovefa sich auf ihr Bett fallen und versank schnell in einen unruhigen Schlaf, der von seltsamen Traumgespinsten durchwoben war. Amala, der Graf, sie selbst und Schmerzensreich hockten in der Waldhöhle am Hochstein im Kreis, in dessen Mitte – auf einem silbernen Tablett – der Kopf Golos mit schrecklich hervorquellenden, toten Augen lag. Amala bestreute den Kopf mit Kräutern, dann aber hatte sie plötzlich eine Kröte in der Hand, die sie Genovefa grinsend entgegenstreckte. Auch der Graf und Schmerzensreich starrten sie auffordernd an, aber Genovefa wusste nicht, was die drei von ihr verlangten. Sie packte Golos Kopf bei den Haaren und schleuderte ihn ins Dunkel der Höhle. Die Kröte sprang aus Amalas Hand und verschwand ebenfalls in der Finsternis, aber während alle ihr nachstarrten, bemerkte Genovefa, dass sie nackt war und dass ihre Brüste riesig geschwollen waren. Sie legte ihre Hände auf den Bauch und spürte, dass sie hochschwanger war, aber sie wusste nicht, was das für ein Kind war, das sie in sich trug. »Es ist eine Teufelsbrut«, stieß Sygifrid voller Abscheu hervor, während Amala in der Mitte zwischen ihnen knochendürre Zweige aufschichtete. »Dein Kind soll es warm haben, wenn es auf die Welt kommt«, erklärte Amala fürsorglich. »Weiß denn einer von euch, ob es diese schreckliche Kälte verträgt? Sie sind nicht alle so wie Schmerzensreich.« Während sie das sagte, lächelte Sygifrid stolz und klopfte dem Sohn auf die Schulter. Aber trotz dieses Lobes war das Gesicht des Jungen tränenüberströmt. Er deutete immer wieder auf Genovefas aufgewölbten Bauch, brachte aber keinen Ton hervor, obwohl er offensichtlich sprechen wollte.
Amala streute ein glitzerndes Pulver über die dürren Ästchen, die sofort Feuer fingen und viel höher und heißer brannten, als Genovefa es erwartet hatte. Zudem qualmten sie stark, und der

beißende Rauch stieg in Genovefas Augen. Das war der Augenblick, als sie wieder erwachte.
Zuerst glaubte sie, dass der Rauchgeruch noch eine Erinnerung aus dem bizarren Traum war, aber als sie die Schreie vom Burghof her hörte, zuerst vereinzelt, dann immer lauter und aufgeregter, wusste sie, dass der beißende Geruch Wirklichkeit war. Dann konnte sie auch die Schreie verstehen: »Feuer!«, hieß es immer wieder: »Feuer!«
Sie sprang auf.
In der Kemenate war von dem Feuer nichts zu bemerken. Sie raffte ihren Mantel vom Boden auf, zog ihn hastig über und stürzte hinaus.
Draußen war alles in heller Aufregung. Der Küchentrakt stand in Flammen. Auf dem Burghof war ein Gewimmel von schreienden und gestikulierenden Menschen.
Niemand beachtete Genovefa.
Sie stand wie erstarrt und beobachtete geradezu gebannt, wie die Flammen aus den Küchenfenstern schlugen und sich jetzt auch des darüberliegenden Fachwerkgeschosses bemächtigten.
Der Hof war in dunkelroten Lichtschein getaucht, der immer wieder aufblendete, wenn die fetten orangen Flammen hervorschossen. Genovefa sah, dass irgendjemand mit brennenden Kleidern aus einem der Fenster des Obergeschosses in den Hof sprang und dort im Schnee landete. Wildes Geschrei begleitete den Fall, ein paar Helfer stürzten sich auf den wimmernden Verletzten und zogen ihn aus der Gefahrenzone, während die Flammen das reetgedeckte Dach des Burgflügels erreichten und es allmählich anfraßen. Der dicke Schnee auf dem Dach verhinderte, dass das Feuer schneller vorankam.
Genovefa zog sich, ohne zu wissen warum, in die Dunkelheit des Tränentores zurück, möglichst weit vom Brandherd entfernt. Der Rauch, der jetzt den Hof immer dichter füllte, trieb rasch Tränen in ihre Augen. Sie konnte nur schemenhaft erkennen, wie jetzt eine Eimerkette gebildet, Leitern aufgestellt, Befehle gebrüllt, Tiere und Vorräte in Sicherheit gebracht wurden. Ohne den Schnee wäre wahrscheinlich die ganze Burg Magus ein Raub der Flammen geworden, aber so hatten die Helfer eine Chance, zumal jetzt auch die ersten Bewohner der Ortschaft durch das Haupttor kamen, um beim Löschen mitzuhelfen.

Ein heftiger Windstoß fachte das Feuer für einen Augenblick noch einmal an und trieb den Rauch kurz fort. Genovefa konnte beobachten, wie der Graf – an der Treppe zum Burgsaal stehend – herumgestikulierte, Befehle gab, mal hierhin, mal dorthin deutete. Wie selbstverständlich stand Judith neben ihm, die Hände vor das Gesicht geschlagen. In der Nähe war auch Schmerzensreich, der das Feuer – soweit Genovefa das erkennen konnte – mit weit aufgerissenen Augen, zugleich furchtsam und fasziniert beobachtete.
Jetzt krachten Balken des oberen, in Fachwerk ausgeführten Geschosses brennend zusammen. Das Dach gab an einer Seite nach und stürzte ein. Funken stieben, aber die Schneelast des Daches schien das Feuer abzukühlen, und wahrscheinlich würde das untere, gemauerte Geschoss des Küchentraktes den Brand überstehen.
Genovefa aber starrte ihre von Rauchschwaden umwehte Nebenbuhlerin mit ohnmächtig zornerfülltem Blick an, wie sie dort stand und ungeniert in die Rolle der Herrin schlüpfte, und ihre Schmach wurde noch durch die Tatsache vergrößert, dass es niemandem einzufallen schien, nach ihr zu suchen, sie zu rufen oder aus der Kemenate zu holen. Es war, als gäbe es sie nicht, und als wäre sie niemals aus dem Wald zurückgekommen.
Schließlich sah die Gräfin, dass wenigstens ihre Zofe Sueta sich ihrer Herrin erinnerte und die Kemenate aufsuchte, aber ein merkwürdiger innerer Zwang, der Genovefa vorkam wie von irgendjemandem in ihr Herz eingepflanzt, ließ ihren ersten Impuls, zu Sueta hinüberzulaufen und sich zu erkennen zu geben, in der Anfangsbewegung gefrieren. Stattdessen zog sie sich immer tiefer in den Schatten des Tränentores zurück, beobachtete von dort, wie Sueta jenseits der Rauchschwaden mit aufgeregt winkenden Armen zum Grafen hinüberlief und den darauf aufmerksam machte, dass die Kemenate leer war.
Sygifrid ließ ein paar Leute ausschwärmen, denen er offenbar den Befehl gegeben hatte, die Gräfin zu suchen. Aber Genovefa wollte jetzt nicht gefunden werden, auf keinen Fall. Um nichts in der Welt wollte sie vor aller Leute Augen dem Grafen und seiner Geliebten gegenübertreten, die noch immer in seiner unmittelbaren Nähe stand.

Sie drückte die kleine Türe auf, die in das größere Tränentor eingelassen war, und verschwand in der dahinter liegenden Scheune, in der die Abgaben des Landvolkes gelagert wurden. Die Gerüche, die die Scheune gewöhnlich erfüllten, waren vom Gestank des Feuers völlig überdeckt. Sie schloss die kleine Türe, wurde von der vollkommenen Finsternis eingehüllt, die in der Scheune herrschte.
Die Geräusche von draußen, das Schreien, das Wiehern der Pferde und ängstliche Quieken der Schweine, das Knistern und Prasseln des Feuers waren hier nur gedämpft zu hören. So verharrte Genovefa eine Zeit lang, in der die Schreie leiser und seltener wurden und das Prasseln des Feuers sich abschwächte, während sie selbst versuchte, ihre aufgewühlten Gedanken und Gefühle unter Kontrolle zu bringen.
Einige Zeit verging. Genovefa war unfähig, einen klaren Gedanken zu fassen. Sie ließ sich ins Stroh sinken, das links des Tores gelagert war. Ihre Augen gewöhnten sich an die Finsternis. Durch die Ritzen des Tränentores sah sie hin und wieder noch den Widerschein des flackernden Feuers. Aber dieser Widerschein wurde immer spärlicher und erlosch, so wie auch das hektische Geschreie der Menschen und das ängstliche Gebrüll der Tiere in der Nacht versickerten.
Sie hatte das Gefühl, als wolle ihr Kopf bersten. All die tausend Gedanken, die in ihm herumschwirrten, blockierten sich gegenseitig und löschten einander aus. Sie spürte, dass das Feuer ein Fanal war, doch wofür? Sie rollte den Stein am Berg hinauf, und immer wenn sie fast oben angekommen war, entglitt er ihr wieder und stürzte ins Tal zurück, das von Dunkelheit erfüllt war.
Es war ein unbändiger Zorn in ihr, aber auch Resignation und eine tiefe Müdigkeit. Liebe und Hass tilgten einander. Von allem, was sie fühlte, fühlte sie zugleich das Gegenteil.
Unvermittelt begann draußen noch einmal Geschrei, und lautes Wehklagen war zu hören. Genovefa wusste nicht, was das zu bedeuten hatte, aber in der Mitte ihres Körpers schien plötzlich eine sich öffnende Faust zu sein, die auf die inneren Organe drückte, das Atmen schwer werden ließ, das Herz beklomm, so dass es immer schneller schlagen musste. Dann war die Faust unvermittelt weg und hinterließ eine Leere in der Körpermitte, die so sehr schmerzte, als habe sie einen glühenden Becher Gift getrunken.

Plötzlich machte sich jemand am Tränentor zu schaffen. Instinktiv wälzte Genovefa sich zur Seite. Das Tor wurde aufgestoßen, eine Fackel leuchtete.
»Hier irgendwo müssen die Leinensäcke liegen«, sagte ein Knecht in das Gejammere hinein, das jetzt viel deutlicher vom Innenhof her zu hören war. Genovefa duckte sich ins Stroh, so dass die beiden Männer am Tor sie nicht sehen konnten.
»Ich kann es immer noch nicht fassen«, sagte der zweite Knecht. Zusammen mit seinem Kumpanen ging er in den hinteren Teil der Scheune, wo sie wohl die erwähnten Leinensäcke vermuteten.
»Gott muss es so gewollt haben«, sagte der erste Knecht mit zitternder Stimme.
Draußen waren jetzt Laufschritte zu hören. »Ihr sollt euch beeilen!«, ließ sich eine junge Stimme vernehmen; es war einer der Stallburschen, der außer Atem am Tor stand. »Der Graf will nicht, dass sie so da liegenbleibt.«
»Hier sind sie!«, rief es aus dem Inneren der Scheune. »Wir brauchen zwei davon für ihre Leiche.«
»Mein Gott, dass die Gräfin ein solches Ende finden musste«, näherte sich der Knecht, der die Fackel trug, dem Tor.
»Hast du sie gesehen?«
»Da gab es nicht mehr viel zu sehen. Ohne diesen Ring an ihrem Finger hätte man gar nicht gewusst, dass es die Gräfin ist.«
»Weiß denn irgendeiner, was sie um diese Zeit in der Küche gesucht hat?«
»Das werden wir wahrscheinlich nie erfahren«, verließen sie die Scheune und schlossen das Tor hinter sich.
Genovefa merkte erst, dass sie in Ohnmacht gefallen war, als sie wieder erwachte, und sie erwachte in einen klaren, einfachen Gedanken hinein: Amala war für sie gestorben, und dieses Geschenk musste sie annehmen und hüten wie einen wertvollen Schatz. Amalas Opfer durfte nicht umsonst gewesen sein. Sie biss in die eigene Hand, um nicht laut loszuschreien. Die Schicksalsfäden waren gewebt, und sie musste nur noch warten, bis sie unentdeckt aus der Scheune und aus der Burg und dann aus dem Gefängnis ihres Lebens entkommen konnte.

XXI

Als Genovefa später ohne Vorbehalte und ohne dass die alten Wunden wieder aufbrachen über diese Tage sprechen konnte, wusste sie dennoch nicht mehr, wie sie in der Nacht, als Burg Magus brannte, durch den tiefen Schnee und die Finsternis zur Hütte Amalas gefunden hatte.

Jedenfalls fand sie sich dort am nächsten Morgen wieder, und als sie erwachte und das Licht des Tages sah, wusste sie, dass es ein neues Leben war.

In den beiden folgenden Tagen vertilgte sie alle Vorräte an Gelbwasser, die sie in Amalas kalter Hütte fand, während draußen Schneestürme vorbeibrausten, die die Hütte im Sumpfloch mit einem Panzer aus Eis umschlossen.

Am dritten Tag aber überstrahlte ein herrlicher, blauer Himmel den Talkessel von Magus. Genovefa hatte lange geschlafen, trat vor die Tür, streckte sich und tauchte in die winterliche Sonne ein, so als wäre es das erste Mal. Die Kälte war herrlich. Sie spürte jeden Zoll ihres Körpers. Ihre Zukunft war ungewisser denn je, aber es war ihr gleich. Sie ließ sich in den tiefen Schnee fallen und lachte unbändig. Alles was bisher in ihrem Leben geschehen war, war jenseits einer Mauer aus durchsichtigem Eis. Was in den nächsten Stunden, in den nächsten Tagen geschehen würde, hatte keine Bedeutung für das Hier und Jetzt. Niemals hätte sich Genovefa einen solchen Geisteszustand vorstellen können. So muss das Gefühl sein, dachte sie sich, wenn man der einzige Mensch auf der Welt ist.

Gegen Mittag aber übermannte sie die Einsamkeit. Sie lag auf Amalas Pritsche, mit der alten Decke der toten Freundin bedeckt. In der Hütte war es bitter kalt.

Ihre Melancholie erwuchs nicht nur aus der Tatsache, dass sie zum ersten Mal, seit sie sich erinnern konnte, wirklich vollkommen allein war. Es war zugleich auch das Bewusstsein einer inneren Einsamkeit, der Einsamkeit des Verlustes. Denn sie hatte ihren Rettungsanker, hatte Amala verloren, und nicht nur für den Augenblick, sondern für alle Zeit. Und sie wusste, dass sie auch Schmerzensreich, ihren Sohn, für immer verloren hatte. Sygifrid dagegen fehlte ihr in keiner Weise.

Als das Mittagsgestirn in Richtung Westen wanderte, durchstießen goldene Sonnenstrahlen das dunkle und kalte Innere der Hütte am Sumpfloch. Unwiderstehlich drangen sie durch feinste Risse und Ritzen, durchschnitten wie Lichtspeere den kargen Raum, und wo sie auf den Boden mit seinem knochengelb getrockneten Gras stießen, schienen sie Löcher aus Licht in die einsame Wirklichkeit brennen zu wollen.
Genovefas Atemhauch wurde von den Lichtspeeren durchbohrt. Unvermittelt erschien es der Gräfin, dass sich aus den verschlungen gleißenden Formen, die willkürlich aus der Schwärze geschnitten waren, neue, phantastische Bilder dichteten. Seltsamerweise schienen diese Bilder einen Weg aus ihrer melancholischen Einsamkeit weisen zu wollen. Die Gesichtszüge, die ihre Phantasie aus den goldenen Lichtwirbeln formen wollte, blieben diffus und unvollständig. Mal sah sie ein spöttisches Lächeln, mal glaubte sie einen kräftigen Mund, dann wieder blitzende Augen erkennen zu können, die alle zu ein und demselben Männergesicht zu gehören schienen. Obwohl die Bilder verschwommen und unklar waren, waren sie nichtsdestotrotz ein Wegweiser ihrer Sehnsucht, aber je mehr sie sich anstrengte, desto unklarer wurde alles. Die Tränen auf ihren Wangen gefroren zu Perlen aus salzigem Eis.
Ganz fern hörte sie die Glocke von St. Stephanus.
Sie sah sich gleichsam selbst dabei zu, wie sie aufstand, sich von den Lichtspeeren durchbohren ließ, und Amalas alten Flickenmantel überstreifte, den sie neben der Pritsche gefunden hatte. Sie nahm Amalas Pelzmütze und versteckte ihr blondes Haar darunter. Sie schmierte sich Asche des erloschenen Herdfeuers ins Gesicht bis sie sicher war, dass niemand mehr sie in diesem Aufzug erkennen konnte, und dann verließ sie Amalas Hütte ohne zu wissen, dass sie die Behausung der toten Freundin niemals wiedersehen würde.
Langsam arbeitete sie sich durch den Schnee, der manchmal hüfthoch lag. Die Kälte war schneidend, aber mit dem strahlend blauen Nachmittagshimmel über ihr, der ihr wie der freundlich ausgebreitete Mantel Marias erschien, war alles ganz erträglich. Sie spürte das warme Kitzeln der Sonnenstrahlen auf ihrem ascheschmierten Gesicht.
Sie kam an dem Tümpel vorbei, in dem sie Golos Schergen dereinst hatten ertränken sollen, aber alles sah ganz anders aus. Das

Sumpfloch war zugefroren, die Luft schien klirrend klar, die Bäume waren nackt und voller Schnee. Sie schaute sich nach dem alten Steinkreuz um, aber sie fand es nicht; vielleicht war es unter einer Schneewehe verborgen.

Nach mühseliger Kletterei erreichte sie schließlich den Burgweg, an dessen Rand sie verharrte und sich ausruhte. Von der Burg kamen ein paar vermummte Gestalten schweigend herab. In einer der Gestalten erkannte sie ihre Zofe Sueta. Schon wollte sie sich in das schneebedeckte Gebüsch am Wegesrand zurückziehen, als sie sich klarmachte, dass dies die Aufmerksamkeit nur auf sie ziehen würde. So verharrte sie mit gesenktem Kopf auf der Stelle. Sueta ging in kaum mehr als Armeslänge Abstand an ihr vorbei, ohne sie zu beachten.

Genovefa fragte sich, wie oft sie an den unzähligen schäbigen, namenlosen, vermummten Gestalten am Wegrand vorbeigegangen, -geritten und -gefahren war, so als würden diese überhaupt nicht existieren. Jetzt erst wurde ihr klar, dass jede dieser Jammergestalten ein Mensch mit einer eigenen Geschichte, mit eigenen Nöten und Sehnsüchten war, ein jeder ein eigenes, von Gott gegebenes Leben. Jetzt wurde ihr dies klar, da sie selbst zu einer solchen Jammergestalt geworden war.

Aber es musste einen Grund geben, warum die Burgbewohner an diesem Tag – einem Freitag – allesamt herabstrebten in den Ort, wo noch immer unaufhörlich die kleine Glocke läutete.

Jetzt kamen Ansfledis, Gomatrud und Plektrudis, danach einer der Stallknechte, der das Pferd von Audoin am Zügel führte. Audoin war alt geworden und erblindet, und es sah so aus, als würde er jeden Augenblick vom Rücken seines Reittieres fallen.

Für den Augenblick kam niemand mehr. Genovefa nutzte die Gelegenheit und machte sich jetzt selbst auf den Weg hinab in den Ort. Als sie die alte Brücke jenseits der großen Schmiede überquerte, fiel es ihr wie Schuppen von den Augen, aus welchem Anlass die Burgbewohner hinunterzogen in die Kirche: Das konnte nur ihr eigenes Leichenbegängnis sein, die Totenmesse für die zum zweiten Male gestorbene Gräfin Genovefa, und als ihr dies klar wurde, konnte sie ein stilles Lächeln nicht zurückhalten, weil auch dieser Tod nicht ihr wirklicher Tod war. Allein der Gedanke, wer da jetzt statt ihrer als verkohlter Leichnam zu Grabe getragen würde

– ihre Freundin Amalaswintha – ,ließ das Lächeln in ihrem Gesicht augenblicklich erfrieren.
Jetzt nahte von der Burg kommend wieder schneegedämpfter Hufschlag. Schnell wich Genovefa zur Seite aus, und als sie sich umschaute, waren Graf Sygifrid auf Aldebaran und ihr Sohn Schmerzensreich auf seinem Pferd schon fast über ihr.
Instinktiv duckte sich Genovefa.
Nur um Haaresbreite verfehlten die Hufe von Schmerzensreichs Tier sie, und hätten sie getroffen – es hätte für die stolzen Herren auch keinen Unterschied gemacht. Für einen kurzen Augenblick sah Genovefa die maskenhaft erstarrten Gesichter von Vater und Sohn, von der gleißenden Sonne in scharfe Lichtkontraste gemeißelt. Wie sehr sich die beiden mit ihren kantigen Gesichtern, den ausdruckslosen Augen, den zusammengekniffenen Lippen glichen!
Aber der Eindruck war nur kurz, dann waren beide auch schon vorbei, gefolgt von Erzbischof Hydulfs Prunkwagen, der sich von vier Schimmeln gezogen mühsam ächzend seinen Weg durch den Schnee bahnte. Die Fenster des Wagens waren verhangen, so dass Genovefa den alten Erzbischof nicht sehen konnte.
Wenig später erreichte die schmutzige Vettel, die einst Gräfin des Magus-Gaus gewesen war, unbeachtet von den Bewohnern des Ortes, die St. Stephanus entgegenstrebten, das Haus des Kaufmanns Protagius. Eben als sie an der neuerdings mit prächtigen Schnitzereien verzierten Türe vorüberkam und schon aufatmen wollte, dass Judith ihr nicht über den Weg lief, öffnete sich die Tür. Aber es war nicht Judith, sondern der alte Protagius – noch immer in Schwarz gekleidet – der das Haus verließ. In seinem Gefolge waren Männer, die Genovefa nicht kannte, fremde Händler in stolzen Kleidern mit Pelzbesatz, hochgewachsen und mit arroganten Gesichtern.
Die Haut der Fremden spielte ins Bronzefarbene. Eine alte Erinnerung kam in Genovefa hoch, die sie schwindeln ließ. Jetzt wusste sie auch, wessen Gesicht sie sich in den träumerischen Bildern in Amalas Hütte vorgestellt hatte.
Die Männer redeten auf Protagius ein, der beschwichtigende Gesten machte. Ihre Augen und die Haare waren nachtschwarz. Genovefa wich gegen die andere Straßenseite zurück, dann aber stolperte sie, von einer plötzlichen Schwäche, von Schwindel, von

Verwirrung übermannt, landete unsanft im Schnee, schlug hart mit dem Kopf gegen einen unter dem Schnee verborgenen Stein.
Sie schrie auf vor Schmerz. Beinahe verlor sie die Sinne. Nur zu gut, dachte sie, dass sie wie eine schmutzige Vettel anzusehen war: Keiner würde sich um sie kümmern, und sie entging der Gefahr, dass irgendjemand ihre wahre Identität entdeckte.
Aber sie irrte sich.
Plötzlich fühlte sie kräftige Männerhände unter ihren Achseln, wurde unwiderstehlich hochgezogen. Dieser jemand, der sich so unerwartet um sie kümmerte, drehte sie herum, und sie starrte geradewegs in ein Gesicht, das sie über all die langen Jahre niemals vergessen hatte, das sie in ihren Träumen und manchmal auch im Wachen verfolgt hatte, und das sie mit dem Traum ihres Lebens – mit Byzanz – verband.
»Desiderius!«, stieß sie hervor und merkte zugleich, wie ihre Knie weich wurden.
Der byzantinische Kaufmann schaute sie verblüfft an: »Du kennst meinen Namen?« Seinen Begleitern machte er mit einer knappen Geste klar, dass sie weitergehen sollten.
»Ich weiß … ich kenne …«
Genovefa brachte kein vernünftiges Wort hervor.
»Wer bist du?«, fragte der Byzantiner. Seine sonore, männliche Stimme ging der Gräfin genauso unter die Haut, wie es schon vor über sieben Jahren gewesen war.
»Ich bin nur eine arme Bettlerin«, versuchte Genovefa auszuweichen. Sie wollte sich losreißen, davonlaufen, aber Desiderius' kräftiger Griff hinderte sie spielend daran.
»Ich kenne deine Stimme«, sagte der Byzantiner neugierig. »Ich bin sicher, dass ich sie schon einmal gehört habe.«
Plötzlich nahm er Genovefas Hände, drehte sie um, schaute sich die Handflächen und die Finger an. »Du hast nicht eine einzige Schwiele«, sagte er nachdenklich. »Und deine Augen … sie sind nicht die Augen der Armut und des Darbens.« Er schaute Genovefa scharf an: »Was ist das für eine Komödie, die du hier spielst?«
»Ich weiß nicht, wovon Ihr redet, Herr«, stotterte Genovefa.
Mit der einen Hand hielt Desiderius sie weiter fest, bückte sich und griff mit der anderen eine Handvoll Schnee. Genovefa war so überrascht davon, dass sie ganz vergaß, sich zu wehren, als Desiderius ihr Gesicht mit dem Schnee sauberrieb.

Und sie wollte sich auch nicht wehren.
Als dann ihr Gesicht von Schmutz befreit war, und Desiderius sie anschaute, erstarrte er. »Das ist doch nicht möglich!«, stieß er hervor.
Unwillkürlich lächelte Genovefa.
»Ich bin hierher gekommen, weil ich in Colonia die wundersame Geschichte von der Rückkehr der Gräfin aus dem Wald gehört habe«, sagte Desiderius fassungslos. »Ich wollte sie noch einmal sehen, denn ich war überglücklich, dass sie doch noch lebte. Aber als ich hier ankam, hörte ich von ihrem Tod in den Flammen. Weißt du, dass ich daran gezweifelt habe, dass es auf der Welt eine Gerechtigkeit gibt?«
»Die Gräfin ist wirklich tot«, flüsterte Genovefa. »Und sie wird nicht noch einmal wiederauferstehen.«
Plötzlich lachte Desiderius unbändig, so dass die Leute auf der Straße, die unterwegs waren zum Leichenbegängnis der Gräfin von Magus, sich neugierig nach ihm umschauten. Genovefa zog die Mütze Amalas ganz tief ins Gesicht.
»Bitte«, sagte sie, »bitte hör auf. Ich bin tot, und ich will es auch bleiben.«
Da legte Desiderius den Arm um sie. »Wenn die Gräfin tot ist«, sagte er, »dann ist die Frau, die mir hier gegenübersteht, frei das zu tun, was sie tun will.«
Genovefa nickte.
»Wir sind auf dem Weg zurück nach Byzanz«, sagte Desiderius schließlich lächelnd. »Ich glaube, ich brauche dich nicht erst davon zu überzeugen, dass mein Byzanz eine Reise wert ist.«

ENDE